毒殺協奏曲

アミの会（仮）編

有栖川有栖
小林泰三
篠田真由美
柴田よしき
永嶋恵美
新津きよみ
松村比呂美
光原百合

原書房

目次

伴奏者

永嶋恵美

永嶋 恵美（ながしま・えみ）
福岡県生まれ。広島大学文学部哲学科卒。1994年に「ZERO」で第4回ジャンプ小説・ノンフィクション大賞受賞。主な作品に『あなたの恋人、強奪します。一泥棒猫ヒナコの事件簿』『転落』『明日の話はしない』など。2016年、「ババ抜き」で第69回日本推理作家協会賞受賞。

立ち上がった瞬間から、いやな予感がしていた。

ステージ裏へと続く階段を急いで駆け下りた。体育館はざわついていたから、足音を気にする必要はなかった。

楽屋代わりに使っている用具室に足を踏み入れると、異臭がした。思わず顔をしかめた。吐瀉物だとはっきりわかる臭いだった。

二日酔いだからって、こんなところで吐かなくてもと思った。そこここに積み上げてある段ボールはダンス部のもの。汚したりしたら、何を言われるか、わかったものではない。ただ、そんな非常識なことをしでかした張本人の姿が見えない。

北上《きたかみ》先生、と呼んでみる。我ながらとげとげしい声だった。もう一度。返事はなかった。ひどい臭い。こっちまで吐いてしまいそうだ。もういい。ステージに戻ろう。戻って、北上先生が消えたとだけ言えばいい。あとは部長と副部長に任せて……。

引き返そうとしたとき、何かを踏んだ。堅くて、すべる、何か。尻餅をついたと気づくより先に、痛みが脳天めがけて突き抜けた。

もういやだ。泣きたい。帰りたい。

目線が下がったせいで、床の上が見えた。段ボールの陰になって見えなかった部分まで。

北上先生は消えたわけじゃなかった。倒れていた。吐瀉物にまみれて。半開きの口と、大きく見開かれた両目と。

悲鳴を聞いた。違う。私が悲鳴を上げてるんだ、と広瀬深雪《ひろせみゆき》は他人事のように考えた。

*

「ごめんね」

深雪の部屋に入るなり、野川鞠香《のがわまりか》がぼそりとつぶやいた。北上先生の「毒殺未遂事件」の翌日だった。いや、毒殺未遂というのは生徒たちの噂話の中だけで、学校側は事故として処理しようとしていた。

「北上先生は、花粉症の点鼻薬と消毒薬とを取り違えて使用し、病院に搬送されました」

文化祭二日目だったはずの今日、朝一番で行われた全校集会で、校長は昨日の騒ぎをそう説明した。あのとき、足許に転がっていたのは、「点鼻薬と取り違えた消毒薬」の入った楕円形の容器で、知らずに踏みつけた深雪は尻餅をついた、というわけだ。

全校集会の後は、生徒と入れ違いに保護者が体育館に入り、学校側からの説明を受けた。生徒たちはその間、午後三時から行われるはずだった文化祭の後片付けを済ませ、昼前には保護者と共に一斉下校となった。

昼ご飯を食べ終わって、小一時間も経たないうちに、鞠香から「今から行ってもいい?」とL

ＩＮＥが入った。暇を持て余していたから、いいよと即レスした。一人でぼんやりしているのが苦痛でたまらなかったから大歓迎だったのに、開口一番、「ごめんね」と言われて面食らった。

「なんであやまる？」

だって、と鞠香は決まり悪げに言った。

「私が様子を見に行けば良かったんだと思う。部長なんだから」

「それはまあ……しょうがないよね。あの場合」

文化祭のステージ発表だった。合唱部の出番は午後一時からで、五分前には部員全員が楽屋代わりの用具室に集合していた。ステージに上がったのは、一時ちょうどだ。ジャスト一分で二十一人全員がそれぞれの定位置についた。ピアノの前からは壁の時計がよく見えたから、はっきり覚えている。

あとは北上先生が現れるのを待つだけだった。北上先生が指揮棒を構えたら、伴奏者の深雪も両手を鍵盤の上へと持って行く。一曲目は『遠い日の歌』。パッヘルベルのカノンのカバー曲で、伴奏はそれほどむずかしくない。リハーサルどおりにやれば大丈夫、そう自分に言い聞かせても、やっぱり緊張した。

最初は、緊張のせいだと思った。北上先生が現れるまでの時間がやたらと長く感じたのは。他の部員たちもそうだったのか、誰もが騒ぐことなく定位置で待機していた。

ただ、深雪には壁の時計が見えていた。古いアナログ式の掛け時計で、一分ごとに長針が震えるように動く。

長針は三度、動いた。舞台袖を振り返っても、北上先生の姿はなかった。リハのときにはそこでステージの様子を見ていたのに、と不審に思った。もう一度、時計を見ようとして、鞠香と目が合った。鞠香も、他の部員たちも困惑の表情を浮かべていた。

やがて鞠香は困ったような顔で小さく首を傾《かし》げ、視線を舞台袖のほうへと動かした。様子を見てきて、という合図だとわかったから、深雪はそっと椅子から腰を浮かせた。

鞠香はステージ最前列に立っていた。舞台袖まで歩けば、どうしたって目立つ。それに対して、伴奏者の深雪はピアノの前に座っていた。舞台袖までの距離はほんの数歩。

「私が一番近くにいたんだもん。それに、ちょっとくらい動いたって、ピアノの陰になって客席から見えないし」

「伴奏頼んだの、私だよ。原因作ったのは私」

「それもしょうがない」

鞠香の知る範囲でピアノが弾けるのは深雪だけだったのだから。三年生が引退したら、伴奏者がいなくなる。だから合唱部に入って、と鞠香が頼みに来たのは去年の秋だった。

昔はクラスに一人や二人、ピアノを弾ける生徒がいたらしいが、今はほとんど絶滅危惧種である。女子に人気の習い事はスイミングとバレエ。楽器ならフルートやサックス、ヴァイオリンなど小型で軽いもの。場所ふさぎなピアノが不人気なのも仕方がない。深雪にしても、最初から自宅にピアノがなければ、習おうと思ったかどうか。

そういえば、同学年にもう一人、ピアノを弾ける生徒がいたらしいが、残念ながら男子だった。現在、合唱部は女子部員しかいないから、さすがに勧誘できなかったのだろう。

「しょうがなくない。無理矢理、合唱部に入らせたから……」

「別に、そんなんじゃないよ。あれは取り引きだよ」

深雪が合唱部に入ってピアノ伴奏を引き受ける代わりに、鞠香も科学部に掛け持ちで入る。深雪の所属する科学部は、部員激減で廃部の危機に瀕していた。

「今年なんて、一年にまで掛け持ちで入るように言ってくれたじゃん」

習い事としてピアノが不人気であるように、部活としての科学部も不人気で、昨年四月の新入部員は深雪一人、今年四月はゼロだった。習い事も部活も、そろいもそろって不人気なものを選んでしまうあたりが、我ながら情けないというか、悲しいというか。

鞠香が合唱部の一年生三人に「幽霊部員でいいから、科学部と掛け持ちして」と頼み込んでくれなければ、三年生が引退する二学期には、定数の五人を満たせずに廃部になっていた。だから、お互い様ではある。でも。

「まあ、合唱部に入ってなかったら、ゲロまみれの北上先生とご対面せずにすんだよね」

冗談めかして言ってみる。そうでもしなければ、また吐いてしまうかもしれない。昨日、学年主任の先生に事情を訊かれている最中、深雪は何度も洗面所へと走り、しまいには貧血を起こしてひっくり返った。それに……。

「ごめん」

「うん。あやまれあやまれ」

それに、事件が深刻なものではなかったと思いたかった。こうして、面白半分に話題にできるのは、「毒殺未遂」だからだ。もしも、北上先生が死んでしまっていたら、こんなふうに笑ってなんかいられない。

「まだ意識戻らないのかな」

「アッキーナ？　たぶん、まだだと思う」

北上先生のあだ名だ。本名が「明菜」で、私服が派手で、化粧が濃くて芸能人みたいだから、という理由で、少し前の卒業生が命名したと聞いた。

「もし戻ったんなら、ゆうこりんが真っ先に知らせてくれるんじゃない？」

ゆうこりん、というのは科学部の顧問、大井優子《おおいゆうこ》先生のあだ名である。ただ、北上先生と違って、大井先生はほとんど化粧をしない。

いい加減で気まぐれな北上先生に対して、大井先生はキチンとしていてマジメ。酒豪のアッキーナと、あまり飲めないゆうこりん。性格も言動も正反対で、担当教科も違う二人なのに、なぜか仲がいいらしい。文化祭の前日も、二人で晩ご飯を食べに行ったと聞いている。北上先生が二日酔いだったのはそのせいだった。

「でも、大井先生、公私混同はしない人だから。私たちにだけ教えてくれるってことはないと思うな」

北上先生がアッキーナというあだ名を面白がっているのに対して、大井先生はあだ名をつけられること自体、好きではないらしい。本人が明言したわけではないが、気配でわかる。だから、深雪は本人の前でなくても「ゆうこりん」とは呼ばないようにしている。

「このまま容態が急変して……とか、ないよね」

口に出すなり、ぞっとした。

「大丈夫じゃない？　憎まれっ子ナントカってことわざもあるし」

鞠香は北上先生を嫌っていた。ただ、部長という立場上、正面切って顧問に楯突くわけにはいかないから、それを表に出すのは深雪と二人きりのときだけだ。

「あーあ。言っちゃった。憎まれっ子とか言っちゃった」

「だって、いい加減だし。すぐヒスるし、エコヒイキするし」

「化粧も服もケバいし」

鞠香の真似をして鼻の上に縦皺を寄せながら、深雪も続けてみせる。

「ゴミの分別もしないし」

「ねー。小学生かっつーの」

音楽準備室のゴミ箱はひどいものだった。コピー用紙もペットボトルも空き缶も一緒くた、時には使用済みの点鼻薬の容器がそのまま放り込まれていたこともある。鞠香の解説によれば、外側のプラスティックのカバーと内側の薬瓶は、取り外して捨てなければならないらしい。

「まあ、あのいい加減な性格のおかげで、私らが準備室に溜まってても文句言わないんだろうけどね」

音楽準備室は、北上先生が常駐している部屋だった。担当教科が音楽だからか、他の先生たちとの関係が微妙なのか、北上先生が職員室にいるのを見たことがない。

放課後の練習の前後、二年生の部員は音楽準備室にたむろして、だらだらとおしゃべりに興じる。たいして好きではない先生の部屋であっても、冷暖房完備の環境は捨てがたい。たぶん、北上先生のほうでも「生徒に慕われる先生」を演じるあの時間を楽しんでいたに違いない。

「蜂蜜飴、気前よく分けてくれたし」

「コーヒーも、飲ませてって言えば飲ませてくれたよね」

「飲みたがる子、いなかったけどね」

「ブラック一択じゃ、無理」

音楽室にはコーヒーメーカーが常備してあって、その傍らには巨大な蜂蜜飴の缶が置かれていた。何でも、蜂蜜は喉に良いらしく、安いのど飴よりはずっと効果があるという。その蜂蜜飴のほうは部員たちに大人気だったけれども、砂糖もミルクも入らないコーヒーは先生専用だった。

不意に、低い振動音がした。どちらのスマホなのかは、確かめるまでもない。鞠香のほうだ。案の定、待ち受け画面を目にするなり、鞠香は顔をしかめた。

「ばっかみたい。見て、これ」

差し出された画面をのぞき込んで、ぎょっとした。表示されているのはＬＩＮＥの画面で、見慣れたアイコンが並んでいる。合唱部の二年生のものだ。

『広瀬、怪しいよね』

そのＬＩＮＥのグループに深雪は入っていない。だから、深雪を名指しで「怪しい」と言えるのだ。しかも、それに続くコメントが最悪だった。

『理科室から薬品パクったんじゃね？』

『最初に見つけたヤツが犯人じゃん』

　これを言われるんじゃないかと、実はびくびくしていた。「第一発見者が怪しい」という台詞は、テレビの視聴時間が決して長いほうではない深雪でも知っている。

「気にしなくていいよ。これだから、ギャル軍団は」

　ギャル軍団、というのは二年生でも「ハデな子たち」の四人組だった。

「鞠香、あの子たちのグループに入ってたんだね」

「うん。向こうから誘ってきた。部長だから一応、顔を立てて、みたいな？」

　部長だからという理由だけじゃない、と思った。何でもよくできて、大人っぽくて、先生受けもよくて、みんなに信頼されている鞠香を敵に回したくないからだ。

　そんな鞠香がパッとしない自分と仲良くしてくれる気になったのは、ピアノというたったひとつの取り柄のおかげだと、深雪は自覚している。

「でも、絶対、四人だけのグループも作ってて、私の悪口とか言いまくってると思う」

　鞠香は苦笑いを浮かべながら、『私も科学部。理科準備室出入り自由。深雪に見てきてって頼んだの、私だよ。私が主犯』とレスを返した。数十秒間の沈黙の後、『ウケる』『ヤバい』などとコメントが並んだ。しかし、それらの文字は、びっくりした顔のヒヨコだの、のけぞる牛だのといったスタンプの絵柄によって、あっという間に押し流されて画面から消えた。

「今ごろ、裏で悪口大会になってるよね」

手間のかからないスタンプばかりが連なるときは、その裏側で「別の会話」が同時進行している可能性が高い。

「わかりやすくて笑える」

こういうところが大人だ。陰で何を言われても平然としているなんて、自分にはとても真似できない。『私が主犯』なんて危険な台詞をさらりと言ってのけることも。

それに、この一連のやり取りは、鞠香の意思表示でもある。言葉だけで「私は深雪の味方だから」と言われるより信用できる。

「まあ、こいつらだけじゃないんだけど。みんな、犯人さがしに夢中になってる。自分が犯人扱いされたくないから、他の誰かを犯人にしたいんだよね。どっちにしても、スルー推奨」

最初に見つけたヤツが犯人、という文字が脳裏をよぎり、気が沈んだ。みんなにとって、手っ取り早い「他の誰か」は私だ……。

「みんな、犯人がいると思ってるんだね」

全校集会での説明を生徒は誰も信じていなかったのだ。点鼻薬と消毒薬を取り違えて使ったのなら、悪いのは北上先生であって、犯人なんているはずがない。なのに、誰もが犯人さがしをしようとしている。事故ではなく、殺人未遂だと考えているからだ。

そりゃそうだ、と内心で思う。消毒薬を鼻にスプレーしたくらいで、胸をかきむしるほど苦しむとは思えない。北上先生は、もっと強力な毒のせいで、もがき苦しんだのだ。

あれを目の当たりにしてしまったら、いくら事故と言われても納得できるはずがない。深雪の悲鳴に驚いて駆けつけた合唱部員たちは全員、もちろんギャル軍団四人組も含めて、あの現場を見ている……。

「太田先輩は犯人よりも毒の正体に興味津々みたいだけどね」

合唱部の前部長はミステリーマニアだった。深雪は気づかなかったが、あの騒ぎの際、客席を飛び出して用具室に駆けつけたらしい。

「あの症状はストリキニーネだ、とか言い出したらしいし」

「そうなの？」

「まさか。自分が知ってる毒の名前を出したかっただけだよ、あれ」

センパイの知ったかぶり、と鞠香は笑った。

「ストリキニーネって、苦いんだって。ほんのちょっと混ぜても味でわかるから、致死量飲ませるのは無理らしいよ。ググったら書いてあった」

「でも、コーヒーに混ぜたら？　コーヒーなら元から苦いし、北上先生、一日に何杯も飲むから、あっという間に致死量じゃない？」

音楽準備室のコーヒーメーカーは、一度に四人分のコーヒーを淹れられる。その四人分を北上先生は、いつも放課後だけで飲みきっていた。けれども、鞠香は首を横に振った。

「アッキーナ、二日酔いだったっしょ？　コーヒー、あんまり飲んでなかったよ。朝のうちは、ペットボトルの水、がぶ飲みしてた」

そういえば、大井先生に頼まれて、深雪は音楽準備室にコーヒーをもらいに行った。お昼前だったけれども、サーバーの中身はほぼ残っていた。

「そっか。毒が入ってたの、コーヒーじゃないよね。大井先生も飲んでるんだから」

鞠香が目を丸くして「ええっ？」と叫んだ。

「あのとき、いなかったんだっけ」

「知らない。聞いてない。何それ」

「大井先生がコーヒー飲みたいって言い出したの。めずらしいよね」

文化祭の開会式が終わった後、合唱部は音楽室で小一時間ほど最終調整的な練習をした。

それが終わったのが十時半ごろ。一年生たちは初めての文化祭を楽しむために、あっという間に音楽室から出ていった。

もっとも、深雪たちの中学では文化祭とは名ばかりで、祭りとは程遠い。先生方の間では、「文化発表会」と名称変更しようかという提案もあったと聞いている。

その程度のイベントだから、はしゃいでいるのは一年生だけで、二年生はいつものように音楽準備室にたむろして、蜂蜜飴をなめつつ、おしゃべりをしていた。

深雪も最初の三十分だけは参加したものの、途中で抜けた。例のギャル軍団がどうにも苦手だったのだ。あの時点では、毒殺未遂騒ぎが持ち上がるとは思わなかったから、「大井先生のお手伝い」と科学部を口実に使った。失敗だった。深雪が事件の直前に理科準備室に行った、という印象を残してしまったのだから。

　ともあれ、理科準備室に逃げ込むと、そこにはいつもと変わらない時間が流れていた。深雪は安心して、大井先生とおしゃべりをした。それで、北上先生の二日酔いの理由を知ったのだ。

　大井先生に「北上先生にコーヒーわけてもらってきてくれる？」と言われたのは、十二時少し前だった。

「それって、すっごいギリなすれ違いだね。私の当番、十二時ジャストから十二時半までだったんだよ」

「あれ？　クラス展示の案内係、十一時からって言ってなかった？」

　すぐに鞠香がいなくなるのがわかっていたから、深雪はその前に抜け出したのだ。鞠香と一緒に準備室を出ると、「また二人一緒？」とギャル軍団に揶揄されそうで避けた。

「交代してって頼まれたから。ステージ発表には間に合うし、別にいいかなって思って」

　だったら、あのまま音楽準備室にいればよかった。今になって後悔しても遅いけれども。

「ふうん。大井先生のところに持ってってたんだ」

「だから、コーヒーに毒は入ってなかったはず」

　北上先生は、いくらか気分が良くなったのか、朝の練習のときよりも上機嫌だった。「大井先生に頼まれたんです」と深雪が言うと、マグカップにコーヒーを並々と注いでくれた。

　こぼさないように用心しいしい階段を下りて、理科準備室に戻ると、十二時を回っていた。大急ぎで自分の教室に戻り、クラスメートと昼ご飯を食べた。合唱部ではお客さんで、科学部はいつ廃部になってもおかしくないとあっては、クラスでの「お付き合い」をおろそかにするわけにはいかない。

「だったら、毒は点鼻薬の容器の中ってことでＦ　Ａ《ファイナル・アンサー》だよね」

そんなことを話している間にも、鞠香のスマホはひっきりなしに振動を続けた。待ち受け画面は常にＬＩＮＥのコメントで埋め尽くされていた。

それに対して、深雪のスマホは静かなものだった。反応があったのは一度きり。合唱部女子全員が入っている連絡用のグループに、昨日欠席していた部員が詳細を尋ねるコメントをしてきた。それだけだ。

「鞠香って、顔が広いんだね」

「私の顔が広いんじゃなくて、部長だから。部員全員とつながってなきゃいけないし。めんどくさいことばっか」

これもだよ、と鞠香がＬＩＮＥの画面を深雪のほうへと向けた。

「ほっといたらヤバそうな気がするんだ、これって」

ギャル軍団でもなければ、「合唱部幹部会」でもない、別のグループらしい。合唱部の二年生だけでなく、一年生の名前も混ざっている。

「ソプラノパートの子で作ってるグループだよ」

「ああ、それで」

伴奏者の深雪には縁のないグループだ。

『やっぱブキミちゃんでしょ』

『墓場女、きもい』

　ブキミちゃん？　墓場女？　誰のことだろう？

「一年の伏見さん。わかるかな？　アルトの子。眼鏡で、前髪長くて」

　思い出した。柔らかい歌声の一年生だ。歌っているときの声は記憶にあるけれども、話し声のほうはまるで思い出せない。

「伏見だからブキミ？　ひどくない？」

「ひどいよ。今はまだ、面と向かって呼ぶ子はいないけど。時間の問題かなって感じ。アッキーナなんて、放置プレイだよ？　気がついてるくせに。信じらんない」

　鞠香がため息をついた。今回のことで、「犯人さがし」の名を借りたイジメに発展しかねないからだろう。しかも、一連のやり取りは一年生だけのものではなかった。『やっぱブキミちゃんでしょ』と言い出したのは二年生である。

『一昨日も墓場？』

『ヒガンバナって毒なんだって』

『ソレダ！』

　これも二年生だ。鞠香の言うとおり、「ヤバそう」なのは深雪にもわかった。

『お墓参りに行ったのは私。一昨日じゃなくて、さきおととい。姉の命日だったから』

　鞠香が返したコメントを見て、深雪は仰天した。姉の命日。鞠香に姉がいたことも、すでに亡くなっていたことも知らなかった。合唱部でピアノを弾くようになってから、お互いの家を行き来するくらい親しくなっていたのに。

　そういえば、練習の後、「用があるから」と鞠香が大急ぎで帰っていったのは、一昨々日の木曜だったのかと思い出した。

　仰天したのは他の部員も同じだったのだろう。ＬＩＮＥの画面がぴたりと動きを止めた。

「伏見さん、おばあちゃんっ子だったんだって。それで、月命日には必ず、お墓参りに行ってる。気持ちはわかるよ。ちょっと前まで、私もそうだったから。それをきもいとか言ってほしくない」

「お姉さん、いたんだ……」

　間の抜けた台詞だと思ったけれども、他に何と言っていいのか、わからなかった。

「十歳違いだから、ほとんどお母さん代わりみたいな？　保育園のお迎え、お姉ちゃんだったし」

　言葉を発することも、首を縦に振ることもできなかった。一人っ子の深雪には、姉がいるということも、姉が亡くなるということも、実感として理解できない。何をどう言っても的外れになりそうで怖かった。

「ごめんね。変な話をして」

「ううん。全然」

　変じゃないよ、と続ける声が喉に引っかかった。ＬＩＮＥの画面は相変わらず止まったままだ。無理もない。

　みんな、深雪と同じで両親も祖父母も健在なのだ。日常的な行き先の中に「墓地」があり、カレンダーの日付のひとつが「命日」だったりする生活なんて、想像できるはずがない……。

「これ以上、ひどいことにならないといいんだけど」

そうだね、と深雪が答えた途端に、別のグループのコメントが表示された。その後も、鞠香のスマホの画面からは、LINEやショートメールの表示が消えることはなかった。

どきりとするメッセージが入ってきたのは、鞠香が帰る直前だった。

『ショータが変。なんか聞いてる?』

鞠香は深雪にも見える場所にスマホを置いていたから、どうしても目に入ってしまった。吉野《よしの》正樹《まさき》という名前と桜文鳥のアイコン。一時期だけ、深雪のスマホにも表示されたことがある。春休みだった。

鞠香は『何も』とだけ返して、画面を待ち受けに戻した。気を遣っているのがわかったから、深雪は精一杯の笑顔を作った。

「大丈夫だよ。私、もう気にしてないから」

吉野正樹に片思いをしていたのは、一年生のころだった。それを知った鞠香は「協力するよ」と言ってくれた。鞠香と吉野と、ショータこと利根翔太郎《とねしょうたろう》は同じ団地に住んでいて、幼なじみだったのだ。

春休みに、四人で映画を見に行った。鞠香が懸賞サイトで映画の割引券を手に入れてくれた。四人でのLINEのグループもそのとき作った。

けれども、それだけだった。二年生に進級して、吉野とも利根とも鞠香ともクラスが別々になり、四人でどこかへ行くことも、ＬＩＮＥで会話することもなくなってしまった。

五月の連休明けに、吉野が一年生の女子と付き合い始めたと知って、深雪はＬＩＮＥの履歴を削除した。すぐに別れてしまったと聞いても、削除したことを後悔しなかった。映画を見に行った時点で結果はわかっていた。

わかっていたけれども、桜文鳥のアイコンを見た瞬間、息が苦しくなった。好きという気持ちはそう簡単に消えてくれないものらしい。

「やだ。何よ、このタイミング」

鞠香が顔をしかめた。今度は利根のアイコンが表示されている。吉野と違って、利根はペットの写真ではなく、自分の顔写真をアイコンに使っていた。『ちょっといい？』と、それだけの短いメッセージだった。鞠香もまた『わかった』と四文字だけを返信した。

「ごめんね。ショータってば、空気読めっての」

鞠香があわただしく帰り支度を始めて、「ちょっといい？」というのは、これから会えるかという意味だったらしいと気づいた。

「もしかして、付き合い始めた？」

四人で映画を見に行ったときから、鞠香と利根は仲が良かった。もちろん、深雪と吉野をくっつけようとしていたのだから、そう振る舞うのは当然だったけれども。

「ううん。相談に乗ってあげてるだけだよ。ハッキリ言って、めんどい」

「めんどいとか、利根がかわいそうじゃん」

付き合っていないならいいだろうと、深雪は少し茶化し気味に言ってみる。「全っ然」と首を横に振る鞠香の声に不機嫌さはない。

「なんで、男子ってみんなアホなんだろうね。嘘のひとつもつけないとか、泣けてくる」

「鞠香ってば、ひどすぎ」

「だって、めんどいんだもん。もう、あっちもこっちも、めんどいことだらけ」

鞠香は肩を落とす仕種をして、立ち上がった。

＊

月曜日は文化祭の振替で休校だったが、合唱部は全員、登校した。いわゆる「心のケア」のために、スクールカウンセラーとの面談が行われることになったのである。

深雪はこの手の大人が苦手だった。先生以外の大人が校内にいるという時点で、もう胡散臭い。それに、校長は全校集会で嘘をついた。生徒をだまそうとした学校側の手先なんて、信用できないと思ったから、何を訊かれても黙っていた。

事件直後に事情を訊かれて、深雪が何度も吐いたことを知らされていたのだろう。スクールカウンセラーは「話したくなったら、いつでも話しに来てね」とだけ言って解放してくれた。

面談室を出ると、深雪はまっすぐに理科準備室に向かった。生徒で登校したのは合唱部員だけだったけれども、先生たちは全員そろっていると聞いている。

今日は職員室かもしれないと思ったものの、ダメもとで理科準備室のドアをノックしてみた。

「どうぞ」と聞き慣れた声が返ってきたときには、ほっとした。深雪にとって「話したくなったら、話しにいく」相手は大井先生だ。

「面談、終わった？」

「終わりました」

大井先生はにこりと笑って、「お疲れさま」と言った。いつものように、壁に立てかけてあるパイプ椅子を広げる。先生が準備室にいてくれてよかった、と思った。

「あの……北上先生は？」

「まだ集中治療室らしいけど、朝の時点の話だからね。もしかしたら、今ごろは普通の病室で、喉が渇いたとか、おなかが空いたとか、大騒ぎしてるかも」

たったそれだけで、深雪の中での安堵と不安の戦いは、安堵の勝ちに傾いた。

「大井先生、もしかして、北上先生と同級生なんですか？」

正反対のタイプに見えるのに、なぜか仲がいい。周囲から見た自分と鞠香のように。だとすれば、大井先生と北上先生も同級生だからではないか？

「北上先生のほうが、ひとつ下よ」

でも、と大井先生は少しだけ首を傾げた。

「当たらずとも遠からず、かな。ここに赴任したのは同じ年の四月だったから。この学校では同級生よね」

正反対のタイプが仲良くなるには、理由がある。自分と鞠香が仲良くなるために、合唱部というきっかけが必要だったように、ただ何となくでは仲良くなれたりしないのだ。

今まで感謝していたそのきっかけが、今回はとんでもない災いに化けてしまった……。

「大丈夫？」

心配そうに顔をのぞき込まれて、ため息をついてしまったことに気づく。

「平気です。けど……」

本当は、少しも平気じゃない。平気でいられるはずがなかった。

「私、みんなに疑われてるんです」

大井先生がわずかに眉根を寄せる。

「科学部で、合唱部だから。理科準備室に出入りできるから。でも、薬品棚は鍵掛かってるのに。みんな、そんなの知らないから」

昨日、鞠香がわざわざ家まで来てくれたのは、深雪の心を少しでも軽くするために違いない。ほら、伏見さんも犯人扱いされてるよ、誰々さんもそうだよ、深雪だけじゃないよ、と。そして、わざわざＬＩＮＥのやり取りを見せて、深雪に味方するようなコメントをしてみせた。

「みんな、北上先生は毒殺だって……」

「縁起でもない。彼女、死んでないわよ」

「でも、北上先生は事故じゃないですよね？　毒殺未遂ですよね？　校長先生、嘘ついたんですよね？」

「どうしてそう思うの？」

深雪が突っかかるような言い方をしているのに、大井先生はどこまでも静かだった。

「だって、消毒薬くらいで、あんなことになるなんて、絶対おかしいです。北上先生、ものすごく苦しそうだった。校長先生があんなバレバレな嘘をつくから、みんな、かえって興味津々になっちゃったじゃないですか」

子供じみたことを言っているのは自分でもわかっていた。

「私が疑われてるの、校長先生のせいだ」

「広瀬さん、あのね……」

どこか困ったような顔で、大井先生が口を開きかけたときだった。準備室のドアがノックされた。失礼します、と鞠香の声がした。

「よかった。深雪、いた」

大井先生の表情がすっと元に戻る。

「野川さんも終わったの？」

先生はいったい何を言おうとしていたのか。けれども、その疑問は続く鞠香の言葉に吹き飛ばされてしまった。

「はい。二年生みんなで帰ろうって流れになったんで、広瀬さんをさがしてたんです」

その場にいる者を悪く言わないのは、団体行動のお約束である。逆に、その場にいなければ悪者にしても構わない、とされている。だから、鞠香はわざわざ深雪を呼びに来てくれたのだ。これ以上、深雪の立場が悪くならないように。

「寄り道しないようにね」

はーい、と鞠香は芝居がかった仕種で敬礼してみせると、早く早くと深雪を急かした。

*

鞠香の機転で、二年生による「集団下校」の場で、深雪が槍玉に挙がることはなかった。事件当日の話が出ることもなく、代わりに、「スクールカウンセラーうざい」という話題に終始した。

鞠香が事件の話を出してきたのは、部員たちと別れて二人きりになった後だった。

「ゆうこりんがコーヒー飲むとこって見た？　ちゃんと飲んでた？」

何をいきなり、と言いかけて、深雪は口をつぐむ。言われてみれば、見ていない。クラスの子たちと昼ご飯を食べるつもりでいたから、急いでいた。大井先生にコーヒーを届け、すぐに教室に向かった。

「まさか、大井先生を疑ってる？」

「いや、推理小説の毒殺事件って、毒を飲んだけど助かった人が犯人だったりするからさ。って、アッキーナも助かった人だったりするけど」

「じゃあ、助かった北上先生が犯人で、本当のターゲットが大井先生、とか？」

北上先生は病院にかつぎ込まれたけれども、死んではいないのだ。しかし、鞠香は「ムリムリ」と首を横に振った。

「そんな高度なワザ、アッキーナには絶対ムリ。あの人、頭悪いもの。毒殺とか、あり得ない。殴るか刺すか、そういう原始的な方法でしょ」

「そこまで言う？」

「だって、頭のレベルは私らと変わらないよ。アッキーナに模試を受けさせたら、偏差値は四十台だと思うな。毒を使うとしたら、ゆうこりんのほうだよ」

「理科の先生だから？　教材ってことにすれば、劇薬だって手に入れられるから？」

鞠香がうなずいた。が、すぐに「でもね」と続ける。

「みんなそう思うから、頭がいいゆうこりんは、毒なんて使わない。だから、ゆうこりんは犯人じゃない。それに」

「それに？」

「深雪が信頼してる先生だもん。犯人のはずがないよ」

「そうかな。そこまで言い切るのはムリじゃない？」

「深雪がそれ言っちゃダメじゃん」

せっかくフォローしたのに、と鞠香が頬をふくらませる。

「ごめんごめん」

鞠香がくすりと笑う。もちろん、本気で怒ったわけではないことくらい、深雪にもわかっていた。だから、その先の言葉に驚いた。

「私のほうこそ、ごめんね」

足が止まる。鞠香の声がいつもと違って聞こえて、立ち止まらずにいられなかった。

「変なことに深雪を巻き込んじゃった。ごめん」

「またそれ？　もういいって言ったよ、私。これ以上、あやまったら、逆に怒るからね」

今度は深雪のほうが頰をふくらませてみせる。笑ってくれるかと思ったのに、鞠香は笑わなかった。真剣な表情だった。

「合唱部がなくなっても、友だちでいてくれる？」

考えてみれば、顧問があんなことになったし、もともとコンクールも予選止まりだし、合唱部がこのまま廃部になっても何の不思議もない。

「そんなの、当たり前だよ」

鞠香がほっとした表情を浮かべる。どこか、鞠香らしくない気がした。友だちでいてと言われて、うれしくないわけないのに、その違和感のせいで、深雪は今ひとつ喜べなかった。

＊

鞠香と別れると、深雪は歩く速度を速めた。鞠香の住む団地から深雪の家まで約二十分。中学生にはたいしたことのない距離だが、小学校の校区の境目をまたいでいた。だから、深雪は小学校時代の鞠香を知らない。

鞠香と同じ小学校だったら、吉野とも一緒だった。とっくに「告って」いたかもしれないし、逆に好きになんてならなかったかもしれない。小学生のころ、深雪はクラスの男子たちがあまり好きではなかった。

そんなことを考えながら歩いていたからか、「広瀬」と呼ばれたときには飛び上がるほど驚いた。まさか、このタイミングで吉野本人から声をかけられるとは思ってもみなかったのだ。

「あのさ、ちょっといい？」

待ち伏せされていたのは確かだが、少女マンガやドラマみたいな展開は期待できないとわかる顔だった。それでも深雪は首を縦に振った。「はい」以外を選びたくても、カーソルががっちりロックされていて選べない。そんな感じだ。

「昨日からショータがなんかヘンでさ。それで、マリにも何か知らないか訊いたんだけど」

吉野や利根は鞠香のことを「マリ」と呼ぶ。鞠香の二人への呼び方は「マッキー」「ショータ」だ。それを聞くたびに、この三人は幼なじみなんだと思い、自分が部外者だと痛感した。深雪にとって吉野は吉野で、利根は利根としか呼べなかったからだ。

「あいつも、なんかこう……違うっていうか」

鞠香はいつもの鞠香だよ、という言葉を深雪は飲み込んだ。自分の前ではいつもの鞠香だった。吉野の前では違ったのだろうか。

「何か、隠してるっぽい？　ＬＩＮＥのレスもチョー短かった」

昨日のあれか、と思い出す。『別に』と二文字だけの返信だった。

「鞠香、私んちにいたから。合唱部のことで、めっちゃ真剣に話し合ってる最中だったから、短かったんだよ」

嘘を混ぜた。合唱部のことを話題にしたけれども、「めっちゃ真剣」というわけではなかったし、鞠香は吉野以外の相手にはもっと長い文章を返信していた。

「何も変じゃないよ」

吉野をがっかりさせたくなかった。自分の一言で、吉野を安心させたかった。

「もしかして、ショータとマリ、付き合ってんのかな」

顔の筋肉が冷たく固まった。深雪自身も全く同じ質問を鞠香に投げかけた。全く同じ質問なのに、吉野がそれを口にするのは耐え難く感じた。

「違うって言ってた」

吉野の頬がゆるむのが見て取れた。その表情で確信を持った。わかってた、そんなの最初からわかってたよ、と心の中で叫ぶ。春休みに四人で映画を見に行ったときから。

吉野が好きなのは鞠香だった。深雪のために、鞠香は利根と二人になろうとしていたけれども、吉野が別行動を取りたがらなかった。

「私も昨日、付き合ってるのって訊いたんだ。でも、鞠香は違うって言った。相談に乗ってるだけだって」

「相談？」

吉野の顔にたちまち影が差す。「相談」という言葉は、カレシカノジョ一歩手前をごまかすときに使われることもある。言葉どおりの意味なのは、女子同士、男子同士の場合だけだ。深雪はあわてて言葉を継いだ。

「何かトラブってるんだと思うよ。三年の女子とかじゃないかな」

とっさに三年生を出したのは、利根が上級生女子に人気があるからだ。イケメンの部類に入る顔だから、もちろん同級生にも下級生にも人気はあるけれども、利根自身が年上に対して好意的に見えた。大人っぽい利根には、同級生の女子なんて退屈なのかもしれない。ああ、だから大人っぽい鞠香と仲がいいんだ、と思う。

「鞠香、困ってたみたいだよ」

「そうなんだ」

心臓が握りつぶされるんじゃないかと思った。吉野がほっとするのをみるのがつらかった。そのくせ、吉野を悲しませたくないのだから、自分でも自分がわからない。

「じゃあ、ショータが変だったのって、その三年女子のせいか」

「だと思う」

そうなんだ、とうなずく吉野の顔が明るい。

「変なこと訊いて、ごめんな」

話を打ち切られたくなかった。この先、吉野と二人で話す機会なんて二度とないかもしれない。今だけだ。

「あのね」

何か話そう。何でもいいから。あと少しだけ、話していたい。

「鞠香にお姉さんがいたの、私、昨日まで知らなかったんだ」

今にも歩き出そうとしていた吉野の足が止まった。

「吉野、知ってたよね。近所だもん」

出してみたものの、どう続けていいのかわからない話題だった。鞠香の姉は歳が離れていて、母親代わりで。他に何だっけ？　鞠香は何と言っていたっけ？

「覚えてる。ピアノ、うまかった」

「ピアノ、弾く人だったの？」

「そうだよ。音大生だったんだから」

「でも、鞠香んちにピアノなんてなかったよ」

「おばあちゃんち。二人とも、そっちで練習してた」

「鞠香も？」

「マリはピアノじゃなくて、サックス習ってたんだ。いや、クラリネットだったかな」

初めて聞く話ばかりだった。鞠香の姉が音大に通っていたことも、鞠香自身が楽器を習っていたことも。そもそも昨日までその姉の存在すら知らなかったのだ。北上先生の一件がなかったら、今も知らなかったに違いない。

「私、何も知らなかった……」

親友なんて思い上がったりしなかったけれども、ごく当たり前に友だちだと思っていた。さっき、鞠香にも「友だちでいて」と言われた。その程度には仲がいいと思っていたのに。

「そりゃあ、しゃべんないよ、姉ちゃんネタは。同情とか、そんなの抜きで友だちになったんだからさ」

今度は吉野のほうが励ます口調になった。優しいな、と思う。吉野のこういうところが好きだった。不器用で、正直で、優しくて。

「下手にしゃべって、興味津々になられても困るだろうし」

興味津々？　家族を亡くした友人に対して、興味津々になる？　普通なら、そんなことはしないはずだ。いくら中学生とはいえ、それくらいの常識や良識はある。

「鞠香のお姉さんが死んだ原因、何だったの？」

吉野がしまったと言いたげな顔になる。興味津々になるような死因だった。それしか考えられない。

「俺がしゃべったとか、あいつには言うなよ？」

想像がついた。その前振りならば。

「十一階のベランダから落ちた。遺書はなかったから、事故ってことになった」

吉野の言い方は、まるで「事故ではない」と断言しているかのようだった。事故ではなく、自殺。遺書がなかったとしても、鞠香の姉は十一階のベランダから飛び降りたとわかる状況だったのだろう。親しい者たちにとっては。

＊

鞠香からＬＩＮＥのメッセージが来たのは、風呂上がりで髪を乾かしている真っ最中だった。あわててドライヤーを止めると、スマホの時刻表示は二十時五十六分。道理で、と思った。今日は少し早い。

いつも、午後九時台には入浴を終えて自分の部屋にいられるようにしている。その時間帯は、必ず鞠香からＬＩＮＥが来る。

もうかれこれ一年近く続いている習慣だった。中学に入ってから鞠香と仲良くなるまでの半年間、夕食後から寝るまでの間をどう過ごしていたのか、今となっては思い出せない。

『帰り、吉野に会った』

黙っていたほうがいいのかも、と思ったけれども、後になって吉野と話したことを知られたら、そのほうが気まずい。そう思って出した話題だったのだが。

『もしかして、うちのお姉ちゃんのこと、きいた？』

ぎょっとした。吉野の話を振ったのに、なぜ、そこまでわかってしまったんだろう？　狼狽のあまり、文章が出てこない。

『お姉ちゃんのこと、ずっと黙っててごめん。昨日になって急に言うとか、ないよね』

『ううん』

吉野に口止めされていたのに、完全に約束違反だ。でも、深雪にとって優先すべき相手は鞠香のほうだった。仕方がない。

『どこまできいた？』

『音大生で、ピアノが上手だったって』

十一階のベランダから転落した件は避けた。けれども、鞠香のほうから振ってきた。

『自殺の話は？』

『きいた』

ここまで来たら、避けて通れるはずもなかった。

『ベランダから飛び降りたことは？』

『きいた』

『マッキー、事故って言ってたでしょ？』

これはさすがに答えられなかった。しかし、それを肯定と解釈したのか、鞠香は深雪の答えを待たずにコメントを続けた。

『自殺だよ。お姉ちゃん、遺書書く気力ないくらい、ボロボロだった』

もしかしたら、鞠香のほうから話そうと考えていたのかもしれない。さっき、吉野に会ったと言っただけで、『うちのお姉ちゃんのこと、きいた？』と返されてびっくりしたけれども、最初から話す気だったのなら、わかる。

『教育実習でイジメられた』

『担当の教師に』

『パワハラって言葉、それで覚えた』

鞠香にしてはめずらしく、コメントが切れ切れになっている。気が急いているのかもしれない。やっぱり話したいのだ。

『私、小4だった。お姉ちゃん、』

『言っても大丈夫って思ったっぽい』

『どうせ意味わかんないよねって』

四年生だったのなら、小学生でもネットで検索くらいできる。鞠香はすぐに「パワハラ」の意味を調べたに違いない。

『実習先、うちの学校だった』

イヤな想像をしてしまう。それを打ち消したくて『小学校？』と尋ねてみる。

『中学校。うちの中学』

鞠香のお姉さんはピアノを弾く人で、音大生だった。教員免許を取るとしたら……音楽。

『アッキーナだよ。パワハラ教師』

嘘、とつぶやきが漏れる。ああ、でも。そんな言葉、鞠香には見せられない。信じられない話だけれども、嘘とか、信じられないとか、否定的な言葉を返したくなかった。

姉を自殺に追い込んだ教師が顧問だと知ったとき、鞠香はどう思っただろう。それを知っていれば、合唱部になんか入らなかったと後悔しただろうか？　いや、真相を知るために、敢えて合唱部に入ったのかもしれない。

なるほど、鞠香が北上先生を嫌っていたわけだ。だから、深雪は『サイテーだよね』とコメントを返した。

『服とか化粧とかケバいし、すぐヒスるし、エコヒイキするし』

さらに、決まり文句の悪口を続けた。すると、『いい加減だし』と返ってきた。一緒になって北上先生をディスってやろうという深雪の提案に、鞠香が乗ってきたのだ。

深雪が『二日酔いで学校来るし』とコメントすれば、鞠香が『片付けられない女だし』と続ける。今度は『ゴミの分別もできないし』と入力しようとしたときだった。

『教え子に手を出すし』

手が止まる。冗談にしては笑えない。

『イジメ、見て見ぬふりするし。てか、テメーがやってんだもんね、何も言えないよね』

なあんだ、と思う。鞠香はさらに過激な悪口を並べたかっただけだ。

『実技の点数とか、完全にエコヒイキ』

『採点表、見たとか?』

『うん。机の上に置きっぱだった。渡良瀬《わたらせ》、30点』

渡良瀬というのは、合唱部の現副部長だ。音楽の実技試験でそんな点数をとるはずがない。

『なのに、ショータは80点。あり得ない』

なぜ「あり得ない」かというと、利根はいわゆる音痴だからだ。一年生のときは同じクラスだったから、深雪も音楽の実技試験で利根が歌うのを聞いた。あれが八十点だとすれば、間違いなくエコヒイキだ。

『超サイテーだよね？』

『うん』

『死ねばよかったのに』

『そうだね』

『死ねって思ってもいいよね？』

『いいと思うよ』

鞠香にはその権利がある。姉を自殺に追い込んだ張本人の死を願って何が悪いのか。どうせ、北上先生が死んだって、悲しむのは大井先生くらいだろう。少なくとも、生徒は誰一人として悲しまない。

大井先生にしても、本当に悲しむかどうか。たまたま同じ年に赴任して、表面上、仲良くしていただけかもしれないのだ。

ゆうこりんは犯人じゃないよ、と鞠香は言ったが、深雪自身は逆だ。大井先生はクロ。きっと。何しろ、他の誰よりも多くのチャンスがあったのは、大井先生なのだから。

文化祭の前日、二人は一緒に食事に行った。大事な学校行事の前日でありながら、北上先生が深酒するのを、大井先生は止めようとしなかった。そこがまずおかしい。

毒物の入手にしても、大人で理科教師の大井先生なら、たやすい。生徒よりもずっと。

コーヒーを分けてもらってきてなどと言い出したのも不自然だ。大井先生の頼みだから、疑いもせずに引き受けたけれども、そんなことを頼まれたのは初めてだった。

『やっぱり大井先生なんじゃないかな』

つい、頭の中そのままの文章を送信してしまった。そんな唐突なコメントだったのに、鞠香はきちんと答えを返してくる。

『でも、ゆうこりんには点鼻薬をすり替えるチャンスがないよ。コーヒーに毒を入れるのも不可能』

文化祭当日、点鼻薬の容器はずっと音楽準備室の机の上にあった。ステージ発表の直前にすり替えるのは、大井先生には不可能だ。かといって、前日のうちにすり替えたのなら、北上先生は自宅で倒れたはずだ。花粉症の症状は朝が一番ひどいと聞いたことがある。

『点鼻薬じゃなかったのかも。コーヒーでもなくて。前の晩にカプセルみたいな、効くのに時間がかかる薬を飲まされてたとか』

『だったら、別の日でもいいじゃん。ゆうこりんは犯人じゃないよ』

『でも、あやしい』

そう、大井先生の行動は不自然なのだ。

『私のほうがもっとあやしいよ。ゴミ箱から点鼻薬の容器を拾っておけば、毒入りのニセモノだって作れたし、コーヒーの粉に細工するチャンスもあったんだよ』

『またそういうことを言う』

そこまで大井先生をかばい立てする必要はないのにと思う。深雪が慕っている先生だから、気を遣ってくれているのかもしれないが。

『オオカミ少年になっちゃうよ?』

狼のスタンプは持っていなかったから、代わりに犬が「ドヤ顔」をしているスタンプを送信した。すかさず鞠香から、同じ犬が泣いているスタンプが返ってくる。オオカミ少年呼ばわりしたことへの抗議だ。今度は、土下座している犬のスタンプを送ろうとしたところで鞠香のコメントが表示された。

『私、ウソツキじゃないけど、1コだけみゆきにはい』

漢字に変換しようとして送信を押してしまったらしい。妙なところで文章が切れたり、ひらがなのままで送ってしまったりといったことはよくある。だから、深雪は、鞠香が正しいコメントを送り直してくるのを待った。

画面が固まったように動かない。待てど暮らせど、鞠香からのコメントはなかった。

『どうかした?』

試しに尋ねてみたが、コメントは未読のままだ。ということは、鞠香はＬＩＮＥの画面を開いていない。開いていれば「既読」の表示が出る。

『寝落ち?』

そうではないことくらい、深雪にはわかっていた。このタイミングで寝てしまうはずがないし、入浴やトイレなら必ず「一時離脱」とか、その手のスタンプで断りを入れる。誰かから直電でも入ったのかもしれない。

それから、日付が変わるまでの間、幾度となく履歴を確認してみたけれども、とうとう「既読」の表示はつかなかった。

＊

翌朝、深雪はいつものように、校門の手前で鞠香を待った。放課後は遠回りして鞠香の住む団地経由で下校するけれども、時間のない朝は学校の近くで待ち合わせる。

しかし、鞠香は現れなかった。こんなことなら、直接、鞠香の自宅を回って登校すればよかった。そうすれば、歩きながら昨夜のことを問いただせた。なぜ、中途半端なコメントを送ってきたのか。なぜ、あれからずっと深雪のコメントを未読スルーしているのか。

結局、五分前の予鈴が鳴るのを聞いて、深雪はあわてて校門の中へと駆け込んだ。

朝のＳＨＲで、担任が一時間目は臨時職員会議で自習だと告げると、教室がざわりと揺れた。何かあったのだと、クラス全員が直感していた。もちろん、北上先生の一件が絡んでいるに違いない。

しかも、二時間目も自習になった。職員会議が終わらなかったのだ。ただ、三時間目になると、何事もなかったかのように授業が行われた。職員会議で何が話し合われたのか、二時間目まで延長したのはなぜなのか、何ひとつ説明はなかった。

それで、休み時間は誰もが情報収集に躍起になった。おしゃべりも教室移動も更衣室での着替えも、みんなスマホを手放さなかった。隣のクラスの状況、他の学年の教室の様子を知らせ合っては、「今、何が起きているのか」を推理した。

ただ、交友関係の幅はそのまま情報量の多寡に反映される。同じクラスの中に、孤立しない程度の友人がいるだけの深雪では、たいした情報は得られない。いつも、その足りない情報量を補ってくれていたのが鞠香だったのだ。その鞠香が登校していないばかりか、LINEにも直電にも出てくれない。

まるで目隠しをされているような一日だった。ただ、見えなくてもイヤな気配だけはわかる。おまけに、帰りのLHRで、明日の一時間目は全校集会だと言われた。何かがあったのは確かだ。とにかく、鞠香の家に直行しなければと考えながら、深雪は帰り支度をした。

鞠香の名前が耳に飛び込んできたのは、その直後だった。「毒殺魔」という言葉も聞こえて、思わず振り返った。例のギャル軍団だった。彼女たちとはクラスが別々なのに、ここまで遠征してきたらしい。

「防犯カメラに映ってたんだって」

目が合った。深雪に聞こえるように、わざと大声で言ったのだ。

「野川さんが合い鍵使って、音楽室に忍び込むとこ」

言われて思い出した。音楽準備室の廊下側のドアは施錠できるけれども、音楽室側のドアには鍵がない。つまり、音楽室の鍵を開けることができれば、準備室にも侵入できる。その音楽室の鍵は、合唱部の部長が管理していた。

「防犯カメラなんてあったんだ？」

「らしいよ。ほら、楽器とか盗まれたら高いじゃん？」

「じゃあ、音楽室でヤバいことしてたら、バレバレ？」

先生なら、防犯カメラの存在は知っている。音楽準備室に置いてあるものに細工がされていた時点で、映像という証拠が残ることを知らない生徒のしわざだと確定していた……。

「そういや、アッキーナのこと、チョー嫌ってたよね。顔に出さなかったけど」

「自分で言ってたじゃん。私が主犯って」

「じゃあさ、共犯は誰かさん？」

顔が熱くなった。

「何も知らないくせに！」

口から怒りの塊が飛び出したかと思った。死ねって思ってもいいよね、という鞠香の言葉。誰よりも強い動機と殺意。

『アッキーナだよ。パワハラ教師』

あの言葉を聞いた瞬間に気づいていた。ギャル軍団に教えられるまでもなく、深雪は知っていた。鞠香が復讐したんだ、と。ただ、その事実を直視できなかっただけだ。鞠香は悪者じゃない、犯人は他にいると思いたかった。

「鞠香のお姉さん、北上先生のせいで、自殺したんだよ！　お姉さんのカタキなんだよ！」

ちょっとやめなよ、と引き戻されて、胸ぐらをつかんで揺さぶっていたことに気づいた。引き戻した相手を突き飛ばし、叫ぶ。

「家族を殺されて平気だったら、そっちのがおかしいよ！　鞠香は当たり前のことをしただけじゃん！」

それだけ言い捨てると、教室を飛び出し、走った。階段を一段抜かしで駆け上がり、大井先生のところへ向かう。だが、理科準備室には鍵が掛かっていた。即座に回れ右して走る。次の行き先は、職員室だ。

「大井先生！」

一斉に振り返る先生たちの顔を見て、ドアをノックすることも、「失礼します」というお決まりの挨拶も、学年とクラスと名前を言うことも、全部、忘れていたことに気づく。

「広瀬さん、どうしたの？」

大井先生が駆け寄ってくる。明らかに狼狽している顔を見た瞬間、逆に頭が冷えた。口から飛び出しかけていた言葉を飲み下す。

「落ち着いて。ここじゃ、他の先生がたの邪魔になるからね」

半ば抱えられるように、深雪は職員室から連れ出された。落ち着き先は、職員室の隣の進路指導室だった。理科準備室は隣の棟だし、階も違う。頭に血が上っていれば、あっという間の距離だが、普通に歩くには遠い。

「鞠香が犯人だって、知ってたんですよね？」

ドアに「面談中」の札を掛けて、大井先生が戻ってくると、深雪は即座に口を開いた。訊きたいことは他にもあったが、多すぎて順番をどうつけたものか、わからなかった。

「いつからですか？　文化祭の翌日？　そうだ。先生、何か言おうとしてましたよね。でも、鞠香が呼びに来たから……」

あのとき、大井先生は困ったような顔で何か言いかけた。しかし、鞠香が現れた途端に、その表情は消え去った。

「違う。もっと前だ。でなきゃ、コーヒーもらってきてとか、言い出したりしませんよね。毒が入ってて、証拠品になると思ったから、あんなこと頼んだんですよね？　待って。じゃあ、事件が起きる前から知ってたってことですか？」

「広瀬さん。少し落ち着きなさい」

「だって……」

「言ってることが無茶苦茶よ」

苦笑いとはっきりわかる表情だった。

「質問に答えるわね。野川さんが北上先生に何かしようとしてることは、気づいてた。薬品棚のセキュリティ、こっそり確かめてたからね」

「だったら、どうして……」

「放置していたか？　何の証拠もないのに、生徒を指導するわけにはいかないでしょう。それって、犯罪者扱いしてるってことになるもの」

それはそうかもしれない。証拠もなしに疑われる不快感は、誰よりも知っている。確かに、先生なら生徒にあんな思いをさせたくないはず、と納得しそうになった。しかし。

「文化祭の前日には、鞠香が毒を使うってわかってたんですよね？」

でなければ、北上先生が深酒するのを止めないはずがなかった。真面目な大井先生らしからぬ行動の理由は、ただひとつ。北上先生を二日酔いにすること。文化祭当日、飲食物を口にしないように。事実、北上先生は体調が悪い朝のうちはコーヒーを飲もうとはしなかった。

「そこまでわかってたら、北上先生に事情を話せばよかったんじゃないですか？　準備室のコーヒーは飲むなって言うとか」

「北上先生、嘘が下手なのよ」

嘘のひとつもつけないとか泣けてくる、という鞠香の声が不意に思い出された。大井先生の表情は、あのときの鞠香に似ている。

「野川さんは勘のいい子だから、疑われていると知ったら、別の方法に切り替えるわ。どこかで待ち伏せして刃物でぶっすり、なんてことになったら、かばいようがなくなる」

「かばう？」

「毒なら、本人がうっかり間違えて飲んだことにできるからね。もっと症状が軽ければ、食中毒を起こしたことにすればいい。微量で死ぬような毒なんて、中学生には手に入れられないはずだし……」

「もしかして、それでマグカップだったんですか？」

マグカップ一杯分は、結構な分量だ。北上先生が注ぎ分けてくれた後、コーヒーサーバーの中身は三分の一近く減った。つまり、毒の分量は三分の二になったことになる。

「まあ、少し痛い思いをしてもらえば、北上先生もこれからは自重するだろうし、野川さんも気が済むんじゃないかと思ったのよ。まさか、花粉症の薬にまで毒を入れてたなんて思わなかった。これは私の落ち度だわ」

自重する？　気が済む？　わかってない。大井先生は、ちっともわかってない。

「気が済むはずがないじゃないですか！　鞠香のお姉さん、北上先生のせいで自殺したのに！」

「それ、野川さんから聞いたの？」

「そうです。はっきり言ってました。北上先生のせいだって」

「違うの。北上先生じゃないのよ」

その言葉の意味がわからず、深雪はただ大井先生の口許を見つめる。

「野川さんのお姉さんの担当だった先生は、別の人。北上先生はその翌年の着任よ」

北上先生と大井先生は同じ年の四月からこの中学に赴任した。その大井先生が言うのだから、鞠香の姉の担当教諭が別の人だったというのは、確かなのだろう。

「お姉さんのことは知っていたけど、北上先生は無関係だから、そっちは違うと思い込んでたわ。それに、教育実習と自殺の因果関係だって、はっきりしていないし」

「パワハラなんでしょう？　それで、鬱病になったって」

「その年の教育実習は六月だったの。校舎の改築工事が重なったから」

教育実習は、例年十月上旬の二週間。鞠香が墓参りに行ったのは、文化祭の二日前。十月中旬が命日なのだから、教育実習でのパワハラが原因という言葉に少しも疑問を抱かなかった。が、実際には四カ月もの開きがあったのだ。

「じゃあ、鞠香の勘違い？　人違いなのに、北上先生を殺そうとしたってことですか？」

あり得ない。深雪は進路指導室の本棚に目をやる。そこには、創立当時からの卒業アルバムが収められていた。アルバムの巻末には、必ず教職員名簿が掲載されているから、教育実習の担当を調べるのは簡単だ。鞠香が調べなかったはずがない。まして、音楽教諭は一人。あの鞠香が間違えるなど、考えられなかった。

大井先生もそう考えたからこそ、「姉の敵討ち」という線を捨てた。北上先生が「少し痛い思い」をすれば気が済む程度のことだと考えた。中学生にありがちな反抗心がちょっと度を超してしまったのだろう、くらいに。

『どこかで待ち伏せして刃物でぶっすり、なんてことになったら、かばいようがなくなる』

いや、それはおかしい。ありがちな反抗心だと軽く見積もったのだとしたら、「刃物でぶっすり」という可能性まで考えるだろうか？

「広瀬さん？」

大井先生はまだ何かを隠している。

「何でもないです」

たぶん、それを深雪に教える気などないのだろう。ここは学校の中で、深雪は生徒で、大井先生は……先生だ。その境界線を越えるような言動を、大井先生は好まない。ルーズで、けじめのない北上先生とは正反対だから。

北上先生もこれからは自重するだろうし、と大井先生は言った。さっきは聞き流してしまったけれども、大井先生は北上先生に「何を」自重させたかったのだろう？

頭のレベルは私らと変わらないよ、という鞠香の言葉が耳に蘇る。同時に、閃くものがあった。

「何でもないんです」

それよりも、と深雪は話題を変える。大井先生に悟られるわけにはいかない。たった今、頭の中に浮かんだ仮説は境界線のこちら側のものだ。

「鞠香はこれからどうなるんでしょうか」

「当分、学校には来られないと思うけど……。警察沙汰になってしまったから」

ＬＩＮＥのやり取りが突然、途切れた理由がわかった。鞠香の家に警察が来たのだろう。鞠香は未読スルーしていたわけではなく、スマホを手にできない状況にいたのだ。おそらく、今も。

『私、ウソツキじゃないけど、１コだけみゆきにはい』

あれはたぶん、『１コだけ深雪には言ってないことがある』となるはずだったのではないだろうか。……この仮説が正しいとしたら。

「わかりました。すみません。帰ります」

大井先生が戸惑ったような表情を浮かべたが、構わず立ち上がる。一刻も早く確かめ、そして実行に移さなければならないことがあった。

＊

進路指導室を出て、足早に歩いた。行き先は、利根と吉野のクラスだ。

自分の迂闊さが腹立たしい。なぜ、気づかなかったのか。大井先生はずっと隠し事をしていたけれども、鞠香はずっと本当のことを言っていたのに。

放課後の教室には、数人の生徒しか残っていなかった。幸いにも、その中には吉野がいた。ただし、利根の姿はない。

「吉野だけ？　利根は？」

「ショータは早引き」

全員の視線を感じた。好奇心丸出しの視線だ。深雪が鞠香と仲良くしていたことは知れ渡っている。これから先、好奇の目を向けられ続けるのだろう。でも。だからこそ、やらねばならないことがある。

「そうなんだ。吉野、ちょっといいかな？」

利根がいないのは、むしろ好都合だった。深雪は吉野の先に立って歩く。背後で、ひそひそとささやく声がする。どうせ、無責任な噂話だ。歩調を早めると、耳障りなささやきは聞こえなくなった。

中庭まで吉野を引っ張っていき、深雪は前振りなしで本題に入った。

「鞠香と利根が付き合ってるかもって思うようになったのって、いつから？」

「なんだよ、急に……」

吉野は面食らった様子だったが、構わず問いを重ねる。遠慮なんてしていられない。

「割と最近？　それとも、もっと前？」

「夏休み……かな」

「なんで？」

「いや、しょっちゅう、一人で出かけてるっぽかったから。なんか、話をはぐらかすし」

「なんで、相手が鞠香だと思ったの？　利根は一人で出かけてたんだよね？」

「俺に知られたくないってことは、マリと一緒なのかなって。練習が終わる時間に合わせてるっぽかったし。どっかで待ち合わせてる、みたいな？」

やっぱり、と思った。今年の夏休み、鞠香と過ごした時間が誰よりも長いのは、他ならぬ深雪だ。三年生が引退して、部長を引き継いだ鞠香と、伴奏者の深雪。副部長の渡良瀬と三人で行動する機会もあったけれども、合唱部と関係なく遊びに行ったり、宿題をやったりしたのは二人だけだ。だから、夏休み中、利根と頻繁に会っていたのが鞠香ではないことを深雪は知っている。

「もしかして、利根、音楽室の近くをうろうろしてた？　ううん。そうじゃない。北上先生と何か話してたんだよね？」

吉野の目が落ち着きなく泳ぐ。おそらく、偶然見かけたのではなく、こっそり利根の後をつけたのだろう。そして、辺りの様子をうかがいながら、ひそひそと話している二人を見た。

歌が苦手な利根と、音楽の北上先生という意外な組み合わせは、吉野の目にどう映ったか。おそらく、鞠香への伝言を頼んでいるように見えたのではないか。鞠香は合唱部の部長で、北上先生は顧問だ。

「でも、利根の相手は鞠香じゃないよ」

驚きと安堵とが相半ばした表情の吉野を見て、泣きたくなった。そうだよね、鞠香もこんな気持ちだったんだよね、と。

好きな人には笑っていてほしい。たとえ、その笑顔が自分以外の誰かに向けられたものであっても。だから、鞠香は利根に協力した。そう、鞠香は嘘はついていなかった。本当に「相談に乗ってあげてるだけ」だった。「1コだけ深雪には言ってないこと」とは、利根が好きだったという事実だろう。

相談に乗るだけでなく、連絡役を務めたり、偽装工作を手伝ったりもしていたかもしれない。何しろ、周囲に決して知られてはならない極秘交際だった。嘘をつけない利根にはハードルが高い。そして、嘘が下手な北上先生にも。

利根の相手が北上先生だったとすれば、すべてが符合するのだ。「ショータが変」という吉野のメッセージは、事件の翌日だった。好きな相手が殺されそうになれば、誰だって動揺を隠せない。だから、利根は鞠香に『ちょっといい?』とメッセージを送った。自分一人では抱えきれなかったからだ。

それくらい、利根は真剣だった。もしも、単なる好奇心や遊び半分だったとしたら、鞠香は北上先生を殺そうとまでは思い詰めなかったに違いない。利根が本気で、鞠香も本気だったから、事件は起きた。

大井先生にはそれがわからなかった。たかが中学生の恋愛ごっこ、だらしない女教師の火遊び、と高をくっていたのだろう。「痛い思いをして」「気が済んで」終わる程度のものだと思ったから、事を穏便に収めようと、回りくどい手を打った。事件を防ぐよりも、うまくもみ消すことを最優先にした。

中学生であっても真剣に誰かを好きになるし、差し違える覚悟で誰かを憎むこともある。深雪には当たり前のことだけれども、もう中学生でなくなって久しい大井先生は、それを忘れてしまった。所詮、境界線の向こうにいる大人だった。

「もう聞いた？　北上先生を毒殺しようとした犯人、鞠香だったって」

知ってる、と吉野がうなずいた。

「合唱部のやつらが言ってた」

ギャル軍団四人のうち、三人は吉野や利根と同じクラスだった。そのうちの誰かが職員会議の内容を聞き出してきたに違いない。

「びっくりしたよ。うちのクラス、マリの話で盛り上がっててさ」

そのときの様子を思い出したのか、吉野が顔をしかめた。

「墓参りに行くふりして、ヒガンバナつんできたとか。あと、なんだっけ……。何か毒のある木の実を拾ってきたとか。そんな話ばっか」

それで、利根は早退したのだろう。鞠香の動機に気づいてしまった利根には、聞くに堪えない話ばかりだったから。

「けど、なんでマリが？　わかんねえよ。あいつ、全然、本心とか言わねえし」

言ってたよ、と声に出さずに答える。鞠香はずっと本当のことを言っていた。深雪が疑われそうになったときには「私が主犯」と言い、一年生に矛先が向いたときには「お墓参りに行ったのは私」と訂正した。深雪が大井先生を怪しいと言い出せば、「私のほうがもっとあやしい」と答えた。それを深雪が思いやりから出た言葉だと勝手に解釈したにすぎない。

『ゴミ箱から点鼻薬の容器を拾っておけば、毒入りのニセモノだって作れたし、コーヒーの粉に細工するチャンスもあったんだよ』

あれも本当のことだったのだろう。点鼻薬の容器がゴミ箱に捨てられていることは部員なら誰でも知っていたけれども、コーヒーの粉に毒が入っていたことは誰も知らない。そもそも、どこにどんな毒が入っていたのか、生徒はまだ知らされていなかった。

おそらく、鞠香が深雪についた嘘はひとつだけだ。

『アッキーナだよ。パワハラ教師』

それを鵜呑みにした深雪は、教室でギャル軍団に食ってかかった。鞠香のお姉さん、北上先生のせいで自殺したんだよ、と。鞠香はあの言葉を深雪に叫んで欲しかったのだ。大勢のクラスメート、もしくは合唱部員たちの目の前で。北上先生を悪者にするために。

音楽準備室に自由に出入りできる鞠香が、隙だらけの北上先生に毒を盛るのはいつでもできた。わざわざ文化祭当日を選んだのは、学校側にもみ消されないようにするため、だ。

現に、事件直後の全校集会では「取り違えによる事故」とされたし、大井先生も「症状が軽ければ食中毒にできる」と言った。それでは、北上先生が「被害者」でなくなってしまう。

単なる事故や食中毒では、回復すれば何事もなかったかのように学校に戻るだろう。しかし、犯罪被害者となると話は変わってくる。しかも、「被害者にも非がある」と見なされれば、バッシングが始まり、学校から追い出されるはずだ。被害者だからといって守ってもらえないことくらい、中学生でも知っている。いや、中学生だからこそ、実感としてわかる。より多くの不利益を被るのは、イジメの加害者ではなく、被害者のほうだ。

だから、鞠香は明らかに犯罪であるとわかる方法を選んだ。

もしかしたら、鞠香が使った毒はヒガンバナの根っこだの、何かの木の実だのといった、身近にある毒ではなかったのかもしれない。親のクレジットカードとネットを駆使して、「中学生には手に入れられないはずの毒」を購入したのではないか。購入履歴という証拠を残すことになっても、確実に、殺すために。

大井先生が危惧した「刃物でぶっすり」をやらなかったのも、それが確実な手段ではなかったからだろう。体格では鞠香のほうが若干、不利だ。運が悪ければ、返り討ちに遭う。

大井先生が事件を隠蔽するためには都合がいいと考えたように、鞠香にとっても都合がよかったのだ。毒殺、という手段は。

いや、それだけではない。刺殺では犯人が判明するまでの時間が短すぎる。警察に捕まってしまえば、外部との連絡が取れなくなる。それでは困るから、鞠香は毒殺を選んだ。深雪にいくつもの手がかりを与える時間を稼ぐために。だから、いつもよりＬＩＮＥの時間も早かったんだ、と気づいた。

鞠香は深雪に気づいてほしかったのだ。深雪だけに。だから、ＬＩＮＥのやり取りの中に、『教え子に手を出すし』という短いコメントを紛れ込ませ、『ショータは80点』という非常識なエコヒイキがあったことを伝えた。深雪なら真相にたどり着けると信じて。

「なんで、あんなことをしたのかな、マリは」

知っている。何もかも、わかった。

鞠香の望みは、北上先生が生死に関係なく、二度と学校に戻れないようにすること。そして、あくまで利根を部外者にしておくこと。そのためには、深雪の協力が不可欠だった。

ただし、鞠香はそれを深雪に強制したくなかった。共犯者になるかどうかは、深雪が決める。友だちでいて、という言葉には、そんな思いが託されていたのだ。

「私、知ってる」

ごめんね、と心の中で吉野にあやまった。私は鞠香の友だちだから、今から嘘をつくけど、ごめんね。吉野が鞠香を好きな気持ちを利用するけど、ごめんね……。

「鞠香から、全部、聞いた」

優しい吉野は、きっと効果的に広めてくれるだろう。鞠香が用意した譜面に記された歌、真実以上に強い力を持つ歌を。ＬＩＮＥからＳＮＳへ。狭い教室内から、誰もが見ている場へ。

「あれって、お姉さんの敵討ちだったんだよ」

吉野が目を見開く。そして、深雪は静かに伴奏を続けた。

猫は毒殺に関与しない

柴田よしき

柴田よしき（しばた・よしき）

東京都生まれ。青山学院大学文学部仏文科卒。1995年、『RIKO 女神の永遠』で第15回横溝正史賞受賞。主な作品に『聖母の深き淵』『ゆきの山荘の惨劇』『少女達がいた街』『フォー・ディア・ライフ』『激流』『自滅』『鉄道旅ミステリ（2）愛より優しい旅の空』など。

そういうわけで、殺すしかない、と思いました。

どうやって殺したらいいんだろう。毎日毎日考えたのですが、ひとつだけどうしても嫌だと思ったのは、死ぬところをこの目で見ることでした。だって気持ち悪いじゃないですか、人が死ぬ瞬間を見るのって。それになんだか怖いし。

その瞬間さえ見なければ、その人が死んだ、わたしが殺した、ということは、錯覚か何かだと思っていられます。信じなければいいんですから、そのことを。

つまり、遠隔操作しかない。遠隔操作の殺人。だとしたら、毒殺しかありませんよね。

たとえばワインに毒を入れたとしても、それを飲むところに居合わせなければいいんです。そうすれば、死ぬ瞬間を見ないで済む。

そうです。それなら簡単ですよね。こっそりあの人の家に忍び込んで、ワインでもウイスキーでも、あの人が飲みそうな瓶に毒薬を入れればいいんです。それをいつ飲むかはわからないけれど、そう遠くない将来、あの人はそれを飲んで死にます。

大事なことはまず、忍び込んだことがぜったいに誰にも知られないようにすること。

ああ、それで少し困ったことがあります。わたし、あの人の家に行ったことがないんです。

下見は大事です。なんとかしてあの人の家に一度は入っておかないと。

まずはそこからですね。

1

「構わないわよ」

四方幸江《しかたさちえ》は鷹揚に言った。

「いつでも遊びにいらっしゃい」

「ほんとによろしいんですか！」

神戸縁《かんべゆかり》は瞳を輝かせた。

「本気にしちゃいますよ。遊びに行きますよ。その時になって迷惑だとかおっしゃらないでください ね！」

「言わないわよ、迷惑だなんて」

幸江は笑った。

「でも仕事場は殺風景よ。きっとがっかりするわよ。自宅に招いてあげたいところなんだけど、やっぱりそれは、ね」

「わかってます、わかってます。先生、ご自宅の住所は非公開で、どこにも書いてありませんものね」

「世の中いろんな人がいるでしょう、まあ用心しないとね。でも仕事場のほうは、編集さんも始終出入りしてるし、いつでも来て貰って大丈夫よ。ただ、インターネットには書かないでね」

「もちろんです。潤子さんはお仕事場のほうにも行かれるんですよね。潤子さんが秘書になったのって、いつからなんですか」

「あら、いつからだったかしら」

幸江は美しい銀髪のボブヘアを揺らして小首を傾げる。

「……もう十年くらい？　もっと経つかも」

「どこで潤子さんと？」

「行きつけのワインバーでね、カウンターで隣りに座ったのよ、確か。で、二人ともお一人様だったから何となく話をして」

「潤子さん、四方先生のこと知らなかったんですか！」

「飲み屋で知合った人に、いちいちわたしは作家です、なんて言わないでしょ」

「でも著者近影で」

「わたし、本に近影載せてないもの。雑誌なんかのインタビューで写真が載ることはあるけど、潤子ちゃん、日本の小説はあまり読まないのよね、今でも。四方幸江、って判った時は驚いてたから、名前くらいは聞いたことあったんでしょうけど」

「どういったきっかけだったんですか」

「潤子ちゃんを秘書にしたこと？　潤子ちゃん、確かあの時失業中だったのよ。それでハローワークに通ってもなかなかいい仕事が見つからないって言うから、だったら書庫の整理のバイトしない？　ってわたしのほうから持ちかけて。あの頃は住んでるマンションの一室を書庫にしていたんだけど、整理する時間がなくて何が何やらわからなくなってて困ってたの。それで就職が決まるまでの間、夜とかあいてる時間に来て貰って、書庫に置いてある本のリスト作って貰ったの。で、そのリスト見てわたしが処分する本と残す本を選んで、残すほうは新しく借りたワンルームに運んで貰って、処分する分は古書店に連絡して……そういうこと、潤子ちゃんに任せたらびっくりするくらい手際が良かったのよ。全部終わるのに三ヶ月くらいかかったんだけど、ワンルームのほうにきちんと整理された本を見た時ね、この人を手放すのはもったいない、って思っちゃったの。でもわたしの秘書じゃ、社会保険とかつけてあげられないしねえ。なかなか、就職するのやめて秘書やって、とは言いにくくて。なのに、本の整理が終わっていよいよお別れ、という時になってね、潤子ちゃんのほうから言ってくれたの。作家の秘書みたいな仕事に憧れていたので、よかったらずっと手伝わせてくれませんか、って」

「渡りに船でしたねえ」

「ほんとにそうよね。幸いあの人が秘書になってから大きな賞もとって、テレビの連ドラと映画に原作が決まって、なんとか仕事のほうが順調だったから、まあ普通のＯＬさんと同じくらいのお給料はお支払いできるようになったけれど。もしかしたら潤子ちゃん、わたしにとっての幸運の女神だったのかもねえ」

「桜川先生には秘書はいらっしゃらないんですか」

縁がいきなりこっちに話題を振って来た。別に皮肉を言うつもりはなかったらしく、無邪気な顔でにこにこしている。殴りたい、と一瞬思ったけど、小さく深呼吸して無理やり笑顔になった。

「秘書が必要なほど仕事が忙しいわけでもないんで」

と言うか、「普通のＯＬさんと同じくらいの」収入がわたしにはないのであるからして、どこをどうやったら秘書に払うお金が都合できるもんなのか、あんたに訊きたい。

「桜川さんはなんでも自分でできる人なのよ」

助け船でも出しているつもりなのか、幸江が鷹揚に笑う。悪意はまったくないのだ。と言うか、わたしなんかに悪意を抱く理由がこの人にはない。

わたし、桜川ひとみ。職業はいちおう作家である。いや、いちおうじゃなくって、まぎれもない作家なのである。だって他に仕事を持っていないし、とりあえずかつかつながら作家業で生活しているのだし。

しかしそれも、ここ数年どんどんあやしくなって来ている。このままだと作家業だけでは家賃も払えなくなるかもしれない。そうなったらどうしよう。近所のパン屋さんにパート募集の貼紙がしてあったけれど、三十代半ばにさしかかったわたしでも雇って貰えるんだろうか。

などということをかなり真剣に考えるくらい、切迫しつつある。そりゃ貯金もわずかながらはあるけれど、女の一人暮らし、もとい、一人と一匹暮らしでしかも明日をも知れぬ自由業。虎の子に気軽に手をつけるわけにはいきません。いざとなったら誰にも頼ることができないのだからね。

が、そんなわたしでも四方幸江のような人気作家とこうして鍋パーティに同席できる、というのは、ある意味作家業のいいところ、なのかもしれない。何しろ四方幸江とわたしは、同期の桜、なのだ。年齢は幸江のほうが十歳くらい上だが、共に某ミステリ新人賞を受賞してデビューした。

すみません、嘘つきました。共に受賞した、というか、わたしは佳作で四方さんは大賞だったんですけどね、はい。

だが新人賞を受賞したからといって、すぐに売れっ子作家になれるというわけではない。もちろん、デビュー作がミリオンセラーになって一生分の貯金できちゃいました、という作家も実在はしているけれど、そんなのは宝くじに当たったようなもので、特例中の特例なのだ。たいていの新人賞受賞作家は、自分が思い描いていたほどにはデビュー作が売れず、いきなり夢を砕かれて厳しい現実と直面することになる。

四方幸江にしても、確かデビュー作は賞の規定によって二時間ドラマになったけれど、二時間ドラマの原作本がドラマ化をきっかけに売れた、というのは昔の話。もちろん大賞受賞作なのでそれなりの広告宣伝費をかけて貰えただろうからそこそこは売れたのだろうけれど、その後受賞後第一作から第六作くらいまでは増刷もかからず、デビューした出版社からも連絡が来なくなったと泣きながら電話して来たことがあったほどである。むしろ佳作デビューのわたしのほうが、ちょこっと一部のミステリファンにオタク受けしたシリーズが出たおかげで、一時はまだしも羽振りが良かったくらいなのだ。

だがもともと実力のあった人だけに、一作ヒットが出たら形勢はまったく変った。映画化された作品はミリオンセラーとなり、その後で出た作品も、以前に出て売れなかった作品も、軒並み数十万部。川崎のワンルームからお台場の高層マンションへと引っ越し。絵に描いたような展開で、あれよあれよと言う間に雲の上の人となってしまった。

とは言え、幸江本人の中身はそれほど変化していない。昔からどこか天然ボケなのかと思うようなおっとりとしたところがあり、売れなくて本が出せなくなったと涙の電話をして来た時でさえ、五分もしたら話題はコンビニスィーツからイケメンの仮面ライダータレント、はては近所の野良猫の勢力図、といったおばさんの井戸端会議ネタになってしまい、最後は明るく笑って、じゃあねー、と電話が切れた。本人も、何の用で電話したのか最後は忘れていたと思う。

そういう性格なので、人気作家になっても敵は少ない。いない、とまで言い切れないのは、最近はあまり幸江と顔を合わせることもなくなったからだ。出版業界は呆れるほど多くのパーティがある業界で、売れていようといまいと、キャリアが長くなればおおかたのパーティからは招待状が届く。中には会費が必要なものもあるが、多くはタダ飯にありつけるまたとない機会である。だが、とにかく美味しいご飯がタダだ、といそいそ出かけていたのも数年前まで、最近はめっきり出ることも減った。さすがにわたしにだってかすかながらプライドもあり、見栄もある。パーティに出ても編集者にはことごとくスルーされ、皿に盛った食べ物を会場の隅っこで黙々と食べているだけ、という状況は、精神的にきついのだ。それに、昔から仲の良かった作家たちもみんな中堅からベテランになり、パーティへの出席率は落ちていて、会場に知合いが見当たらない。そもそも出版界のパーティの大部分は営業の場であり、新人作家にとっては名刺を配って編集者に名前を知って貰う機会なのだが、中堅・ベテランになればその必要がなくなる、と言うか、そうやって名刺を配っても営業的効果が薄くなる。この出版不況下にあっては、直近に出した本の販売実績がもっとも信頼される「名刺」であって、一度、売れてない作家、というカテゴリーに入ってしまうと、パーティでせっせと名刺を配ったくらいではその牢獄からの脱出は不可能なのだ。

ではどうしたら、状況を改善し、家賃と食費の安定確保が可能になるのか。

……わかりません（涙）

結局のところ、我々作家というのは漁師さんと同じなのである。漁に出たからといって、竿を垂れたからといって確実にお金になるなんて保証はどこにもない。漁師さんは魚が一匹も獲れなければ、収入はゼロどころか、船のガソリン代その他経費分の赤字でマイナスになってしまう。作家もいくら作品を書いたところで、出版してくれる版元さんが見つからなければ一円のリターンもなく、取材費や資料費分の赤字で終わる。取材の費用や各種資料本などの費用を版元さんが出してくれるのは、利益回収の見込みがある「売れてる作家さん」だけ。出して貰えるかどうかもわからない作品を書く為の経費一切合切は、自腹なのだ。

しかし、ぶちぶち言ってても仕方ないので、旧知の編集者を命綱に、とにかく書けた作品を読んで貰うしかない。ここ二、三年、そうして明日をも知れぬ孤独な戦いをこつこつ続けた結果、とにかく年に一、二冊はなんとか本が出せた。ありがたいことに、日本の出版業界の慣習なのか、文芸に関しては初刷分の印税は実売に関わらず払っていただける。再販制度があるせいで、出した本が返本されて版元に戻り再出荷、を繰り返すこともあるから、印税支払い時の実売数の把握がややこしい、というのもあるのだろうが、POSシステムのせいでその気になれば実売経過はすぐに判る現在、やはり作家に対する救済措置という側面はあるのだと思う。しかしその分、余計な在庫を残さないよう、出したらぴったり売り切るくらい部数を絞って、なかなか増刷もしてくれない。

昨年度のわたくし、桜川ひとみの作家としての収入は、総額で二百七十万と数千円。うち資料費、通信費、交通費などの経費が九十万円と少しかかっているから、税金やら健康保険やらもろもろひくと、百五十万円に届くか届かないか、というところだろう。家賃は毎月七万五千円だから残りは六十万円程度。つまり、食費・光熱費・遊興費・猫の餌代、猫のトイレの砂代、携帯電話料金などすべてひっくるめて、月五万円でやりくりしろ、ということになる。無理です。

家賃をもう少し安いところに引っ越す、という案ももちろん念頭にはあるのだが、猫が飼えて、出版社との打ち合わせにあまり電車賃がかからない東京近辺で、段ボール四十箱分の本やら資料やらが置けるスペースのある部屋が確保できる賃貸物件となると、七万五千円でも格安なのである。

実は昨年までは、なんと神楽坂の一軒家、という素晴らしい環境で暮していた。もともとは滋賀県大津市の団地で生活していたのだが、事情があって上京したのが二年前。ちょっとしたコネがあったおかげで、神楽坂の古い一戸建て庭つきの離れ、六畳と八畳に台所に土間までついた素敵な住まいを借りられて、しかも、大家である老婦人が住む母屋の掃除を引き受けることを条件に、家賃はたったの三万円であった。お風呂がついていない点だけが欠点だったが、老婦人が入るのに母屋でお風呂を沸かした時は、もったいないから入ってちょうだいと頼まれてありがたくちょうだいできたし、銭湯まで歩いても十分はかからなかったので、まったく問題なし。とにかく極楽であった。が、不運なことに、とある事件が起こってその離れを出ることになってしまった。

あれからなんとなく神楽坂からは足が遠のいてしまったが、風の噂によれば老婦人のあの家は、離れも含めて取り壊され、跡地にはマンションが建つらしい。諸行無常。

そんなわけで、二ヶ月近く不動産屋をはしごして、いろいろ知合いのツテやらコネやらも頼りまくって、ようやっと見つけたのが今の住まいだ。神奈川県某市、私鉄利用で都心から約一時間。敷金礼金なし、保証金二ヶ月のみ、というシンプルな契約も気に入った。駅からは徒歩二十五分ほどかかるけれど、野鳥の森、と名付けられた小さな防災用自然林のすぐきわに建っている家なので、環境だけはとてもいい。猫大喜び。ただし、家自体はびっくりするほど古い。強い台風が来たらかなりヤバそう。そうだ、梅雨時までには雨漏りするところがないか調べて、補強しておかないと。うわあ、またお金がかかりそう。これは本気でアルバイトを考えないとなあ……

「って桜川さん」

幸江の声で、とめどない絶望的経済状況への考察から我にかえった。

「あの、おトイレお借りしてもいい？」

「あ、どうぞ。えっと、廊下を奥に行って右です」

そうなのである。ここは我が家、家賃七万五千円の一軒家、窓を開けると方向音痴なヒヨドリが飛び込んで来ることもある（実際、数日前に飛び込んで来て壁に当たって脳震盪を起こし、えー鳥の死骸なんか片づけるのヤダー、とおろおろしていたらむっくりと起き上がっておもむろに窓から出て行った、ということがあったのだ）、駅から徒歩二十五分のパラダイス（？）なのである。

そして十畳ほどの居間兼食堂に置かれた三人掛けのソファに座っているのは、真ん中に四方幸江、その向かって左隣りが幸江の大ファンだという書店員の神戸縁、右隣りは出版社丸川書店の編集者で幸江担当の渡会真由《わたらいまゆ》。

ソファはひとつしかなく、他の面々は畳の上に座布団を敷いて座っている。

ソファはテレビの真正面にでんと据えてあるので、横に直角になる位置に二人ずつとテレビの前に二人。

部屋の奥にあたる、ソファの向かって右袖にいるのが、出版社ハヤブサ書房の編集者で北山明美《きたやまあけみ》。北山はこの場にいる四人の作家の、いずれの担当でもない。そしてその横であぐらをかいているのが、作家の園田《そのだ》あきら。イケメン、独身（バツイチ）、四十代前半。わたしや幸江と同じ賞の出身者で、もう十五年以上のつきあいになる。

ソファの左袖、廊下に近い側に座っているのはわたしと、ハヤブサ書房でわたしを担当してくれている編集者、秋本隆史《あきもとたかし》。さらにもう一人、テレビの前に座っているのが、作家の柴崎景子《しばざきけいこ》と、丸川書店で園田を担当している編集者、久留米舞《くるめまい》である。こんなに大量の人間を招きいれるなどとは思ってもいなかったので、もちろん座布団が足りなかった。とりあえずわたし以外の作家三人には客用の上等な座布団をなんとか敷いて貰っているが、編集者にはわたしの仕事用椅子に置いてあるくたびれたクッションやら、予備の枕やら、毛布を折り畳んだものやら適当に使って貰い、わたし自身はキャンプ用の小さな折畳み椅子を出している。

だいたい、こんな狭いとこにこれだけの人間を招くなどと、むちゃなのである。が、場所を提供するかわりに今夜の鍋パーティの費用は一切無料、という交換条件につい、うん、と言ってしまったのだから情けない。

それもこれも、先週のパーティの席で、四方から声をかけられたのがきっかけだった。

2

「中傷の書き込み？」

ちょっと義理のある業界の先輩が某賞を受賞したので、やっぱり一言お祝いくらいは、と久しぶりに出たパーティで、職人さんがちゃんと握ってくれるお寿司にわくわくしながら出来上がりを待っていた時、四方幸江が、久しぶり、と声をかけて来た。わたしは握り寿司ののった皿を手に、壁際までそろそろと避難し、おもむろに箸を割った。幸江はわたしの分までウーロン茶のグラスを手にしてぴったりとついて来た。

そして、耳元で打ち明けたのだ。最近、業界の人間に嫌がらせを受けている。昨日もインターネットの某巨大掲示板にスレッドが立ち、ひどい中傷を受けたのだ、と。

「でもさ、あれって、人気のある人ほどいろいろ叩かれるんじゃないの？　わたしもデビューしてシリーズものがちょこっと売れた時は、むちゃくちゃ書かれたよ。でも今は誰もなんにも書いてくれないし。有名税みたいなもんだと思って、スルーするに限るんじゃない？」

正直、そんな話には興味がなかった。今は握り寿司のほうが重要だ。なにしろ、豪勢なことに、ウニの軍艦巻があるんだから。

「それはそうなんだけど……でも見ず知らずの一般人が退屈しのぎに叩いてるんじゃないのよ。明らかに業界の人間がやってるの」

「なんでそんなことわかるの？」

「ごく一部の業界人しか知らないことを暴露されてる」

なるほど。いわゆるひとつの「秘密の暴露」ってやつですね。真犯人特定の切り札の。

「最初はつまらないことだったの。秘書の潤子ちゃんがわたしの名前でネット検索して、中傷スレッドを見つけてね。潤子ちゃんは時々そういうとこ覗いてるみたいなんだけど、いつもはわざわざわたしに言いつけたりしないのよ。スルーするに限る、ってのはわかってるし。でも……その内容が、一般人なら知らないようなことだったのよ。作品の打ち上げで編集者と飲みに行って、そのあとカラオケで朝まで歌ったことがあったんだけど、お店を出た時もう電車が動いている時間だったんで、編集者は電車で帰ると思って駅の近くで別れてタクシーに乗ったことがあったの。それを、方向が同じなのに自分だけタクシーに乗った、って書かれてて」

「なにそれ。そんなの非難されるようなことじゃないじゃない、タクシー代は幸っちゃんの自腹なんでしょ」

「そうだけど、思いやりがないとかなんとか、書いてあった」

「ばかばかしい。でもそれだったら、その時駅で別れた編集者の中に犯人がいるってことだね」

「それがそうとも限らないのよね。その人たちにさりげなくさぐり入れてみたんだけど、自宅に戻らずにそのまま会社に向かった人もいて、朝までわたしと一緒で駅で別れました、みたいなことは社内で普通に喋ってたらしいから」

「つまり、その人たちは別に幸っちゃんにタクシー同乗させて貰えなかったこと、なんとも思ってない、ってことか」

「まあ普通、なんとも思わないよね」

「だね。でも中傷しようと思えば悪くとることもできる、ってことか」

「社内で他の編集者に伝われば、担当してる作家だのなんだのに伝わるでしょう。だからそれだけでは特定できない。でも次に、献本でわたしに送った本が古本屋で売られてる、って中傷が書かれて」

「だって献本って著者謹呈の紙が一枚挟まってるだけで送られて来るんだし、その紙抜いて売ればわかりっこないじゃない」

「わたし、いただいた本を売ったりしてないわ」

ごめんなさい……わたしは売ったことある……な。だって滋賀から引っ越して来た時、本を全部は持って来られなかったんだもん……でも、ちゃんと読みましたから！　ごめんなさいごめんなさい。

「いずれにしたって、為書きつけたサイン本じゃあるまいし、そんなのわかるわけない。それってただのデマ、よね」

「そうなんだけど……ただ、一般の人がそういうデマ、書き込むかな、って。そもそも一般の人は、作家同士が新作を献本し合ってるってこと自体、知らないんじゃない？」

「まあそれはそうかも」

「なんだかね、そう思って読んでみると、他にも業界の人間っぽい書き込みがたくさんあるのよ。なんだか気持ち悪くて……」

わたしは楽しみにしていたウニの軍艦巻をひとくちで口に押し込み、ゆっくり噛みしめた。生ウニ食べたのなんて、きっと一年ぶりくらいだ。

幸江がさし出してくれたウーロン茶で口の中のものを流し込み、壁に沿って置いてある椅子を指さした。

「座って話そうよ」

幸江はうなずいた。

「ちょっと前にさ、けっこう名前の知られてる漫画家が、同僚の悪口とか中傷をネットに書きまくってたのがバレた、って事件、あったじゃない?」

「……なんか聞いたことある気がする」

「要するに、同業者だの編集者だのにも、いろんな奴がいる、ってことなのよ。四方さんは人気作家で本も売れてるから、当然やっかみや嫉妬を感じてる業界人は多いはずだし、編集者だって何かすごくささいなことで幸っちゃん、四方さんのこと、恨みに思ってる人もいるかもしれない。長くこの仕事やってれば、編集者と一度のトラブルも起こさずにいられっこないもんね。業界の中に中傷の書き込みしまくってるバカがいるのは確かだとしても、バカにつける薬はないんだし、ほっとくしかないいんじゃない?」

「でも……気持ち悪くて。自分で自分のこと、いい人だなんて思ってやしないけど、それでも敵を作らないように注意してやってるつもりなの。それでもわたしのこと、恨んだり憎んだりする人がいるのかと思うと……」

「だから、何もしてなくたって成功した人は嫉まれるのよ。それをいちいち気にしてたらきりがないよ」

幸江は力なくうなずいたが、それから上目づかいでわたしを見た。

「でもさ……もしその相手が、自分が信じてる人、好ましいと思ってる人だったら……ショックじゃない？」

「そりゃショックだよ。でも、だからこそ、知らないほうがいいよ」

「ずっと騙され続けるのは嫌なの。そんなのたまらない。それに、たった一人のバカの存在のせいで、疑わなくてもいい人たちのことも疑ってしまう、その状況がたまらなく悔しいのよ」

「まあ、それはわかるけど……」

「お願い、桜川さん。協力して」

うわー、いやな予感。

「……協力って……」

「桜川さんって、見た目より鋭いとこ、あるじゃない」

……そういうもの言いが敵を作ってるんだよ、あんた。見た目より、ってなんだ、見た目より、って。

「それに桜川さんって癒し系というか、なんか会話してるとこっちがつい油断しちゃうと思うのね。だから……桜川さんになら、犯人も尻尾を出すと思うのよ」

犯人。尻尾。いやな予感ＭＡＸ。

「裏切り者が誰なのか、桜川さんならわかると思うの！」

わかるかよ、そんなもん。

「中傷書き込みをした可能性がある人を招いて、飲み会をしたらどうかと思うの。たとえば、今の季節ならお鍋をみんなでつつくとか」

「可能性がある人、って、思い当たる人がそんなにいるの？」

「……何人か絞り込んであるの。でも他に数人呼んで混ぜてしまわないと警戒されるかも」

「どこか、レストランの個室でも借りる？」

「それなんだけど」

幸江がさらに上目遣いになった。

「……桜川さん、お引っ越しされたのよね」

「……四ヶ月も前だけど」

「どなたか、業界の方を新居にお招きしたことは？」

「ないない。ってゆーか、そんな、誰かを招くようなとこじゃないもん。駅から徒歩二十五分もかかる、林の縁のボロ家よ。猫飼ってるからそういうとこのほうが都合が良かったし」

家賃も安いし。

「一軒家？」

「まあ、いちおう」

「広さは？」

「一階が十畳の和室と四畳半くらいの板の間、二階は六畳と三畳。一階の板の間に本を詰め込んで隙間に机置いて仕事してる。二階の三畳は物置き、六畳は寝室。畳にカーペット敷いてベッド置いてるけど」

「居間が十畳の和室なら……十人くらいは大丈夫ね」
「大丈夫って、ちょっとあの」
「お願い！　わたしが唐突に鍋パーティするなんて言い出したら何事かと思われるでしょう。桜川さんの引っ越し祝いだってことにすれば、不自然じゃないし」
「いやそれはでも、不自然でしょう。どうしてわたしの引っ越し祝いに四方さんだけ来るの、とか」
「他にも同期の作家、呼べばいいわ。人選はまかせて。わたしともあなたとも知合いで、そういう集まりが嫌いじゃない人、考えるから。お酒もお料理もみんなわたしが手配する、桜川さんは場所の提供だけしてくだされればいいの。美味しいもの食べてお酒が入れば誰だって気が緩むわ。きっと誰かボロを出すわよ。ええ、きっと！」

何度も断ったけれど、幸江は頑固だった。最後には根負けして場所を提供することになってしまった。

そして今夜、その鍋パーティが今まさに始まったところ、なのである。

座卓は一つしか持っていないので、本の詰まった段ボール二個を座卓の横に並べ、駅前の百円ショップで慌てて買った、見るからに安っぽいビニールのテーブルクロスをかけてごまかした。

その急ごしらえの宴会テーブルに乗っているのは、卓上コンロと大きな土鍋、そして土鍋の中には……水餃子っ！

ギョウザである、ぎょうざ！

せっかくの人気作家主催の鍋パーティだというのに、松阪肉でもなければ越前カニでもなく、伊勢エビでもなければ名古屋コーチンでもない。

なんで、餃子……涙。

しかもこの餃子が、なんと五色なのだ。赤、緑、黄色、白そして黒。美しい、と言えば言えなくもないけれど、どうして餃子を五色にしなければならなかったのか、わたしには幸江の精神状態がどうも理解できない。

「でもすごいですねえ、この餃子、四方先生の手作りなんですか！　芸術的だなあ」

わたしの担当であるハヤブサ書房の秋本隆史が、かなりわざとらしい感嘆の声をあげた。

「最近、パンを作る機械、買ったのね」

トイレから戻った幸江は、餃子を褒められて嬉しそうだ。

「そしたらその機械、パスタや餃子の皮も作れちゃうのよ。やってみると面白くて、でもパスタにしろ餃子の皮にしろ、一人じゃ少ししか食べられないでしょう。せっかくだからこの機会に活用してみたの」

もしかして、中傷犯人うんぬんというのはただの口実で、本当は手作りの餃子を他人に食べさせて称賛されたかっただけじゃないのか、と疑惑を感じつつ、わたしは客人たちが持ち寄った「差し入れ」の包みを一つずつ開けた。

これは誰が持って来たのかしら、中にはデパ地下で買ったらしいサラダが数種類。なかなか気が利いている。紙皿に適当に盛りつけてテーブルに置く。

こっちの包みは、あ、デザートか。ゼリーやプリンだ。これは冷蔵庫にイン。居間と玄関の間に板の間の小さな台所があり、冷蔵庫までは居間から大股で三歩の距離。

さすがに作家宅に鍋パーティに呼ばれて手ぶらで来るツワモノはいなかったようで、つまみやデザート、果物にワイン、日本酒にビールに缶チューハイなどなど、食べ物や飲み物が瞬く間に溢れた。これだけあれば多少は残る。残ったものはありがたくちょうだいいたします。場所の提供プラス中傷野郎（女性かもしれないが）のあぶり出し、という大役を押し付けられている以上、多少の余禄はないとやってられません。

「この赤い餃子、唐辛子ですかぁ？」

舌足らずの甘ったるい喋り方は、北山明美だ。今ここに集まった女性の中では、おそらくいちばんの美人。歳も若く、新卒二年目のはずだからまだ二十三、四歳か。幸江の担当でもなく、わたしや園田あきら、柴崎景子の担当でもない彼女がなぜここに呼ばれたのかと言えば、彼女こそ幸江の目から見て最もあやしい、つまり第一容疑者であるからだ。

「ううん、それ、トマトピューレを練り込んであるの」

幸江の答えに、北山明美が破顔する。

「わあ、良かった。わたし辛いものちょっと苦手なんですぅ。唐辛子だったら無理でしたぁ」

美人が愛くるしい笑顔をつくれば、その場の男性陣の鼻の下が一センチ伸びる。だが女性陣の目尻は、0.5ミリほど吊り上がる。幸江の目はまったく笑っていない。

「まずはハヤブサ書房の北山明美」

誰を鍋パーティに呼ぶか、という相談中に、幸江はきっぱりと言った。

「わたし、ネットに書き込みしてるのはあの人じゃないか、と疑っているの」

「どうして？　北山さんって名刺交換くらいしかしたことないけど、幸っちゃんの担当じゃないでしょ」

「例のタクシー事件の時、駅で別れた中の一人が彼女なの」

「だってそれだけじゃ」

「あの日、ちょっと変だな、と思っていたの。だってわたしの担当でもないし、その上司でも元担当でもないのに、打ち上げに来たのよ。その理由が、以前からわたしの愛読者だったから、ですって。彼女の言葉によれば、高校生の頃からのわたしのファンだって言うのよ。でもね、ちょっと話していてすぐに気づいたわ。彼女が読んでるわたしの作品は、ここ三、四年の間に出た自社の本と、賞をとったものだけよ」

「まあでも、そういうことはよくあることじゃない？　たとえばさ、北山さんは会社的に期待の星で、幸っちゃんは今、ハヤブサ書房にとってすごく大事な作家だから、顔を売って来いって上司に言われて参加したのかも。でもそんな言い方できないから、昔からの愛読者だった、ってことにしたとか」

「それは有り得るけど……でもそれだけじゃないって気がしたのよ。北山さんは五十嵐太一の担当なの」

「五十嵐太一って……幸っちゃんの」

五十嵐太一も人気作家で四十代独身、四方幸江の恋人、のはずである。独身主義者なので結婚の話は出たことがないらしいが、週に一、二度はデートをしているらしいので、恋愛は順調なのだろう。

「太一は否定するんだけど……なんか、その」

電話の向こうで幸江が口ごもったので、ああなるほど、と納得した。つまり、北山明美は五十嵐太一に気があって、五十嵐のほうもまんざらでもない雰囲気なのだろう。この業界、編集者と作家がカップルとなって結婚まで至るケースはけっこう多く、女性編集者の中にははっきりと、作家と結婚したくて編集者になりました、と言ってのけるツワモノまで存在する。もっともそういう女性はかなりの珍獣には違いないのだが、見目麗しければ珍獣でもペットにしたがる者はいるに違いない。はたして北山明美がその手の珍獣なのか、それとも幸江の嫉妬心が生んだ妄想によって歪められているだけで、本当は仕事熱心なだけの優秀な女性なのか、そのあたりはあまり接点がないのでわたしには判断できません。

ということで、北山明美を引っ張り出す口実として使われたのが、園田あきらとその担当者の久留米舞である。久留米舞は丸川書店の編集者で、北山明美の大学の先輩である。北山と久留米は同じサークルに所属していたらしい。もともと、園田あきらはわたしや幸江と同じ賞の出身でそこそこ親しくしていたので、幸江が園田を誘った際に担当の久留米さんもどうぞ、と名指しした。そして幸江はハヤブサ書房の自分の担当者を誘い、久留米さんが来るので北山さんもどうぞ、という流れを作った。が、ハヤブサ書房の幸江の担当、志賀雅美は、他の作家との取材旅行があって来られなかった。

「赤いのがトマトピューレだと、この黄色いのはカボチャですかあ？」

北山に負けず劣らずの舌足らずだが、北山より声のトーンが高くてテンションも高め、そのせいで彼女が喋るのを聞いているとかなり疲れを感じて来る、それが神戸縁。

彼女のことはよく知らないのだが、幸江のデビュー当時からの熱心な愛読者で、幸江のファンサイトのようなものを自力で設立して会長と名乗っているらしい。いつの間にか幸江が絡む企画には当然のように顔を出すようになり、サイン会の時などは出版社の営業マンに混ざって列の整理を手伝ったりしている。なので、顔は何度か見かけたことがある。

「ええ、カボチャのペーストを使ったの。ほんのり甘みがあって美味しいのよ」

「四方先生ってお料理上手ですよねえ。先生の小説の中に出て来るお料理も、いつもとても美味しそう」

「食べ物の描写がいい小説って売れるのよね」

柴崎景子が菜箸でタッパーに詰まった餃子をつまみ、鍋に落としながら言った。景子はいわゆる「鍋奉行」で、彼女と鍋をつつく時は何もかも任せてしまうに限る。

「わたしはぜんぜんだめ。作品に食べ物とか食べてる場面とか、できるだけ入れないようにしちゃう」

「どうして？」

園田あきらがビールのコップを手に訊いた。

「俺はけっこう、書くけど」

「下手なのよ」

景子はさっぱりした性格で、物事をなんでもばさばさと割り切るタイプだ。

「自分で自分が書いた食べ物の描写読んで、うわ、まずそう、って思うもの。なんでかしらね、これでも料理は嫌いじゃないんだけどなあ。ねえ四方さん、この黒い餃子は何？　最近流行りの、食べられる炭とか入ってんの？」

「スミはスミだけど、イカ墨よ。スパゲティ用のイカ墨ソースを入れてみたの」

「あ、俺イカ墨、大好き」

「でしょ。わたしも好きなの。味が濃厚よね」

「ちょっと濃厚過ぎない？　あのイカ墨のスパゲティとかイカ墨のパエリャとか、なんかアミノ酸強すぎ、って感じでしつこくて、たくさんは食べられないなあ」

景子は言ってから、思い出したように周囲を見回した。

「あれ、そう言えば、ひとみって猫飼ってなかった？」

「あ、正太郎だろ。俺、あいつ大好きなんだよね」

猫好きな園田あきらは、正太郎を探すように座卓の下を覗き込んだ。

「いないのよ。さっき遊びに出かけちゃった」

「へえ、このあたり、猫を外に出しても文句言われないんだ。いいなあ。俺んちのほうなんか、猫は室内飼いしろって町内会からお達しがあったよ」

「ここは防災林の縁だから、猫を外に出しても林の中に遊びに行くだけだしね。それに防災林の外側は金網で囲ってあるから、簡単には町中に出られないのよ。正太郎はもともと室内飼いの去勢猫だから、遠出はしないみたい。いつも林の中の草地でごろごろしながら野ネズミの巣穴を見張ってる」

「優雅な生活だなあ。正太郎が羨ましいよ」

園田あきらは盛大に溜め息を吐いた。


園田あきらを呼んだのは北山明美を引っ張り出す手段だが、同じ作家でも柴崎景子は幸江の「人選」である。そもそも、鍋パーティにしたのは、鍋好きな景子が喜んで来るだろう、という予測があったからだ。

「彼女もアヤシイと思うの」

電話の向こうで幸江が少し涙ぐんだようなくぐもった声で言ったのだ。

「わたし、あの人のこと大好きなのに、もし裏切られていたんだとしたらすごく悲しい」

「どうして柴崎さんが幸っちゃんの悪口をネットに書くのよ。彼女はそういうことするタイプじゃないと思うけど」

「わたしもそう思っていたわ、あの人はなんていうか、竹を割ったみたいな性格だ、って。たとえわたしのこと嫌いでも、匿名でインターネットに悪口を書くような卑怯なことはしない、って」

「しないと思うわよ。柴崎さんなら、気に入らないことがあれば面と向かって言うって」

「でもね……わたし、聞いてしまったの。柴崎さんが、わたしの小説を強く批判してたって」

「それは作品についての批評でしょう。柴崎さんはズバズバ言う人だから」

「わたしは同業者の作品の悪口なんか言わないわ。少なくとも外では」

家では言ってるわけね。まあいいけど。

「そういうのは考え方の違いじゃないかなあ。柴崎さんにとっては、作品を批評することは悪口じゃなくて、文芸活動の一つなのよ、きっと」

「でも桜川さんだったら、そういうこと、する？」

「しない。作家にとって小説は自分の子供みたいなもんだからね、子供の悪口言われたら親はあたまに血がのぼるもん」

「でしょう？　柴崎さんが本当にわたしの小説を業界の人の耳があるところで批判したんだとしたら、彼女はわたしがあたまに血がのぼって噛みついても構わない、わたしと喧嘩になっても険悪になっても構わない、と思っているってことじゃない？」

「うーん、まあ歯に衣着せぬもの言いをする人って、要するに無神経で相手の感情を予想できない人ってことだから、案外柴崎さんにしてみたら、作品のこと批判したからってなんでそんなに怒るの？　みたいな感じなのかも」

「さもなければ、竹を割ったみたいなさっぱりした人、っていうのが我々の勘違いで、ほんとはすごく陰湿な人なのかもしれないじゃない？　匿名で同業者の悪口、毎日夢中になって書き込んでるのかも」

「可能性は低いと思うなあ」

「でもいいの。この際だから彼女を呼ぶわ。それにお鍋やるなら、彼女がいてくれたほうが便利だものね」

それには同意した。ということで、柴崎景子は今、わたしと幸江が監視する中、五色の餃子を嬉々として鍋に放り込み、白菜やら豆腐やらをいつ入れようか思案しつつ鍋からたちのぼる湯気を幸せそうに見つめている。

わたしは持ち寄りの食料品の整理を続ける。

「あら」

ちょっとこじゃれた物を少しお高い値段で揃えていることで知られる高級スーパーの紙袋に入った包みを開いて、わたしは驚いた。中に入っていたのは……餃子！

「あ、それ」

わたしの担当者、ハヤブサ書房の秋本隆史がばつの悪そうな顔で頭を下げた。

「すみません、僕です。今日の鍋が水餃子の鍋だって知らなかったんです」

「あ、俺が悪いんだよ」

園田が言った。

「四方さんから電話もらった時、今日は鶏肉を使うつもりだって言ってたんで、てっきり鶏鍋か水炊きするんだと思っちゃって。俺、水炊きの時水餃子入れるの好きなもんだから」

「ここに来る前、園田さん、うちの社で打ち合わせしてらしたんですよ。で、四方さんのとこに行くんならいっしょにスーパーで何か買って行きましょう、ってことになったんです」

「別にいいわよ」

幸江が笑いながら言った。

「わたしが作った分で足りなければ入れればいいし、余っちゃったら桜川さんが明日のお夕飯に焼いていただけばいいものねえ」

はいはい、ありがたくいただかせていただきます。

紙袋の中には餃子の他に、いかにも高そうな高級味ぽんだとか、柚子胡椒の瓶だとか、なかなか気が利いたものがいろいろと入っていた。それらを取り出してテーブルに並べたり、小皿を用意したり、幸江のもくろみなどもうどうでもいい、早く美味しい水餃子が食べたい。

「鶏肉を使った、ってことは、この餃子の中身、鶏の挽肉なんですか」

渡会真由が興味深そうに鍋の中で浮き沈みしている餃子を見つめている。彼女は確か新婚半年くらい、料理の研究に余念がない、のかもしれない。

「そう、ちゃんと鶏の胸肉をフードプロセッサーで挽いてミンチにして、ショウガの絞り汁と、マッシュルームのみじん切りを入れて、味付けしたの」

「マッシュルームですか」

「わたしは椎茸でやりたかったんだけど、椎茸ってけっこう好き嫌いがあるでしょう。マッシュルームならあまり嫌いってひと、いないと思って。赤いのと緑色のは中にチーズがしのばせてあるの。白と黄色はミンチだけ、黒いのはミンチの中に小海老入り」

「すごーい。緑はほうれん草ですか？」

「ううん、バジルペースト」

実は渡会真由も「容疑者」である。

幸江の担当になってもう五、六年になるらしい、三十代半ばの編集者で、業界内では優秀な人、という評価が一般的。実際幸江も、彼女の仕事ぶりにはおおかた満足しているようだ。ただ、幸江の言葉によれば、彼女には「裏と表がある」のだそうだ。

「前から気づいてたけど、渡会さんって笑顔になっても目が笑ってない時があるのよ。作り笑いがすごく上手なの」

「そういう人って珍しくないわよ。特にベテランの編集者になると、作り笑いも大事なスキルなんだから」

「でも彼女の場合、笑いながらナイフで相手を刺すみたいなこと、しそうなのよ」

「そんな物騒な」

「ほら、わたしたちと同じ頃にデビューした、新川さん、憶えてる？」

「新川……な、な、なんとか……？」

「新川奈々美。デビュー作の評判がすごく良くて、映画化もされたじゃない」

「うん、憶えてる。でもそれ以来あんまり聞かないよね、名前」

「デビュー作が良過ぎていろいろプレッシャーあったのか、二作目も三作目もイマイチだったらしいのよね、出来も、売り上げも」

「ふうん……まあ、そういうこともあるよね」

「それでも最初にいい評価貰ってたんで、まあ五、六年は本も出して貰えたようなんだけど、段々本が出せなくなったみたい。でもあの人、主婦だったでしょ、だんながサラリーマンで、食べるのに困ってなかったから問題なかったのよ。でもね、離婚したらしいの」

しかし幸江という人は、あれだけの売れっ子で仕事も山積みのはずなのに、どうしてこうも業界内の噂話に強いのか。実のところ、わたしは他の同業者が結婚しようが離婚しようが出産しようが、ほとんど興味がない。というか、それどころではない。とにかく家賃と猫の餌代だけは何がなんでも稼ぐ必要があるので、余計なことを考えている暇があれば作品を書かなければならないのだ。この業界、書いてください、と依頼が来てからおもむろに「どんなテーマにしようかな」などとおっとり考え始めることがゆるされるのは、ほんのひと握りの売れてる作家だけ。それ以外の作家は、常に「いつ依頼が来てもいいように」ネタを仕込み、プロットをこねくりまわし、トリックだのオチだのを考え、そして、とにかく書かねばならない。たとえ依頼など来ていなくても、出版できるあてなどなくても、だ。そして隙あらば書き上がった作品を編集者に「読んでいただく」。どんなに親しい編集者でも、現物がなければ相手にしてはくれない。相手にしようがない。過去にどーんと大当たりを出したことがあればプロットと名前だけで企画会議を通すこともできるだろうが、そうでなければ、実際に作品が目の前にあって、読んで面白いと思ったものでなければ、企画会議を通すことはできないのだ。出版不況が叫ばれてもう長くになるが、各社とも企画会議のハードルはどんどん上がり、生半可な気持ちで企画を持ち出しても、出席した面々から集中砲火を浴びて撃沈するだけなのである。なので、とにかく作家側にできることは、現物、つまり小説を完成させることだけなのだ。弾は数が多いほど当たる可能性が高くなる。ストックの作品はあればあるほど、家賃と猫の餌代に手が届きやすくなる。

この業界、売れてる作家は忙しいのは当たり前だが、まったく売れていない作家も、忙しいという点ではそれほど変わらない。単に締切りがあるかないか、その違いだけなのである。

なので、新川奈々美が離婚した、と聞いても、ふうん、以外のリアクションは出ない。慰謝料とか貰ったのかなあ、とチラッと考えただけであった。

「それで本格的に作家に復帰することになったみたいで」

なにそれ。つまり、引退してた、ってこと？　優雅でいいなあ。

「渡会さんが担当について、長編が完成したらしいんだけど、それが運の悪いことに、同時期に出版予定だった他の人の作品と、ネタがかぶっていたらしいの」

「あちゃー。それは気の毒」

我々の仕事でもっとも不運な出来事は、ネタカブリ、である。

小説をある程度の数書いたことがない人は、人の頭で考えて創り出した物語が他の人が考えたものとそっくり、なんてことはあるわけない、と誤解する。そっくりなら、どっちかがパクリだ、と。ところがどっこい、小説とはそんなに「簡単」なものではない。人の頭で考えたのだから人の頭の数だけ生み出される、ものではないのだ。人の頭というのはしょせん、よく似たことを考えているものなのである。ネタが被った、という経験は、十数年も作家をやっていれば一度や二度はあることである。しかし、先に出版できればまだしも、一日でもあとから出版すればすぐに、パクリ、と叩かれる。そうならないように、どんなネタで書く時でも、可能な限り「違った切り口はないか」「意外性は確保できているか」「前例はないか」などなど、ちょっとでもユニークなものになるよう工夫して書くのであるが、それでも被ってしまう時には被ってしまうものなのだ。

「結局、そっちのほうが売れてる作家さんの作品だったみたいで、渡会さん、掌返して、うちでは出せなくなりました、ってそれっきり、だったみたい」

うわー。それが本当ならば渡会真由は、あまり優秀な編集者ではないな。本当に優秀な人ならば、そもそも、掌返し、ということはまずしない。作家は何年先に大逆転をかまして来るかわからないバケモノであって、息の根がとまったと思っていても忘れた頃に突然、ベストセラーをひっさげて登場し、掌返しの術をつかった編集者に復讐の刃を向けるかもしれないのである。利口な編集者なら、無駄に作家を敵にはまわさない。

ただ、幸江の言葉は話半分、いや、話十分の一くらいに聞いておくほうがいいだろう。おそらくその話は新川奈々美本人から流出した話であって、被害者意識から渡会真由を実際の数倍、数十倍悪く描写していた可能性大である。ネタカブリ、というのはむしろ渡会真由の「思いやり」から出た言葉であって、作品の欠点をなんとか修正して貰おうと苦心したあげくの策略だったのではないだろうか。なのに新川奈々美がそれを受け入れず、作品を直そうとしなかった、とか。

まあそれは著者の自由だし権利なので、編集者に言われた通りに直す必要はまったくないのだが、それによって最終的に、出版できません、と断られるリスクも自分で引き受けるしかない。

なんとなく、渡会真由を悪者には思えないわたしであるが、とにかく彼女は容疑者としてここに呼ばれている。本人はまったくそんなこと知らないけれど。

以上、幸江が容疑者としてピックアップした三人、北山明美、柴崎景子、渡会真由。

それに、幸江の言葉を借りれば、愛読者代表としていつもそばにくっついている神戸縁も「同じノリで別のなんとかさん（作家）のファンサイトも作ってる」のでイマイチ信用できない、ということで容疑者候補である。ここまでのところ、いちばん陰険なのはあなたですよ、と幸江に言ってやりたい衝動を抑えるわたしであった。

＊

思いがけない僥倖でした。

家に忍び込む、なんてどうしたらいいかしら、と随分悩んでいたのですが、そんなことはしなくて済んでしまいました。

毒殺、の素敵なところは、ターゲットが死ぬ瞬間に立ち合う必要がないところです。先に毒を仕込んでおけばいいわけです。そしてそれを仕込むまたとないチャンスが、向こうから転がりこんで来たのです。

毒殺の難しいところは、確実に毒の入った食べ物をターゲットに食べさせることです。たとえば毎晩寝酒にウイスキーを飲む人がターゲットならば、そのウイスキーの瓶に毒を入れておけばいい。でもそうした習慣がない、あるいは習慣がわからないターゲットについてはどうしたらいいのか。

ここ数ヶ月、あの人を殺すしかない、と決心して以来、毎晩何時間もかけてインターネットを駆使して、あの人の食生活や食習慣を探っていました。残念ながら寝酒の習慣も定期的に飲んでいる薬もなさそうです。その人の家に忍び込んで冷蔵庫の中の牛乳にでも毒を仕込もうかとも考えたのですが、意外なことにセキュリティのしっかりしていそうな家なのです。なんでも周囲を金網で囲んであるのだとか！　変質的よね。その分だとどんな罠が仕掛けてあるかわかりません。

でも今回の鍋パーティのおかげで、そうした手間はすっかり省けてしまいました。鍋ですもの、いろんな具がひとつの土鍋で煮られているわけですから、その中に毒入りの具を入れるなんて簡単だわ。

ただ、できればあの人以外の被害者は出したくありません。本当はみんなに毒を食べさせてターゲットが誰なのかわからなくしたほうが動機が曖昧になって好都合なのですが、わたしはそんなにひどい人間ではないのです。殺すのはあの人だけでいいの。

どうやったら、あの人だけに毒入りの具を食べさせることができるのかしら。まずは好き嫌いを知ることです。あの人だけではなく、出席者全員の。

これはかなり大変でした。でもわたしはやり遂げました。そして、実にうまい方法を遂に思いついたのです！

3

「あ、これ美味しい！」

わたしは思わず感嘆の声をあげてしまった。トマトピューレを練り込んだ赤い餃子は、鶏出汁と一緒に口に入れると中からチーズがとろりと溶けて最高だった。

「そう言えば桜川さん、トマトが好きだったわね。先月号の月刊小説三昧に、トマトについてエッセイ書いていなかった？」

幸江に問われて、口に熱い餃子を頬ばってはふはふしたまま、わたしはうなずいた。

「リレーエッセイね、ええ、書いたわ。好きな食べ物、ってテーマだったから、いろいろ考えたけどトマトにしたの。好きな食べ物はいろいろあるけど、毎日食べてもいいなって思うのはトマトぐらいだもの」

「ほんとに好きなのねえ」

「健康にもいいのよ、リコピンが入ってるから。最近、砂糖漬けのトマトに凝っちゃって、おやつは毎日それ」

「エッセイにも書いてあったわね。美味しいの?」

「すごーく美味しい。トマトってお菓子にしてもイケるのよねえ。テレビで紹介してたんだけど、なんとかいう関西の野菜ケーキのお店があってね、そこのトマトのケーキが絶品なんですって。食べてみたいわあ」

幸江がなぜか、ふふ、と笑って肩をすくめた。

「桜川さん、そんなにトマト好きなんだ」

園田は、うえっ、という顔になった。

「俺駄目なんだよなあ、トマト」

「あらごめんなさい、知らなくて」

「あ、いや四方さん、いいんです、そのかわり俺、イカ墨とバジルは大好物だから」

「お料理やソースのトマトはいいけど、生はわたしもけっこう苦手かなあ」

柴崎景子が首をかしげる。

「なんでかしら、あのちょっと青臭いのが駄目みたい。でもこれは美味しいわ。チーズと相性いいわね」

「イカ墨餃子、悪くないですよ」

秋本隆史はさっきから黒い餃子ばかりつまんでいる。

「俺、これすごい好きです」

「ちょっと秋本くん、他の人の分まで食べちゃわないでよ。えっと、一人一種類二個割当て、だからね」

鍋奉行のイエローカードが出たが、北山明美の甘い可愛い声が助け船を出した。

「わたし、黒いものは食べられないんで、秋本さん、わたしの分も食べていいですよぉ」

なるほど、幸江が北山明美を嫌う理由が少しわかった。こういう時は、会社のドル箱作家が手作りして来たものなんだから、食べられなくても黙っていればいいと思うのだが、北山明美はこの場を仕事の延長とは思っておらず、プライベートなのだと割り切って、女性より男性を優遇すると決めているのだろう。そして幸江は、これが極めてプライベートな企みで、しかもたてまえとしてはわたし、桜川ひとみの引っ越し祝いパーティ、のはずなのに、自分の手作り餃子が主役なのだから自分をたててくれないと、と思っているに違いない。口をほとんどへの字に結んで北山を睨みつけている顔を見れば一目瞭然。つまりこの二人は「合わない」のだ。北山を幸江の担当につけなかったハヤブサ書房のえらい人、グッジョブ！

ま、どっちもどっちだよね。イカ墨餃子、わたしはいただきます。美味しいです。

しかしこんなんで、ネットに中傷書き込みした犯人なんか割り出せるのかしら。あまり気は進まないけれど、この会が終わったあとに大量に冷蔵庫に残る予定の食料品に感謝して、ちょっくら小石を投じてみますか。

「そう言えば、昨日かなり落ち込むことがあったのよねえ」

わたしはさりげなく切り出した。

「どうしたんですか」

秋本隆史はわたしの担当者だけあって、ちゃんと受けてくれる。

「うん、新刊のアマゾンの書評、うっかり見ちゃって」

「ああ、あれはぜったい見たら駄目だ」

園田が言う。

「ひどいのが多いから。読んでもいないのにただ叩きたいだけ、みたいな」

「あらそう？　ちゃんと真面目に読んでくれてる人もいるわよ」

「柴崎さん、あれ読んでるの？」

「ええ、もちろん」

さすが柴崎景子、おそらく星ひとつでボロクソに叩いてる書評を読んでも、冷静に受け止めているに違いない。

「どんなものであれ、読んで貰ったんだもの、ご意見はありがたく拝読するわ」

「でも何が書いてあったって、あらそうかしら、って反省したりしないだろ」

「当たり前じゃないの」

景子はすまして言う。

「反省って何よ、反省って。作品は世の中に出た途端、独り歩きを始めるものなのよ。勝手に歩いて行っちゃうもんをいちいち呼び止めて、書き直すことなんかできないんだから、何言われたって気にしてられるもんですか」

なるほど、これがコツか。どんな悪評にも傷つかないでいるコツは、もう出版しちゃったんだから知ったこっちゃねえ、と開き直ること。

「まあ作品のことなら、仕方ないですよね、受け取り方は様々だし。でも人格攻撃みたいなのもあるじゃないですか、中には」

「桜川さん、そんなことされてるの？」

「いえ、今回はそうじゃないんですけど。でも以前は、何かのインタビューで飼い猫抱いて写真撮られて、それ見た人に、猫だけにすればいいのになんで不細工な顔出すんだ、とか書かれましたよ、ネットで」

「匿名だと何でも書いていい、とマジで思ってるバカが多いからなあ」

「ただ、時々ドキッとすることもあるわよね。一部の人しか知らないはずのことを書かれてたりすると、いったい誰が書いたんだろう、って」

幸江、本題に入る。わたしは必死で一同の顔を眺め回した。容疑者一、北山明美、表情を変えずに黄色い餃子を食べる。容疑者二、柴崎景子、話題には興味を抱いているふうで幸江のほうを見ているが、動揺や驚き、恐怖、不安などは一切顔に出ていない。容疑者三、渡会真由。彼女はちょっと反応が微妙かも。わざとなのか本当に興味がないのか、幸江のほうは見ずにひたすら、自分の小皿の中を凝視している……と思ったら、渡会さん、緑色の餃子を箸で分解していた。

「……ほんとに鶏肉なんだ……へえ〜。このくらいざっと挽いたほうが、あまり細かくするよりいいのかな……、あ、松の実！」

渡会真由、独り言。彼女の関心事は、新婚の夫に餃子鍋を食べさせることだけなのかも。

幸江がその独り言を聞きつけて、優雅に笑みを浮かべた。バジルに松の実、確かにいい組み合わせだが、それに気づいた渡会に対して、幸江は明らかに好意を感じている。容疑者にしたくせに。

「正直、我々の中にもバカはたくさんいますよ」

秋本隆史が溜め息をついた。

「編集者の仕事を勘違いしてる奴も多いです」

「でもそんな人ばかりじゃないわよ」

意外なことに、柴崎景子が優しい声で言う。

「作家も編集者も人間だからね、ネットに互いの悪口書きまくるバカがいたっておかしくない。だけど、わたしはいつも思ってる。わたしが編集者の力をまったく借りずに小説を書いたのは、新人賞に応募した作品が最後だったな、って。プロとしてデビューしてからは、編集者がいなければ作品の完成度を上げることはできなかった。我々が創ってるのは、ただの小説じゃない。小説本、という商品よ。お金を出して買ってくれるお客さんがいてはじめて、価値が出るものなのよ。編集者、製作の人、印刷所、それに売ってくれる営業の人。小説が商品として成立する為に尽力したすべての人の手で、小説はやっと、本、になる。人間同士、多少のいざこざや気が合わない、誤解とか勘違いとか、ミスとかね、なんやかんやあっても、わたしは一冊本が出るごとに、携わったすべての人に感謝して、見本に一礼することにしてる」

水餃子鍋パーティが、一瞬、感動で静まり返った。

うう、なんかすごくいい話になっちゃった。わたしも感動した。柴崎景子、おそるべし。て言うか、容疑者どうこうとか、もうどうでもよくね？

　幸江はただ、不安なだけなのだと思う。ネットに誰かが自分の悪口を書いていること自体が問題なのではなくて、自分がみんなから愛されていることを確信したいだけなのだ。その気持ちはわからなくはない。ましてや今の幸江は、売れっ子作家になった代償として、前より孤独になっているに違いない。わたしだって、最近は自分から幸江に連絡しなくなっている。嫉妬とかやっかみとかではなく、ただ、幸江の前に出ると自分の置かれた状況がどんよりと自覚されて、気が重たいのだ。幸江のせいじゃない、悪いのは自分のほうなのだ。だから幸江のことは考えたくない、見たくない。おそらくわたしと同じような気持ちでいる作家仲間は多いだろう。幸江は、さびしいのだ。


　玄関のブザーが鳴った。引っ越した時にあまりにもダサい音なので取り換えようと思ったのだが、まだ壊れてもいないのにもったいない、とそのままにした昭和チックなブザーである。ブブー、と、身も蓋もないでかい音が鳴る。

　玄関まで迎えに行った。遅れて来ると連絡があった、幸江の秘書の加川《かがわ》潤子だ。

「遅くなりましたー」

「あら潤子さん」

「すっごい混んでて、店の中に入るだけで行列に並ばないといけなくて」

「ありがとう、大変だったわねえ」

「はい、これ、冷蔵庫に入れてくださいね」

加川潤子が四角い箱をわたしに手渡した。どうやらケーキらしい。あれ？　このお店って……

「潤子さん、縁ちゃんの隣り、座れるわよ」

幸江が言う。

「あ、いいですよ、わたしが端に行きます。四方先生の横に座ってください」

縁が立ったので、潤子は幸江の横に座った。

三人掛けのソファだが、四人の女性はみなスリムな体型なので、問題なく座れた。だが縁はそのままソファに戻らず、わたしの横の隙間にお尻を押し込んだ。縁なりに遠慮したのだろう。

「今日、開店だったんですよ、ベジタブル・パラダイス」

「あ、聞いたことある！　神戸の野菜ケーキのお店ですよね！」

北山明美が即座に反応した。

「神戸ですごく人気があるとか。東京にもできたんですね」

「そうなの。テレビで見てどうしても食べたくなっちゃって。ちょうど今夜、桜川さんの引っ越しパーティなので、潤子さんに買って来て貰ったの」

……感激した。

幸江もあのテレビを見て、わたしがトマトを好きだというのを思い出し、わたしの為にわざわざトマトケーキを用意してくれたのだ！　幸江ったらなんて優しい……

「野菜のケーキなんて面白そうだものね、小説のネタにもなりそうじゃない？　でもそんなに並んでたなんて～」

……ネタですか。そうですか。いや、いいんですけどね、別に。小説家たるもの、まずはネタ優先ですね、はい。

「でもそんなに並んでたなんて、ごめんなさいね、潤子さん」

「いいえ、わたしもテレビで見て、食べてみたいと思ってましたから」

「野菜ケーキって、キャロットケーキとかですか」

秋本が訊いた。

「キャロットケーキもありますよ。でも本当にいろんなお野菜のケーキがあって、どれにしたらいいかわからないから一個ずついろいろ買って来ました。お芋だけでも何種類もあって迷っちゃいました」

「さつま芋とか紫芋とか？」

「じゃがいも、ヤマイモ、タロ芋までありましたよー。他にも牛蒡とか紫キャベツとか、そんなものでケーキが作れるの、ってびっくりするようなのも」

「俺、牛蒡食いたいな。話のネタになりそうだし」

「牛蒡も買いました。あとでゆっくり選んでください」

「蓮根のもあります？　雑誌に載ってた中では蓮根がいちばん美味しそうだったんで」

「わたしは無難なお芋系がいいなあ」

みんな好き勝手に好みを並べたてる。わたしはぜったい、トマトにしよう。トマトのケーキ。

それだけは譲れない。

「……わあ、水餃子も美味しそう。四方先生、前に作られた時は三色でしたよね」

潤子が言う。

「そうそう、トマトとほうれん草と白いのね。あの時はお肉は合い挽きで、出汁は和風だったのよね」

「前にも作ったの、水餃子鍋」

わたしが訊くと、幸江はちょっと自慢げに言った。

「そりゃ、皆さんに食べていただく前に試作しないとね」

「今度は鶏肉にして、スープはチキンストック、トマトのにはチーズも入れてみるっておっしゃってましたね」

「ほうれん草はバジルに変えてみたのよ。全体に洋風だから、バジルもいいかな、って。イカ墨ペーストにしたのは潤子さんのアイデアだったわね」

「だって先生ったら、黒豆の煮汁を入れるっておっしゃってたから。黒豆の煮汁だとおそらく、紫色になりますよ」

「紫も綺麗だけど、なんとなく黒いのが作りたかったの。インパクトあるから」

「とにかく、いただきまーす」

加川潤子が来て、参加予定者は全員揃った。あらためてまた乾杯してから、鍋奉行が張り切って具材を鍋に投入し、みんな思い思いに堪能した。わたしもとりあえず食べた。さっきの景子の言葉で、ネットに中傷を書き込んだ容疑者のことなど、はっきり言ってどうでもいい、という気になっている。四方幸江自身も、もうあまりこだわっていないのかそれとも目的を忘れてしまったのか、餃子談義で盛り上がっていた。

＊

準備は万端です。あの人が必ず毒入りのものを食べるように、その方法も考えました。

問題は、毒殺が成功したとしてそのあとのことです。この場にいる者の中に犯人がいる、ということになると、動機がバレてしまった時、犯人がわたしだと警察に判ってしまいます。

つまり、この場にいる人の中に犯人はいない、と思わせることが肝心です。そう、この場にいるみんなは、同様に被害者候補だったのだ、と思わせること。

これは無差別攻撃なのだと。

誰でも毒を食べる可能性はあった、食べてしまったあの人は、運が悪かったのだ、と……

4

一時間ほどで具材はほとんどなくなった。

水餃子鍋は餃子の皮で炭水化物が適度に摂取できるせいか、シメに雑炊やうどんが食べたいとは誰も言わない。そろそろ鍋を片づけて、デザートを並べてコーヒーでもいれる頃合いだ。

「お鍋に残ってるもの、適当にあげて食べちゃってね」

「あ、わたしお手洗い貸してくださーい」

久留米舞がトイレに立ち、男性二人は野菜の残りを網ですくっている。幸江は空の小皿を片手に菜箸で鍋の中をつついている。

「残ったらもったいないわ。もうお腹いっぱいだけど……」

「ふう、わたしもお腹いっぱいだわ」

景子はお腹をさする仕草をしてから、畳の上に仰向けに転がった。なんとも羨ましいマイペースぶりだ。この人、もしかして、正太郎と気が合うかも。あいつもとことんマイペースなやつだから。

「餃子、なくなっちゃいましたね」

神戸縁が鍋を覗き込んだ。

「黒いの、わたし一個しか食べなかったなー。もうひとつ食べたかった」

「あら、じゃ、これあげる。お箸、わたしの使うけどいい?」

幸江が自分の小皿から、黒い餃子を箸でつまんで手を伸ばし、同様に手を伸ばしてさし出されている縁の小皿に移した。

「わあ、ありがとうございまーす」

縁は一口で黒い餃子を頬ばり、もぐもぐと嚙んで幸せそうに笑った。

わたしは鍋の具がほとんどなくなったのを確認して、土鍋を手に台所に向かった。キッチン、と呼ぶのに抵抗を感じるほどのレトロなスペースで、今ではあまり見かけなくなった安っぽいリノリウムが貼られた床がぺたぺたして気持ち悪いので、スリッパが必須アイテムだ。

トイレから戻って来た久留米舞が、お手伝いします、と鍋底に残った具の残骸を生ゴミ用の三角コーナーにあけてくれた。

皿洗いやあと片づけは明日にする、と決めているので、空の土鍋をコンロの上にそのまま置き、コーヒー用に湯を沸かす為に湯沸かしポットのスイッチを入れた。台拭き用の布巾を水で絞って居間に引き返し、テーブルの上に飛び散った白菜のかけらや青ネギの端っこなどを拭きとる。一同はすっかりくつろいで、満腹のせいなのか少し眠そうな顔で他愛のないお喋りに興じている。当初の目的はまったく果たせなかったけれど、まあなんとなく楽しい集まりになってよかった、とわたしは思っていた。

が、突然、事態は急変した。

「お」

神戸縁が、困ったような顔で変な声を発した。

「お」

「どうしたの縁さん」

「お、お」

「お……しっこ？」

バカな合いの手を入れたのはたぶん秋本だ。女性に対して何という無神経なやつ。

ぶるぶる、と縁が首を振る。

「お……なか……痛い」

えっ？

「……気持ち……悪い」

ヤバい、と布巾を差しだしたが間に合わなかった。げぼぼ、と縁が吐いた。悲鳴をあげたのは北山明美？

わたしはソファから転げ落ちた縁を抱き留めた。

「神戸さん、しっかりしてください！」

縁は顔面蒼白、口の端に泡を吹いている。

……毒！

「救急車！」

加川潤子が叫んだ。

「誰か、電話して！」

わたしは縁が吐いたものを喉に詰まらせて窒息しないよう、縁の頭を高く支えて背中をさすった。渡会真由が風呂場から洗面器を持って来てあてがい、縁はさらに少し吐いた。

「縁さん、しっかりして！」

「……痛い……痛い」

縁は泣きながらかぼそい声で苦痛を訴える。

まさか、まさか毒なんて。そこまでするなんて！

わたしは幸江を見た。幸江は唇をぶるぶると震わせている。その横で、秘書の加川潤子が大きく目を見張ったまま、励ますように幸江の手を握りしめていた。

＊　＊　＊

幸い救急車がすぐに到着し、縁は担架に乗せられて運ばれて行った。渡会が救急車に同乗し、病院が決まって渡会から連絡が入ると、秋本がタクシーで向かった。本当は縁をよく知っている幸江が行ったほうがいいのだろうが、幸江は怯えていて無理だったのだ。

わたしは一同の気持ちを落ち着けようとコーヒーをいれた。

「……わたしのかわりに……」

幸江は泣きじゃくっている。

「縁さんはわたしのかわりに……」

「どういう意味？」

園田が訊く。

「誰かが毒を入れたんだとしたら」

わたしは言った。

「狙いは神戸さんじゃなくて四方さんだった、って意味です」

「……どういうことですか」

「毒ってなんですか！」

一同の血相が変った。

わたしは深呼吸するように息を吸って、それから言った。

「病院から連絡が来て、縁さんが毒物の中毒だと判ったら警察を呼びます。でもその前に、毒を入れた方には自首してほしいです」

「桜川さん、いったい何の話を」

「わたしのこと、憎んでる人が今夜ここにいたのよ！」

幸江が叫んだ。

「四方さんのこと憎んでるって……桜川さん、ちゃんと説明してよ。いったい何があったのさ」

わたしは迷った。まさか、ここに容疑者を集めて犯人捜しするつもりだった、なんて口が裂けても言えないし。ままよ、そこはわたしもいちおう小説家なわけで、無から有を生み出すプロである。なんとかでっちあげてごまかそう。

「あのね……最近、四方さんのことインターネットでしつこく攻撃してる人がいてね。……それで四方さん、ちょっとその……神経が」

わわ、と幸江が泣き伏した。泣いててくれれば余計なことを言わないから助かる。

「神経が過敏になってるの。それもあって、たまには気持ちをほぐしてあげたいって今夜の鍋パーティの企画もしたんだけど」

ああ、わたしは嘘つきです。ごめんなさい閻魔様、地獄に堕ちても舌は抜かないで。

「ネットで攻撃、って、そんなの四方さんくらい人気が出ればよくあることじゃないか」

「そうなんだけど、でも園田さん、男のあなただって見ず知らずの人にネットで嘘八百書かれたり、理不尽な絡まれ方したら気持ち悪いでしょ。我々いちおう女だし、やっぱ怖いのよ、そういうの。あんまりしつこいんでなんか、ストーカー的な気持ち悪さもあって」

「まあ、わからなくもないけど」

「じゃ、四方先生は、今夜そいつがここに来て鍋に毒を入れたと？」

北山明美が訊く。得意の甘えた声はどこへやら、それが地なのか、どことなくドスの効いた声である。

「そんなこと不可能ですよ！」

「……でも可能性としては、あると思うの」

「どういうことですか。だって今夜、知らない人間は一人もこの家に入ってないんですよ！」

わたしはゆっくりとうなずいて、静かに言った。

「そう、その通りよ。知らない人は誰も来ていない。でもネットで攻撃していた人が毒を入れた可能性は、あるのよ。……たったひとつの可能性が」

「まさか！」

北山明美の声はさらに迫力を増した。

「わたしたちの中の誰かが、四方先生をネットでこきおろしていたとでも⁉」

わたしは、わざとらしく溜め息をついた。

「そうだとしても……あなた、全面否定できる？　編集者や愛読者が匿名をいいことに、ネットで作家を叩いたり、わざと嘘を流布したり、そういうの、いくらでも前例があるでしょう。作家同士だって、きっと山ほどそういうことはあるんだと思う。だけど……正直言えば、そんなことわたしはどうでもいい。世の中には、知らないでいたほうが幸せなことはたくさんあるもん。でも……たとえちょっとしたいたずらであっても、毒を入れたとなれば、どうでもいい、では済まされないのよ。だからここではっきりさせておきたいことは一つだけ。もし毒を入れた人がこの中にいるなら、警察が来る前に名乗り出て。名乗り出てくれないなら……」

「くれないなら、どうするの、桜川さん」

「推理します」

わたしは、きっぱりと言った。

「さて」

＊

「さて」

桜川ひとみは、一同をゆっくり見回しました。

こんなへぼミステリ作家に、犯人捜しなんかできるんでしょうか。

いずれにしても、これはわたしには関係のない問題です。わたしは面白い見せ物でも眺める気分で、リラックスして桜川ひとみを見つめました。

「神戸縁さんが毒物を食べてしまったのだとしたら、それはいつのことでしょう。わたしたちは今夜、みんなでひとつの鍋をつつきました。もし鍋の中に直接毒が入れられたのであれば、今頃はわたしたちみんな、救急車に乗っているはずです……犯人も含めて。もちろんその場合、犯人は命に別状ないようにあまり食べずにいたと思いますが、でも今夜、わたしが見た限りでは、特に小食だったという人はいませんでした」

そうね、わたしもたくさん食べましたわ。

「と言うことは、毒は鍋の中に直接入れられたのではない、ということになります。だとしたら、毒が縁さんの口に入ったのはいつなのか。たとえば縁さんの小皿に鍋の具が取り分けられてから、そこに毒物が入れられた、と考えてみます。それだと縁さんの小皿が誰の目にもとまらないところに置かれていた時間がないと難しいですが、そんなことは一度もありませんでした。縁さんはトイレにも立たず、ずっとソファに座って、そして初めから終わりまで食べ続けていたんです。小皿は常に彼女のそばにあり、大勢の人の視界に入っていました。誰にも見られずにこっそりと毒を入れることができたとしても、縁さんの隣りに座っていた四方さん以外はまず無理です。そして潤子さんが来てからは縁さんはわたしの横に座りました。わたしか四方さん、どちらかが犯人なら犯行は可能ですが、それならこんなことするはずないですよね」

「ま、あまり現実的じゃないよね。錠剤を放り込んだら神戸さんに気づかれるし、スポイトか何かで毒を垂らしたらここにいる誰かが気づいただろうし」

「はい、ですので小皿に直接毒を入れることも考えられません。ですが、鍋の具の中にあらかじめ毒を仕込み、それを小皿にすべりこませるくらいでしたら、できないことはないと思います」

「白菜に毒をまぶしておくとか？」

「はい。それも生だと食べられないですから、煮た白菜に、ですね。そういうことなら可能です。ただし、その場合でも、わたしか四方さん以外の人には難しかったと思います」

あらら、自白でもする気かしら。桜川ひとみ、噂には聞いていたけれど、やっぱり馬鹿だわ、この人。

「では小皿の具に毒が入っていたとして、それはいったい何だったんでしょうか。その毒が効くのに時間のかかるものだったとしたら、まあどの具でもできないことはないです。でも普通に考えて、もっとも毒を仕込みやすい具は、餃子ですよね」

「味もごまかしやすいわね」

柴崎景子先生がうなずきます。

「あらかじめ茹でておけば、小皿に入れてもさほど違和感ないだろうし。だけど、あなたか四方さんしかそれができない、って点は、毒が何に入ってようといっしょでしょ？」

「そうなんです。困ったことに。でもわたしも四方さんももちろん犯人ではありません。犯人がわざわざ、推理で犯人を追いつめたりしませんから」

「じゃあ、小皿の具に毒、って仮説もだめじゃない」

「はい……でもたった一つ、仮説が成り立つ状況があるんです。まず前提に戻ります。ネットで執拗に叩かれ中傷されていたのは、神戸縁さんではなく、四方さんです。もしその中傷犯が悪ふざけをするとしたら、そのターゲットも当然、四方さんのはずです」

「あ！」

柴崎先生が手をぱちんと打ち鳴らしました。

「そっか。犯人は間違えて縁さんの小皿に毒入り餃子を入れたんだ！」

「あるいは、縁さんが、四方さんの小皿に入っていた毒入り餃子を食べたか、です」

桜川ひとみの鼻の穴が、得意げに広がりました。なんてみっともない女なんでしょう。わたしはこの人が嫌いです。大嫌いだわ。

「そう言えばさっき、最後に残ってた黒い餃子、四方さんが縁さんにあげてなかった？」

「え、そんなことあったの」

「……そうです、わたしも見ました！」

「幸っちゃん、そこ重要だし、あなたの口から話して」

桜川ひとみにうながされて、四方先生はこくりとうなずきました。

「……た、確かに……最後のイカ墨餃子は……縁さんにあげました」

桜川ひとみは、大きくうなずいて言いました。

「これでわたしと四方さん以外の犯人が存在できる可能性が生まれました。つまり、犯人が毒入り餃子を入れたのは、縁さんの小皿ではなく四方さんの小皿だった、という可能性です。ちなみに四方さんも縁さん同様、お鍋パーティが始まってからは一度もソファを立たず、小皿もそばに置いたままでした。従って、隣りに座っていた人でなければ毒入り餃子を小皿にすべりこませるのは難しい、ということです。では四方さんの隣りに座っていたのは誰か。あ、その前に、毒が入っていたとしたら黒餃子である、という点はよろしいですか？」

よろしいかと言われても、どうしろと。いずれにしても、わたしには無関係なことです。

「問題の黒餃子は四方さんの手作りで、四方さんがここにタッパーに入れて持って来ました。そして、それを鍋に投じていたのは」

「わたしよ。白菜とかはみんな適当に入れてたけど、餃子はわたしが入れたわ」

柴崎先生が言いました。

「でもわたし、餃子に毒なんか仕込んでないわよ」

「わかってます。柴崎さんでしたら餃子に毒を入れることもできたかもしれませんけど、どの餃子を誰が食べるのかなんて、わかりませんものね。まさか無差別にここにいる誰かを苦しめようとしたのでないなら、そんな不確実なことはしないでしょう。毒は、黒餃子の一個だけに仕込まれていて、それは確実に四方さんの小皿にすべりこまされた、と考えられます」

「かなり難易度高そうね」

柴崎先生は桜川ひとみと違って、とても知的に見えます。いえ、作家というのは知的であるべきなのです。桜川ひとみは作家などと名乗らないでもらいたいものです。

「ここに来てから餃子に毒を仕込むのは無理じゃない？」

「ええ、難しいでしょうね。注射器か何かで毒を注入することはできると思いますが、タッパーに入った餃子は常に柴崎さんの目にさらされていたわけですから」

「じゃ、どうやったのよ」

桜川ひとみは、もったいぶって言いました。

「あらかじめ、余分に一個、餃子を作っておくしかないと思います。最初に餃子が何個あったにしろ、こうやってみんなで鍋をつついてしまうと、誰がどの色の餃子を何個食べたかなんて、わからなくなっちゃいます。なので一個ぐらい餃子が増えても、誰も気づきません」

「なるほど。犯人はあらかじめ毒を仕込んだ黒い餃子、しかも茹でてあるやつを、ラップか何かにくるんでここに持ち込んだのね。それをさっと小皿に入れるくらいなら、みんなの目が何かにそれてる間にできないことはない……かも」

「はい」

桜川ひとみは、空咳をひとつして、一同を見まわしました。偉そうに。

「以上の考察で、犯人たりえる人物の条件が出そろったと思います。この際、動機に関しては言及しません。条件に合致しない人を除外する消去法で考えます」

一同が、桜川ひとみを見つめます。わたしもいちおう、馬鹿女の馬鹿ヅラに視線を向けました。

「まず、犯人は、今夜の鍋パーティが水餃子鍋であることを知っていました。従って、それを知らずに差し入れに餃子を買うというおまぬけなことをやらかした二人、園田さんと秋本くん、二人は犯人ではありません」

「……ふー、良かった。俺、除外されたあ」

園田先生が笑顔になりました。……なかなかイケメンだと思います。

「そして、北山明美さんも犯人とは考えにくいです。北山さんは黒いものは食べられない、と自分で言いました。もし北山さんが犯人で黒餃子に毒を仕込んでいたのであれば、わざわざ、自分は食べない、と明言するはずがありません。むしろ無理にでも食べておいたほうが、あとで疑われる可能性が低くなるからです。おそらく犯人は、タッパーの餃子にあらかじめ毒が入れられていた、今夜ここで黒餃子を食べた人は誰でも被害者になる可能性があった、というストーリーにしたかったのではないでしょうか」

「あーん、心臓がばくばくしてるう。わたし、もう無罪放免ですよねえ」

北山明美さんは大げさに胸をさすって、巨乳を強調して見せました。わたし、この人もどうも好きになれないわ。

「次に、久留米舞さんも除外できます。彼女は、鍋の残りの具をみんながさらい始めた時にトイレに立ちました。その時点では四方さんの小皿にはまだ何も入っていませんでした。そして彼女がトイレから戻って来たのは、縁さんが食べ終わったあとです。従って、久留米さんには毒餃子を入れる機会がありません」

「てことは……」

柴崎先生が何か言いかけましたが、四方先生の横の空席に目を向けると、さっと目を背けました。

「そんなわけで……えっと、さっき言いかけたことに繋がります。犯人は、今夜のパーティが水餃子鍋であることを知っていて、そして……四方さんの隣りに座っていた。……片側にいたのは縁さんで、もう片側は渡会さんでした。渡会さんが今夜の集まりで水餃子鍋をやることを知っていたかどうか、それはわかりません。少なくとも渡会さんは、知らなかった、とはっきりわかる様子はありませんでした」

「……彼女を誘った時、メールに書いたかも。水餃子パーティ、って」

四方先生が、ぼそりと言いました。

「でも……渡会さんも除外していいと、わたしは考えます」

……えっ⁉

何よそれ……どういうこと……

「渡会さんは、餃子の中身が鶏の挽肉であることを知りませんでした。あれが演技だったとは思えません。渡会さんは何度も餃子を分解しては中身を確かめ、ぶつぶつと独り言を言っていたんです。彼女は、新婚のご主人に美味しい水餃子鍋を食べさせたくて、一所懸命だったのだと思います。毒入り餃子を食べさせる相手が四方さんであれば、豚肉やあいびきを使えば一発でバレてしまい、おかしい、ということになります。余分な餃子を用意した犯人は、イカ墨を使った鶏挽肉の餃子、ということまでちゃんと知っていたはずです。従って、犯人は……黒い餃子がどういうものであるか知っていて、なおかつ、最後に四方さんの隣りに座っていた……あなたです」

えーーーーーーーーーーーーーーっ。

な、なんで……わたし？

ちょっと待ちなさいよ、馬鹿作家！

今の推理、穴だらけでボロボロじゃないのよ！！！

秋本さんと園田先生が水餃子鍋だと知らなかった、なんて、わざと餃子買って来てカモフラージュしたのかもしれないし、黒いものが食べられないって言ったとか言わないとか、そんなの何の証拠にもならないし、そもそも餃子に毒が入ってたかどうかもわからないんだし！

こ、こんなひどい推理で、こじつけで、それで、それで……

どうしてわたしが毒を入れたことだけ、当たってるのよ！

その時、電話が鳴りました。

5

「本当にごめんなさい」

わたしは加川潤子の前に土下座せんばかりに這いつくばった。

「まさか、盲腸だったなんて。毒じゃなかったなんて……ほんとにほんとにほんとにごめんなさーーーーーーい！」

　そうなのだ。神戸縁は毒に当たったのではなかった。盲腸が破裂して腹膜炎を起こしたのだった。渡会真由からの電話でそれを知って、わたしは文字通り、その場でズッコケ（死語）た。

　非常に珍しいことではあるが、盲腸が炎症を起こしても腹痛はたいしたことなくて、ちょっと気持ち悪いかなあ、熱もあるかな、という程度のことがあるらしい。なので風邪か二日酔いだと誤解する。そして無理をして医者に行かずにいて、腹膜炎を起こしていきなり七転八倒。縁もかなり危険な状態で、二時間遅かったら命がなかったらしい。

　幸い緊急手術はうまくいき、おそらく命の危険はもうないだろう、という続報が秋本から入った頃には、一同はすっかり脱力し、同時に安堵していた。

　加川潤子はまだ顔を少しこわばらせているが、それでもひきつった微笑みで、お気になさらず、と言ってくれた。まったくいらぬ恥をかいてしまった。これというのも、しょうもない犯人捜しを画策した幸江が悪い。やれやれ。

「あ、すっかり忘れてた。デザート出しましょう。プリンもゼリーも、それに野菜ケーキもあるし」

　北山と久留米が手伝ってくれたので、冷蔵庫からデザートを取り出して皿に盛りつける。ついでに、渡会と久留米が買って来てくれた果物も切った。

「さっきはびっくりしましたぁ」

北山が小さな声で、わたしに言った。

「まさか加川さんが毒を入れたの、って」

「もう忘れてよぉ」

わたしは苦笑いした。

「毒じゃなくって盲腸だったんだし」

「ですねー。でも」

北山はさらに声を低くする。

「加川さんが四方先生に毒を盛ることは有り得ないですよ、だった四方先生がいなくなったら、加川さん失業しちゃう」

「まあそうよね。考えたらわかることだったわ」

「でも、受賞してたら秘書を辞められたんですよね。加川さん、ほんとはそろそろ秘書の仕事辞めたい、ってちらっと言ってたことあるんです」

「受賞？」

「あ、四方先生から聞いてません？」

「え」

「加川さん、ほんとは作家志望なんですよ。偶然四方先生の秘書になったけど、ほんとは高校生の頃から作家になりたくて、いろいろ公募にも出してたみたいで」

「そうなんだ」

「それで先月、うちの、ハヤブサ文芸新人賞にも応募してくださってたらしくて……でも二次審査にあがった作品はわたしも読むんで……一次で落ちたのかなぁ」

「ハヤブサ文芸新人賞って……わたしが下読みしてるやつだ」

「あ、そうですね。桜川先生も一次審査員ですよね」

巷に山のようにある小説の新人賞は、その一次審査を文芸評論家が任されることが多いが、規定枚数が短い新人賞の場合は応募数が膨大になることがあって、あまり売れていない作家に生活救済策として一次審査員を割り当てることもけっこうある。わたしも東京に出て来てから、下読みの仕事をいくつか引き受けている。

「じゃあ読んだかもしれないわね、加川さんの作品。ペンネームあるのかしら」

「さあ、そこまで知らないんですけど、あ、でも、なんか猫の話を書いたというのは四方先生から聞きました」

「猫の話……」

「ええ、作家に飼われている猫が人間の言葉を理解できて、その猫が事件を解決するとか。飼い主の女性作家はすごいバカなのに猫はめっちゃ賢い、そういう話らしいですよ」

思い出した。あったあった、そんな小説。

なんだか知らないけれど、読んでいて妙に腹がたったので、もちろん落とした。まあ、プロットも弱いしキャラはかわいげがないし、まったく面白くなかったので、落として当然だ。決して、猫の飼い主の女性作家がどことなくわたしに似ている気がした、という個人的なひっかかりで落としたんじゃないです。違うもんね。

が、しかし。それはまずかったかも。その作品を読んだすぐあとに、共通の知人である業界の先輩某さんが亡くなったって、その訃報の連絡を幸江からもらって、ついでにいろいろ喋っているうちにその作品のことが頭をよぎり、ついうっかり喋ってしまったのだ……あれ書いた人はまったく才能ないから、作家になるのは諦めたほうがいい、って。……まあでも、幸江だって常識は持ち合わせているだろう。まさか加川潤子に、わたしがあの小説をけちょんけちょんにして落選させた、なーんて喋っちゃったわけがない。

まさかね。

「はい、デザートでーす」

いくつもの皿に綺麗にケーキやプリンを並べて、テーブルにのせる。コーヒーもいれ直し、紅茶がいい、という人にはとっておきのダージリンまで奮発する。

結局、幸江を中傷した犯人はわからずじまいだけど、ま、幸江ももう二度と犯人捜ししようなんて言い出さないだろうし、売れっ子になった以上はスルー力も高めないと、こんな嫌な時代に生き抜いてはいけないのだ。

「じゃ、俺は里芋のケーキだな」

「わたし蓮根いいですか？」

「秋本の分、どれとっといてやる？　じゃがいもにするか」

「わたしはこの、アスパラガスのにしよっと」

「縁ちゃんにはとっといてあげても食べられないわよねえ」

「盲腸が破裂したんですから、当分無理ですね。食事ができるようになったらお見舞いに持って行きましょう」

「食事ができるようになったら退院じゃない？」

「えっと」

わたしは色とりどりのケーキを見つめてうっとりした。やっぱりトマトだよね。あのテレビ紹介を見た時から、ベジタブル・パラダイスのトマトケーキをぜったい食べるんだ、って思ってたんだもん。あ、でも……もしかして、幸江もトマトケーキ食べたかったのかな。テレビを見たって言ってたものね。だったらトマトケーキは幸江にゆずってあげてもいいかな。あら、これはなんだろう、黄色と赤の。パプリカだ。いいなあ、これ。綺麗だし。たまにはトマト以外のおやつも食べたいし。

「ではわたし、これにします」

わたしはパプリカのケーキを手にした。

「ええっ!?」

突然の大声にびっくりした。加川潤子が、大きく目をむいてわたしの手元のケーキを見つめている。

「あの、なにか」

「さ、桜川先生は、と、と、トマトじゃないんですか……あの、エッセイであんなに……」

「あ、ええ、たまには違うのでもいいかなあ、って。あのエッセイ、加川さんも読んでくださったんですね。でもあの、加川さん、パプリカ欲しかったですか」

「は、はいっ、ほっ、ほしいですっ！」

「それじゃどうぞ」

「あら、じゃあ桜川さんはこれ、食べなさいよ、黒豆とうぐいす豆のケーキ。わたし、たまにはトマトを食べたいわ」

あ、やっぱりトマトケーキ狙ってたんだ、幸江。

「ええええっ！」

「なあに、潤子ちゃん」

「し、四方先生が、と、と、トマト」

「潤子ちゃんが食べたいの、トマト」

「……は、はい」

「あ、そう。まあいいわ、二つ食べなさいよ。縁ちゃんの分が余ってるし、渡会さんは病院に泊まるみたいだから、どうせ残るもんね」

幸江がトマトのケーキの皿を、ずい、と加川潤子のほうに突き出した。

にゃーん、と声がして、裏口から正太郎が帰って来た。猫は呑気な顔で居間に入って来る。

「お、正太郎、お帰り！　芋のケーキ、食うか？」

園田が猫を抱き上げようとした。猫はふと立ち止まり、加川潤子を見上げる。


あら、どうしたのかしら。加川潤子。

なんだか顔が、蒼い。

トマトのコンポートがのった美味しそうなケーキなのに。自分で食べたいって言ったくせに。

なんて顔でケーキを見ているのかしら。

まるで、毒でも入ってるみたいじゃないの。やあね。

罪を認めてください

新津きよみ

新津きよみ（にいつ・きよみ）
長野県生まれ。青山学院大学文学部仏文科卒。1988 年に『両面テープのお嬢さん』でデビュー。2013 年には『ふたたびの加奈子』が広末涼子主演で映画化される。主な作品に『手紙を読む女』『フルコースな女たち』『親娘の絆　三世代警察医物語』『夫以外』など。

1

人の子を殺めておいて、なぜ彼女は罰せられないのだろう。

殺人事件なのに、なぜ警察は捜査しようとしないのだろう。「犯人はあの女に違いありません」と訴えたというのに。

彼女は、罪を公に認めようとしない。彼女の犯行であるのは明らかなのに、わたしには謝罪のひとこともないのだ。

これでは、死んだあの子は浮かばれない。だから、わたしが仇《かたき》を討とう。

毒を盛って殺されたのだから、復讐の仕方は一つしかない。

毒殺だ。

2

ひととおり家の中の掃除を終えると、直美《なおみ》は和室へ行き、仏壇の前に立った。

仏壇の掃除は最後と決めている。誰も住んでいない家でもほこりはたまるものだ。動く者がおらずとも、わずかな隙間から入り込む外気によって室内の空気が微妙に動かされるのだろうか。都内から宇都宮の実家に帰るたびに、金仏壇の黒く塗られた木地にうっすらと白いほこりが積もっている。

直美はきれいな雑巾でほこりを拭き取ると、茶湯器の水を新しいものに替えた。ついでに、高杯に懐紙を敷いてみやげの茶饅頭を供えた。

「ごめんね。毎日来られなくて」

取り替える前の白く濁り始めた水の色を思い出して、小声で両親にあやまったが、すぐにこう言葉を継いだ。「でも、当分はここにいることになったから。毎日、新鮮なお水とご飯をお供えできるよ」

——当分って、いつまで？

写真の中の母がそう問うた気がして、「わからない」と直美は首をすくめた。

本当に自分でもわからない。いつまでいまのような宙ぶらりんの状態が続くのか。

失職してから一週間。まだ一週間と思うが、何も行動を起こさなければ、このままいたずらに時間だけが過ぎていき、生活が逼迫するのは間違いない。

四十四歳。独身。子供をほしがっている男性との結婚は望めない年齢だし、年金生活までまだ二十年近くある。何とも中途半端な年齢だ。本来であれば、仕事面でも責任が重くなり、やりがいも増して、もっとも脂がのる年代のはずである。

ある時期まではそうだった。やりがいのある仕事だと思っていたし、まじめな仕事ぶりを周囲に評価されているという自覚もあった。

「せっかく薬学部まで行かせてもらったのに、ごめんね」

遺影に向かって、ふたたびあやまった。

一人娘とはいえ、子供を私立の薬学部に進ませて、無事卒業させるまでに両親がどれほど骨を折ったか。直美の父は中小企業のサラリーマンで、母は基本的には専業主婦で、ときどきパート勤めに出ていた。けっして裕福な家庭というわけではなかった。直美も大学に通いながら家庭教師のバイトをしたが、薬学部の勉強は厳しい。都内で一人暮らしをしていたこともあり、バイト代は家賃の一部にしかあてられなかった。

しかし、とにもかくにも、直美は薬剤師になった。

両親の目的が「自分たちがいなくなっても経済的に困らないように、一人娘のおまえを自立させたい」だったのだから、それを果たせただけでも親孝行したことになるだろう。

「だけど、こんなに早く二人ともいなくなっちゃうなんてね」

直美は声に出してみて、自虐的に笑った。

父は一昨年、母は去年、亡くなった。父親は肝臓を壊して半年ほど闘病していたが、母親のほうはくも膜下出血で、急死という形だった。「どこまで仲がいいのよ」と言いたくなるほどの、まるで示し合わせたかのような七十歳というきりのいい享年だった。

直美が生まれたときは、宇都宮のこの家には父方の祖父母が一緒に暮らしていた。直美が中学生のときに二人とも他界し、大学に進学すると両親だけの生活になった。

「大学を卒業したら、こっちの病院に勤めれば?」

両親にそう勧められたが、そう都合よく実家の近辺に希望に叶う職場があるはずもなく、大学関係者の紹介で都内の総合病院に就職した。街の調剤薬局よりも院内薬局のほうが人気が高く、そこのポストを得られただけで嬉しかった。

ひたすら仕事に打ち込んだ。恋愛も五本の指で数えられるくらいはした。が、いずれも結婚によって現在の職場を辞めざるをえない立場の相手ばかりだった。縁がなかったとしか言いようがない。

三十代半ばまでは、「こういう話があるんだけど」と、栃木県内の知り合いから持ち込まれた縁談を持ちかけてきていた母も、それを過ぎると諦めたのか、結婚のけの字も出さなくなった。関東圏にあり、そう遠い実家ではない。用事を作らない週末には両親の顔を見に帰省する日々を送っていた。

勤務して十六年目。係長の肩書きもついたときに、あの事件が起きた。

赤字になりかけた病院の経営を立て直そうと、経営母体の法人組織が変わったことがきっかけだったのかもしれない。営利主義のトップの考えに反発したのか、医師が何人か相次いで退職し、手術の際の麻酔科医が不足しているという話は耳に入っていた。

「うちの病院、歯科の岡田先生が麻酔を担当しているんですって」

「いいのかしら」

「手術数が多くて、麻酔科医が足りないから仕方ないんじゃないの?」

「だめでしょう。それって法律違反でしょう？」

「そうだけど……」

食堂で、看護師たちの会話を小耳に挟んだのが最初だった。

——本当だろうか。

半信半疑だったが、事実であれば大ごとである。手術時の歯科医の麻酔科研修に関しては、担当の医師の指導がないと医師法違反とされる。いくら医師不足だとはいえ、歯科医が無資格医療を行っていいはずがない。

——何か事故が起きてからでは遅い。

直美は、まず薬剤部長に「そういううわさがありますが、本当でしょうか」と聞いてみた。だが、薬剤部長は「うわさはうわさだからね。よその科のことはよくわからんよ」と返しただけで、さして驚いたそぶりも見せなかった。

「確認しなくてもいいんでしょうか」

「薬剤師が医師に？」

薬剤部長は目を見開いて、「それはごめんだよ」と苦笑しながらかぶりを振り、真顔になると、「正木さん、おかしなこと考えてないよね。めったなことは言わないほうがいいよ」と、釘をさす言い方をした。

——黙っていろ、という意味なんだわ。

場の空気からそう察したし、薬剤部長が尻ごみするのだから、部下の自分が医師に直接言っても無駄だと思った。そんな勇気もなかった。

見て見ないふりをしたままひと月たち、食堂で偶然、岡田歯科医と一緒になったとき、直美は思いきって「麻酔科の先生、見つかりましたか？」と聞いてみた。手術のときに医師にかわって麻酔を担当していますよね、とはさすがに切り出せなかったからだ。

岡田歯科医は、こちらが面食らうほど狼狽の表情を見せて、何も言わずに立ち去った。

——罪悪感があるせいだろう。

自らも違法行為をしているという認識があるに違いない。

——わたしのあのひとことが警告になったかもしれない。

これで改善されるだろう、と期待していたのに、事情は変わらないままだった。直美は、麻酔科医不在の手術室に入る岡田歯科医の姿を目撃してしまったのである。

——もう待てない。

心を決めた直美は、過去に医療過誤の記事を週刊誌に書いて有名になったジャーナリストに匿名の手紙を送ることにし、勤務先の病院での実態を明らかにした。

不正が暴かれるのは早かった。ジャーナリストは内々に調査を進めていたのだろうか。もしかしたら、辞めた医師を通じて、確実な情報を得たのかもしれない。ある日、スクープの形で週刊誌の表紙に勤務先の病院名が大きく載った。「歯科医が手術時の全身麻酔を？　常習化を内部告発！」と、記事の見出しはそれよりさらに大きくなっていた。

警察が病院に調査に入ると、院内は大騒ぎになり、一時的に患者が激減した。岡田歯科医は退職した。

しかるべき行政処分が下されてホッとしたのもつかの間、「内部告発者は誰だ」と、犯人探しが始まった。

薬剤部長に面と向かって、「正木さん、君か？」と聞かれたわけではなかった。もしそう聞かれたら、そうです、と答えたかもしれない。だが、自分から名乗り出る必要はないと思っていたから、そうしなかったのだ。

そこから、直美への嫌がらせが始まったのだった。薬剤部の中で処方箋を見せてもらえない、入院患者への服薬指導の担当からはずされる、新薬の情報を与えてもらえない、食堂に行っても直美のそばには誰も座らない、話しかけてももらえない、薬剤部に顔を出す医師が、直美を除外してカルテを渡す。要するに、院内中からパワーハラスメントを受けたのである。上からの指示だったのか、各自の自発的な行為だったのか、それはいまでもわからない。

「どうして、こんな理不尽な目に遭わないといけないのでしょうか」

分別があるはずの五十代の薬剤部長を、たまらずに問い詰めた。

「内部告発したからに決まってるだろう？　状況証拠がいろいろあるから、正木さんに間違いないよね。君は仲間意識が希薄なんだよ。まわりに裏切り者だと見られているのは、自分でもわかってるだろう？　君が病院に与えたダメージは大きい。巡り巡って窮地に立たされるのは、中で働いているぼくたちなんだよ。だから、あのとき忠告したのにさ」

返ってきた言葉がそれだった。

——まるで、患者のことなど考えていない。

こんな職場にはいられない、と直美は思った。長年勤めた病院を辞め、充電期間を設けて、再就職したのが某私鉄駅前の調剤薬局だった。

ところが、三年勤めると、そこでも似たようなことが起きた。経営者が変わり、チェーン展開している調剤薬局の傘下に入った直後、薬局内で不正が行われるようになったのだ。

ある日、出勤すると、数週間前に契約事務員として雇われたはずの若い女性が白衣を着て、薬品が棚に並べられた調剤室にいる。「どうしたの？」と聞くと、経営者に今日から中に入って調剤をしろ、と指示されたのだという。当然ながら、処方箋に基づく薬剤の調合や、投薬をチェックする監査は、資格を持った薬剤師しかしてはいけない。

「上に言わないと」

しかし、そう言って行動を起こそうとしたのは直美だけで、まわりの同僚の薬剤師は誰も動こうとはしない。

「人件費削減のために、どこでも多かれ少なかれ、やってることでしょう？」

「上の命令ならいいんじゃないの。わたしたちだって、アシスタントがほしいときもあるし」

「錠剤を揃えるくらいだったら、誰でもできるでしょう」

同僚の反応に驚いた直美は、「見過ごせないわ。区の薬剤師会に報告すべき問題じゃない？」と反論した。それが、どう経営者に伝わったのか、薬剤師会に直美が報告する前にここでもまた嫌がらせが始まったのだった。出勤しても全員に無視され、処方箋を回してもらえず、ロッカーの鍵まで壊された。

「あの人、融通がきかないんだから」

「正義面して鼻につくよね」

聞こえよがしに言う同僚もいた。

こんなひどい仕打ちを受けてまでいるつもりはない。突きつけた退職届はすんなり受理された。杉並のアパートを片づけたり、退職後のいろんな手続きを済ませたりしてから、両親が亡くなって空き家になっていた実家に戻って来た。だが、何もせずに身を引いては気持ちがおさまらない。

宇都宮に向かう前に、区を飛び越えて都の薬剤師会に電話して、辞めた調剤薬局の名前を挙げて不正を告発した。

「ああ、すっきりした、と言いたいところだけど、そうでもないの」

母の遺影に向かって、直美はひとりごとをつぶやいた。元の職場は東京都薬剤師会から勧告を受けたかもしれないが、「はい、わかりました。是正します」という表面上のやり取りで終わったことだろう。せっかく見つけた第二の職場なのにバカなことをしてしまった、という悔いもわずかに残っている。

「正直者がバカをみる。あなたを見ていると、そのことわざを思い出すわ」

生前、直美の母は、苦笑しながら言ったものだ。

「だって、親からそういう名前をつけられたんだから」

そのとき、直美はそう切り返した。

正木《まさき》直美。姓と名の最初の漢字をつなげると、「正直」になる。

——名は体を表す。

その言葉どおりだと、小さいころから周囲にからかわれたり、感心されたりしたが、前者のほうが多かった。

小学三年生のときに、担任教師が病欠して、一時間作文の時間になったことがあった。黒板には「おしゃべりしないで、静かに作文を書きましょう」とチョークで書かれてあった。それでも、誰が口火を切ったのか、いつのまにか好きな漫画がテーマの雑談になり、それを注意する者もいなかったので、時間内に作文を仕上げられない者が続出した。直美は作文を書き終えてはいたが、後日、担任教師が「あの時間、おしゃべりしていた人は誰かしら。先生、怒らないから、みんな目をつぶって、おしゃべりに加わった人は手を挙げて」と言った。

直美は、おしゃべりを始めたグループに入ってはいなかった。けれども、隣の子が雑談に加わり、直美にも意見を求めてきたので、直美もひとことふたこと話したのは事実である。それで、言われたとおりに目をつぶって手を挙げた。目をつぶっていたから、ほかに誰の手が挙がったのかはわからない。

しかし、あとになって、自分以外に誰も手を挙げなかったことを、ＰＴＡの会合に出席した母を通じて知らされたのだった。

「先生は、ちゃんとあなたの性格をわかっててくださったわ。直美さんが率先しておしゃべりをするはずがありません、作文も書き上がっていました、一人だけ正直に手を挙げたのでしょう、とおっしゃってたわ」

自分がうそをつけない性格だとは、直美は思っていない。小さいうそならいくつもついたことはある。だが、社会通念上、悪いと思われることや醜悪だと思われること、つまり、不正や倫理観の欠如を見過ごせない性格だとは思っている。

そんな性格が裏目に出て、二度も職場を去るはめに至ったのである。

「これからどうしよう」

写真の母に語りかけた。庭先からカラスの高い鳴き声が返ってきて、〈ああ、そうか、明日は燃えるゴミの日かしら〉と、直美の意識は現実の日常に引き戻された。

両親が亡くなり、実家が空き家になってから、遺品の整理などの片づけを進めている。手紙や日記の類は、目を通すと手が止まってしまうので、中を見ずに燃えるゴミとして少しずつ出すようにしている。

――やっぱり、東京の住まいを引き払って、ここに住もうかしら。仕事もこのあたりで探して……。

そういえば、いつだったか、どこかのドラッグストアのチラシが郵便受けに入っていた。そこに薬剤師募集の広告が載っていた気がする。またチラシが投げ込まれているかもしれない。そう思って、表に出てみた直美は、門扉の脇に白と黒の奇妙な物体がころがっているのを見つけた。

ひいらぎを巡らせた生垣の前には泥棒よけにと細かな砂利を敷いているのだが、ひいらぎの生垣と砂利道の隙間に挟まった形だ。

輪郭のぼやけた不安を覚えて近づいて、ギョッとした。

やはり、そうだ。猫だった。口から何かを吐き出し、ぐんにゃりと横たわる猫。

ひと目で、息絶えているとわかった。

3

猫の死骸を前に、ハンカチで目元を押さえ、嗚咽を漏らし続ける飼い主の女性の姿を、直美は声をかけられないままに見つめていた。

「ケン、ケン」

飼い猫の名前を呼びながら、十分は泣き続けていただろうか。やがて、顔を上げた飼い主は、視線を仏壇の写真へと向けた。

「ご両親ですか?」

うわずらせた声で飼い主が聞く。

「はい。一昨年父が、去年母が亡くなりました。その後ろには、祖父母の位牌もあります」

「じゃあ、いまはここにお一人?」

「あ……そうです」

どう答えようか、少し迷ったが、現実はそうだからそう答えた。

「取り乱してしまってごめんなさい」

視線を仏壇から直美へと移して、飼い主は言った。

「いいえ。お気持ちはわかります。わたしも昔、ここで犬を飼ってましたから」

直美は、神妙に言葉を返した。小学校に入ってすぐに子犬を飼い始めたのだが、三年もたたないうちに病気で死んでしまい、「もう二度と生き物なんて飼わないからね」と、嘆きと怒りで家族に宣言した自分を思い起こし、目の前の飼い主と重ね合わせた。

いちおう神聖な死体、いや、死骸である。だから、仏間に新品のバスタオルを敷いて、その上に死んだ猫を横たえて、飼い主を迎え入れたのだった。

生垣と砂利道の隙間に挟まれた猫の死骸を発見した直美は、どうしたものか、と大きなため息をついた。子猫ではなく成猫で、首輪をしているからどこか近所の飼い猫だろう。このままにしておくわけにはいかない。とりあえず、玄関に運び入れて、首輪をチェックした。

緑色の革の首輪には内側に真鍮のプレートが貼られていて、漢字と数字が彫ってある。「横《よこ》森《もり》」というのは飼い主の姓で、数字は電話番号だろうと推測できた。番号から近隣だということも察せられた。猫の行動範囲は、半径五百メートルから一キロくらいと言われている。

それで、電話をしたところ、事情を知った飼い主の横森が血相を変えて駆けつけて来たというわけだった。

見たところ、七十歳前後の年齢のようだ。近隣住民とはいえ、顔見知りではない。だが、横森のほうは、交流はなかったものの、直美の家を知っていた。正確な場所を伝えずとも、クリーニング店や駐車場などの目印を告げただけで、「わかります」と言うなり電話を切ったからだ。

「同じですね」

と、横森は、直美にというより、自分に言い聞かせるように言った。「この子を失って、わたしも一人になってしまいました」

その言葉に痛いほどの孤独感がまつわりついていて、直美は返す言葉に詰まった。

「あの……ケンちゃんと名づけられていたんですね」

彼女の飼い猫は、正木家の敷地内で死んでいたのである。まず、「なぜ、お宅に？」と、問い詰められても不思議ではない。

「ええ、ケンです。犬につけるような名前だと思われるかもしれませんね。男の子でしたし、この子にぴったりの名前に思えて」

横森は、手を伸ばして愛猫の頭を撫でながら言った。

「見つけたときは、もう息がなかったんです。吐き出したものに血が混じっていたので、何か悪いものを食べたとしか考えられませんが、うちでは除草剤を撒いた憶えはないし、いまはそういう季節でもないですしね」

言い訳がましく聞こえないように、同情の感情を言葉に載せる。落ち葉の始末に手を焼いた時期も過ぎ、本格的な冬を迎える前である。

「わかっています」と、横森は低い声で応じた。

安堵した直美が、「どこかで何か悪いものを口にしたのでしょうか。それで、うちの敷地を通り抜けようとして、そこで力尽きて……」と言いかけたのを、「犯人はわかっています」という衝撃的な言葉で遮られた。

「犯人って……」

「ケンは、毒殺されたんです」

あえて「毒」という言葉を使うのを避けた直美に、横森は「殺」までつけて、腹から絞り出すように言った。

「ケンがうちに来たのは、三年前でした。それまでこの子は野良だったんです。野良の習性が消えなくて、家の中に閉じ込められるのを嫌がっていました。だから、なるべくこの子の好きなようにさせていたんです。どこまで散歩に行って、どういうルートで帰って来るのか、大体わかっていました。散歩からの帰り道、ケンはお宅の敷地を通らせていただいていたのでしょう。そこの生垣をくぐり抜けて道に出て、それから角を曲がってまっすぐ行って、わが家に戻る。それが日課だったんです」

「そうですか。留守がちでしたので、気づきませんでした」

この一年間、空き家にしておく時間のほうが長かったのである。

「あの、それで、犯人というのはどなたのことですか？」

それが一番気になる。

「ケンが口から吐き出していたというもの、持ち帰らせていただいていいですか？」

質問に答えるかわりに、横森は言った。

「ええ、それはもちろん、かまいませんけど」

獣医に見せれば、胃の内容物が判明するだろうか。農薬か害虫駆除剤か。毒性の強いものには違いない。

「汚してしまってすみません。新しいものをお返しします」

愛猫の死骸を白いバスタオルでくるむと、横森は愛おしそうに抱きかかえた。おろしたてのバスタオルは眩しいほどの白さで、彼女の飼い猫は母親の腕の中で眠っている新生児のように見える。

「お気遣いなく。せめて、ケンちゃんをきれいなタオルで弔ってあげてください」

すらすらとそんな表現が口をついて出たことに、直美はわれながら驚いた。横森に「この子」と呼ばれ続けたためか、つい死んだのが猫だということを忘れそうになっている。

玄関で、花壇に種を蒔くときに使う小さなシャベルを渡すと、横森は生垣の前にかがんで、手際よく砂利の周辺の異物をビニール袋に詰め込んでいた。

「ご迷惑をおかけしました。ケンのこと、忘れないでくださいね」

横森は小さく微笑むと、愛猫の死骸とともに帰って行った。

4

翌日、直美は、一時間ほど実家のまわりを歩いてみた。高校は電車に乗って通う距離にあったが、小中学校は地元に通っていた。そのわりには、当時の同級生に会うこともない。そもそも、住宅街には散歩している人の姿がない。そうか、平日の昼間だから、普通の人は働いている時間帯なのだ、いまは主婦も忙しいからのんびり散歩などしていられないのだ、と思い至り、改めて失業の身を意識させられ、嘲笑したい気分に陥った。犬を散歩させる時間帯からもはずれているのだろう。

実家が加入している自治会の会長宅は知っている。自治会長の長谷川《はせがわ》の家の呼び鈴を押した。

会長の長谷川自身が応対した。

「その節はお世話になりました」

持参した菓子折りを差し出して、直美は言った。母が亡くなったのを伝えたときに、自治会から丁重に香典を渡されたのだった。

「こちらに帰って来たの？」

自分の父親と同年齢くらいの会長が気さくな口調で聞く。

「ときどき実家の片づけに来ています。今回はちょっと長く。いずれはこちらに、と思っているんですけど……」

「それはよかった。若い人が戻ってくれるとありがたいよ」

言葉を濁した直美に、そう決めつけて言うと、会長は笑った。わたしも若い人にカウントされているのね、と何だか面映い気持ちになる。

「つかぬことをおうかがいしますが、このあたり、野良猫は多いですか？」

いきなり横森家の飼い猫のことを聞くのも、と迷って、そんな質問から入った。

「もしかして、あのうわさを気にしておられる?」

会長は、長く伸びた眉毛を寄せた。「この春から二匹、このあたりで野良猫がおかしな死に方をしててね。明らかに毒物を食べて死んだような感じで」

「保健所が動いたりしているんですか?」

「いちおう知らせはしたけど、それからとくに連絡はないね。農薬か猫いらずでも口にしたんじゃないか、と見ているんだけど、餌に混ぜて与えた人がいるんじゃないか、と言う人もいてね。拾い食いさせないように、とペットを飼っている人に注意を促しているくらいかな」

渋い表情を作った会長は、ああ、そういえば、とうなずいて、「おい、お母さん」と、奥へ呼びかけた。

エプロンをつけた会長の妻が現れた。

「昨日、横森さんの奥さんが猫を抱いていたのを見たとか言ってたよな」

「ああ、ええ、こう白いタオルにくるんで」

と、会長の妻は赤ん坊を腕に抱く格好をしてみせて、「話しかけようとしたら、顔を隠して、逃げるように行ってしまって。あそこ、猫ちゃんを飼われているでしょう? どこか怪我して、動物病院に連れて行くところかしら、なんて思ったんだけど」と語を継いだ。

「そうですか」

横森は、自分の飼い猫が死んだことを会長の妻には話さなかったのだ。

「横森さんは、いま一人暮らしをされているんですよね」

「ええ、何年前だったか、もう五年くらいになるかしら、ご夫婦で東京から越して来られてね。こちらに挨拶にいらしたけど、奥さんはもの静かな方で」

直美の質問に答えたのは、会長の妻だった。「お二人で地域にもだんだんと溶け込んでくださるかな、と期待していたんだけど、残念なことに、一年もしないうちにご主人が病気で亡くなってしまってね。お子さんがいらっしゃらないご家庭だとか。それからは、猫ちゃんが唯一の家族みたいなものなんでしょうね」

「ご夫婦が入ったのは、空き家だったところですよ。このあたりも、ほら、空き家が急増しているでしょう？　都会から来て住むにはちょうどいい場所なんでしょうね。田舎すぎず、都会すぎずで」

会長は、妻の言葉のあとを引き取った。

5

——犯人はわかっています。

そう断言した横森がどうにも気になる。飼い猫が最後に口にしたものが何か、調べてわかっただろうか。去年からの「野良猫の連続死」も気になる。

結果を聞く目的ならいいだろう、と横森の家に電話をすると、「こちらにお出かけください」

と誘われた。

手ぶらで行くわけにはいかない。直美は、誰に渡すあてもなく東京から買って来たクッキーを持って、実家から徒歩五分の距離にある横森家へ向かった。外から見るかぎり、広さも間取りも正木家と似たようなものだ。

「どうもありがとう。早速、お供えしますね」

居間に案内されるなり、手みやげを渡すと、横森が受け取ったまま仏壇へ向かったので、愛猫の遺影に線香をあげる展開になった。

仏壇だけが正木家とは違った。家具調の縦に細長い洋風の仏壇で、猫の写真の後ろに男性の写真が飾ってある。越して来て一年もたたないうちに亡くなったという彼女の夫だろう。

線香をあげて合掌し、仏壇の奥を見ると、糸で束ねた千羽鶴が吊るされてある。色とりどりの紙で折られた鶴は、何十羽あるだろう。

「それは、毎年、わたしが折って増やしているんです」

視線に気づいたのか、横森が穏やかな口調で言い、拝み終えた直美にソファを勧めると、自分は台所に入って話を続けた。

「主人と結婚した翌年、妊娠したんです。でも、その子は臨月を待たずにお腹の中で死んでしまって。毎年、その子の命日に鶴を折ることにしているんです」

「そうなんですか」

「亡くなった主人とわたしは、境遇がとてもよく似ていたんです。同じ下町の生まれで、二人ともずっと借家住まいで。だから、一緒になったときに、いつか自分たちの家を持とうね、と誓い合いました。主人が定年退職したあと、終の棲家にすることに決めたのがここでした。空き家を紹介してくれる業者があって、いろいろ見て回った末にここの環境が気に入って。わたしは車の運転ができないから、自然優先の田舎暮らしを選んだら、のちのち大変なことになるでしょう？病院は近いほうがいいし、スーパーも徒歩圏内にあったほうがいいし。主人は野菜作りが好きで、菜園の空きを待っていたところだったんです。こんなに早く逝かれてしまうなんて……。主人の車を廃車にしたいまは、出かけるときは自転車か歩きです。バスもありますしね。ここに住んでいて、不便なことなんて一つもありません。あの子が心の支えになってくれていましたし……」

その心の支えになってくれていた飼い猫を、不幸にも失ってしまったのである。感情がこみあげたらしく、台所のカウンターに手をついてむせび泣きを始めた横森を、直美はなすすべなく見つめていたが、

「人生、思うようにいかないものですね。わたしも仕事を辞めざるをえない状況に、二度も追い込まれてしまいました。そのたびに一人で奮闘して。でも、やっぱり、力の限界を思い知らされて、打ちひしがれて。たっぷり孤独を味わって、たっぷり傷ついて、仕方なく、両親のいない家に帰って来たんです」

と、気がついたら、堰を切ったようにこちらも自分の身の上を語り始めていた。釣り合いをとろうとしたわけではない。ただ、いまは自分を語ることでしか彼女を慰められない気がしたから

だった。

「会社を解雇されたの？」

横森が興味を示してきたので、直美は、二つの勤め先での内部告発について説明した。

「まあ、嫌がらせするなんて、ひどい人たちね」

聞き終えると、横森は眉をひそめた。「病院の人たちも薬局の人たちも、まったく反省はしていないのかしら。あなたに謝罪の言葉はあったの？」

「いいえ」

「そういう人たちっているのよね。罪の意識がないっていうか、見つからなければいい、と考えている人って。正木さんは、曲がったことの嫌いな正義感の強い女性なのね」

「バカ正直で、融通がきかない、と言う人もいます」

「そんなことないわ」

横森はまじめな顔で首を振り、台所から緑茶の載ったトレイを運んで来た。

「ケンちゃんが口にしたものが何か、わかりましたか？」

テーブルに緑茶が置かれるのを待って、直美は本題に触れた。

「やっぱり、毒でしたよ」

横森は答えるなり、生唾を呑み込むようなしぐさをしてから続けた。「キャットフードに農薬を混ぜてあり、明らかに殺すつもりで食べさせたことがわかりました。いまの農薬は昔のと違って、人が飲んでも死には至りませんけど、猫は身体が小さいですからね。わずかな量でも致死量に達してしまいます」

「獣医さんに調べてもらったんですね？　獣医さんは何とおっしゃっていたんですか？」

「誰がどこで何に農薬を混ぜて食べさせたか、それがわかれば、その人間に対して罪が問える。動物愛護法に触れる行為だし、死なせたということで器物損壊の罪になる、と」

すらすらと答えた横森は、そこで大きくかぶりを振った。「尊い命を奪っておいて、器物損壊だなんて、笑ってしまうわね」

「ああ、そうですね。でも、法律ではそうなんでしょうね。犬や猫は器物扱いなんですよね」

直美は、ペットに関する法律を思い出して、控えめにうなずいた。「それで、誰がどこで何に農薬を混ぜたか、調べられるんですか？　横森さんは、このあいだ、犯人はわかっています、とおっしゃってましたよね」

「ええ。犯人は、宮下《みやした》さんの奥さんです」

横森が難なく一人の女性の名前を口にしたので、直美は息を呑んだ。

「ご近所の方ですか？」

「同じ自治会に入っておられる方ですよ」

「どうしてその人だと？」

「見たんです。今年の春、宮下さんの奥さんが中央公園で野良猫と一緒にいるのを。早朝であたりはまだ薄暗かったけれど、背格好で彼女だとわかりました。きっと、毒入りの餌を置いていたに違いありません。わたし、老眼は早くきましたけど、六十六になっても視力は衰えず、両眼とも1・5のままです。そのあと、野良猫の不審死が二件続いたでしょう？　宮下さんの奥さん、ガーデニングが趣味だとかで、丹精をこめて造った庭を野良猫に荒らされた、おしっこや糞をされた、とかなりお怒りになっていたり、春先のさかりのついたころは猫の鳴き声がうるさくて眠れない、と文句を言っていたり。とにかく、大切な庭を荒らす野良猫を嫌っているといううわさが、あちこちから耳に入ってきていたんです。うちの子も宮下さんのお庭にお邪魔していたんでしょうね。あの日、仕掛けられた餌をたまたま口にしてしまったか、あるいは、宮下さんが故意に食べさせたか……。いずれにせよ、あの子が毒殺されたのは間違いないでしょう」

「憶測だけで、宮下さんの奥さんを犯人と断定するのはむずかしいのでは？」

「だから、警察に捜査してもらいます」

と、横森は、鞭を振るうようにぴしゃりと言った。警察とは大げさすぎないか。直美は、違和感を覚えた。

「ケンが口にしたものが何だったか、いちおう獣医さんに診てもらったけど、もっとくわしい分析をしてくれる機関はあります。そこに頼んで、内容物を分析したリストを作ってもらいます。それから、宮下さんがキャットフードを買った店を調べます。猫を飼っていない彼女がキャットフードを買ったとしたら、変でしょう？　いまは、コンビニやスーパーに防犯カメラもありますし、目撃者も探します。近所の人たちの証言も集めます。もちろん、正木さんにも協力していただいて。お願いできますよね？」

懇願されて、直美はうろたえた。横森の飼い猫が死んでいた場所は、直美の実家の敷地内である。警察の捜査が始まれば、必然的に自分も巻き込まれることになる。しかし、そもそも、警察が猫一匹の死を「刑事事件」ととらえて腰を上げるのかどうか……。

防犯カメラとか目撃者とか証言などという仰々しい言葉が出るに至って、直美は怖気づいてしまっていた。

「宮下さんが毒入りの餌をケンちゃんに与えたという決定的な証拠がなければ、警察に訴えても捜査してもらえないんじゃないでしょうか。それに、公園で野良猫と一緒の宮下さんを目撃したというだけでは……」

下手をすると、逆に名誉毀損で訴えられる可能性もある。

「あの子が毒を盛られて殺されたのは、事実なんですよ。あなたもあの子の死体を見たでしょう？」

おそるおそる言いかけたのを、横森の怒気をはらんだ声に遮られた。「あの子は、わたしの家族だったんです」

言い返せずに黙っていると、「正木さんは、悪いことを見逃せない誠実な人ですよね。職場での不正を二度も告発した人ですもの。わたし、あなたの真心を信じています」と、横森は直美をまっすぐに見つめてくる。

「警察に聞かれたら、事実をお答えします。でも、お力になれるかどうかはわかりません」

「警察が動いてくれないのなら、弁護士を雇って、裁判を起こします。そしたら、正木さんは、証言台に立ってくれますよね？　あなたのお名前は……」

「正木……直美です」

フルネームを答えながら、直美は、彼女の家を訪れたことを後悔していた。

6

それから十日後だった。前触れもなしに、横森に猫殺しの「犯人」とされた宮下が正木家の呼び鈴を鳴らした。

「こみいった話になると思うけど」

そう言われたので、玄関先ですませずに、宮下を家の中に招じ入れた。宮下と一緒にいるところを横森に見られたくはない。

「正木さん、あなたも本当は、あの横森さんにほとほと手を焼いているんじゃなくて？」

と、居間に通されるなり、宮下は顔をしかめて言った。

「どういう意味でしょうか」

お茶を用意するのも忘れて、ソファに座った彼女と向き合った。

「あの方、すごく変わっているから」

と、宮下は言って、笑った。「そう思わない？」

答えずにいると、「だって、猫一匹のことで、まるで殺人事件みたいに警察に捜査するように言いに行ったり、近所の人に聞き回ったり。ほんと、困ったちゃんだと思わない？」

宮下は、横森よりいくつか年下だろうか。六十代半ばで同年齢くらいかもしれないが、ボリュームのあるヘアスタイルといい、手を抜かない化粧といい、絞られたウエストといい、横森よりずっと若々しく洗練された女性に見える。

「横森さんは、飼い猫を本当の家族のように思っていたようですから、死なれて悲嘆に暮れる気持ちは理解できます」

安易に同調せずに、そう言葉を返すと、

「そもそも、そこよ。本当の家族のように、って、たかが猫でしょう？　本物の家族であるはずないじゃない」

と、宮下は、口元を歪めた笑いで応じた。

「でも、飼っているうちに、愛情が増して、家族の一員のようになることはありますよね。ペットってそういう存在じゃないですか？」

「それは理解できるわ。わたしだって、犬を飼ったことはあるし。十五年飼い続けて、天寿をまっとうさせて見送ったのよ。そのあとは、ペットロスみたいになっちゃって、もう飼う気はしなくなったけど。でもね、所詮、ペットはペット。あなただって、さっき、『本当の家族のように』って言ったじゃないの。『本当の家族』と『本当の家族のように』とは違うのよ。あくまでも、ように、ですもの。結婚して神奈川へ行った娘に一昨年、子供が生まれたの。わたしにとっての初孫ね。それが、まあ、かわいくってね」

宮下は、そこで言葉を切って目を細めたが、直美の目にはその瞬間だけ彼女がひどく老けて映った。

「かわいいのはあたりまえよね」

と、宮下は初孫について語り続ける。「そりゃ、犬や猫もかわいいわよ。犬はしつければお手をするし、買い物から帰れば尻尾を振って出迎えてくれるし。猫も顔を洗ったり、丸まって寝たりする姿はかわいいと思うわよ。でもね、赤ちゃんはあやしたら笑ったり、日々成長して、『ばあば』なんてしゃべったりするわけよ。そのかわいらしいことったらないわ。目に入れても痛くない、って言い得て妙ね。じゃあ、聞くけど、猫が笑う？　犬がしゃべる？　笑いもしゃべりもしないでしょう？　赤ちゃんは立派に家族の一員だけど、ペットはあくまでも『のようなもの』にすぎない。そう言いたいわけ。あなたは常識人だからわかるでしょう？　でも、そこが横森さんには通じないのよね。飼い猫が死んで悲しいのはわかるけど、動物の運命だと思って諦めてくれないと。ほんと、諦めが悪くてね。世の中には、テロで奪われる人の命も飢餓で奪われる人の命もあるというのにね。人の命と猫の命を同等に扱うなんて。あの方、お子さんがいらっしゃらないでしょう？　子供に注ぐべき愛情を猫にしか注げなかったのはお気の毒だと思うけど、欲求不満を募らせて、あそこまでヒステリックになられて、エスカレートされてはね。そんなに大事なら、家の中に閉じ込めておけばよかったのよ」

出産経験がないのは、直美も同じである。しかも結婚したことさえない。よどみなく流れた宮下のセリフには、さすがに気分を害して、

「宮下さんが中央公園で野良猫と一緒にいたのを、見た人がいるそうですが」

と、直美は彼女に突きつけた。

「横森さんでしょう？　わたしを見た、とあなたに言ったんでしょう？」

「それは事実なんですか？」

「さあ、どうかしら」

宮下は楽しそうにはぐらかして、不意に身体を硬直させた。「あなた、この会話、録音してる？」

「録音？　してませんけど」

「そう。ならいいわ」

大きなため息をつくと、宮下は話を続けた。「横森さんが中央公園で目撃したのは、確かにわたしだったかもしれない。そばに野良猫がいたかもしれない。でも、だからといって、わたしが野良猫に毒入りの餌を与えて殺した、という推理は乱暴すぎるんじゃない？」

「ご自宅のお庭に毒入りの餌を撒いたんですか？」

ストレートに質問をぶつけけた。

「さあ、どうかしら」

宮下は、はぐらかす楽しさを覚えたらしい。「録音はしてないみたいだけど、あとで、横森さんにそっくりこの会話を報告するんでしょうね」

「聞かれたら報告するつもりでいます。彼女の飼い猫が死んでいたのは、この敷地内でしたから、相応の義務や責任はあると思います」

「まじめな方なのね」

宮下は笑った。「でも、よかったわ。あなたが常識人で」

「もう一度聞きます。毒入りの餌を撒いたんですか?」

「撒いた、と言ったら、驚く? 撒いたかもしれないし、撒かなかったかもしれない。いずれにしても、うちの敷地内よ」

「普通に、事実だけをお答えになればいいのでは?」

宮下は、こちらの心をもてあそぶような答え方をした。

「バカバカしくて、まともに相手をしてられないからよ」

宮下の顔から笑みが消えた。「あのね、横森さんはまるで刑事気取りで、ご近所に聞き込みまでしているのよ。駅前のスーパーやバスに乗ってペットショップにまで行って、『防犯カメラの録画を見せてください』って頼んだり、刑事ドラマみたいにわたしの写真を店員に見せたり。ほらね、尋常じゃない神経でしょう? もう、わたし、怖くなって。でもね、平気よ。わたしのほうがここに長く住んでいて、医者や弁護士の知り合いもいるし、親戚には校長も市議もいるしね。古株のわたしとよそ者の横森さん。まわりはどちらの言葉を信じるか。それはもう明白よね。横森さんも歩き回ってみて、身にしみたんじゃないかしら。みんなわたしの味方だもの。わたしを貶《おとし》めるような証言をする人なんているはずないわ。彼女から連絡はきたの?」

「いえ……ええ、けさ、電話してみました」

否定するつもりが、うそがつけなくなっていた。十日たったので、進捗状況を知ろうと、こちらから電話をかけたのである。

――思うようにいかなくて。

横森の口ぶりは重かったが、自分を鼓舞するように、「でも、大丈夫。秘策があるから」と、言い添えて電話を切ったのだったが……。

「彼女、何て言ってた？」

「思うようにいかない、と」

秘策があるから、の部分は省いて伝えた。

「じゃあ、諦めてくれたのね。よかった」

ホッとしたように肩の力を抜いて、宮下は立ち上がった。「裁判を起こす、なんて言われたら、どうしようと思っていたのよ。こっちが勝つのはわかっているけど、余計な時間をとられるし、精神的な負担も大きいでしょう？　面倒なことは避けたくてね」

明るい表情で玄関まで行った宮下は、「ああ、そうそう」と、思い出したように言った。「横森さん、あくまでもわたしを犯人と決めつけたいみたいで、『罪を認めてください』ってうるさいのよ。『あの子のために鶴を折ってやってください』ってね。あの子って、死んだ飼い猫のことよね。何だかよくわからなかったけど、折り鶴一羽で彼女の気がすむなら、って折ってやったわよ。彼女の前で、彼女の差し出した紙でね」

7

「お詫びだなんて。いいんですよ、もう。わかってくだされば」

ケーキの入った箱を受け取った宮下邦子《くにこ》は、満面の笑みで横森史子《ふみこ》を迎えた。

「でも、失礼なことを言ってしまったし、申し訳なくて」

と、史子は頭を下げると、「お宅のお庭、きれいなんでしょうね」と会話をつなげた。

「ええ、まあ。趣味でいろいろと植えてててね」

「来年もオープンガーデンに参加されるご予定ですか？」

「ええ、まあ、いちおう。みなさん、楽しみにしておられるようだから」

邦子は機嫌よさそうに答えて、「どうぞ」と、史子を居間に招き入れた。

家にあがるのが目的だったから、最初の目的は達成できた。史子は、自宅の倍はある居間に通され、庭に面したソファを勧められた。掃き出しの大きな窓の向こうに庭が眺められる。

亡くなった夫と移住したこの街では、個人の庭を一定期間公開する「オープンガーデン」というイベントを催している。ある程度の広さやよく手入れされた花壇などがなければ、他人に庭を披露しようという気にはならない。したがって、邦子はよほど自宅の庭が好きなのだろう、と史子は思っている。そう……生垣の隙間から侵入する猫を容赦なく駆除――殺すほどに。

薔薇のアーチを巡らせてあったり、藤棚を作ってあったり、その下に白いベンチを並べてあったり、と手の込んだ広い庭なのはわかったが、史子は、少しも美しいと感じなかった。

「紅茶がはいりましたよ」

邦子に声をかけられて、史子はダイニングテーブルに移動した。

ロイヤルコペンハーゲンのティーカップが二客、テーブルに載っている。

「どうぞ。こちらのほうが庭がよく見えるから。あいにく、お花を楽しめる季節は過ぎちゃったけど」

勧められた席に座る。キッチンカウンターを背にした席だ。

「いただいたケーキ、一緒に食べましょうか」

邦子は席につかずに、カウンターで作業を続けている。

「安心してください。毒なんか入っていませんから」

史子がそう返すと、「まあ、怖い冗談を」と言って、邦子は弾かれたように笑った。

「横森さん、お一人でお寂しいでしょう？　このあたり、いろんなサークルがあるんですよ。今度、お誘いするから、参加してくださいさい。これからは仲よくしましょうね」

邦子がケーキを皿に取り分けているのを背中に感じながら、史子は、スカートのポケットから小さな包み紙を取り出した。包み紙を広げ、中に入っていた粉をレモンの浮いた紅茶に素早く降り注ぐ。

「さあ、どうぞ」

ケーキを載せた皿をテーブルに置いて、邦子が席に着いた。

史子は、最初にケーキをひと口食べた。緊張のせいか、味覚がバカになっていて、甘さがまったく感じられない。

邦子は、最初に紅茶に口をつけた。ひと口飲んで、「うっ」と顔をしかめる。

史子の心臓は脈打った。

「この葉っぱ、いただきものだけど苦いわ。わたし、甘くないとだめなのよ」

邦子が首をすくめて、スティックシュガーを取りにキッチンへ行く。

「横森さんもお砂糖いる？」

キッチンから邦子が聞いた。

「結構です。わたしはこのままで」

静かに答えて、史子はティーカップの縁に唇を当てた。心臓の鼓動が速まっている。

ふっと、前方の庭を何かが横切ったように見えた。

8

正木直美さん、あなたがこの手紙を読んでいるときは、わたしはもうこの世にはいないでしょうか。事件後三日目にあなたの手元に届くように、配達日を指定して書いた手紙です。わたしは死んで、わたしの遺体は、司法解剖に回されたでしょうか。

あの子を殺したのは、宮下邦子さんです。自分の罪が警察に追及されないとわかっていたから、わたしの前だけで、開き直った形で認めたのです。無力なわたしを見て、心の中で笑っていたのでしょう。本当に嫌な女です。素直に罪を認めて、みんなの前で謝罪するべきだったのに。このままではわたしの気がすみません。彼女には罪を償ってもらわないと困ります。あの子の命を奪ったのですから、罰を受けてくれないと困ります。

だから、これは、わたしが彼女に与えた罰なのです。三日たっても、まだ騒動は続いていますよね？　住宅街毒殺事件、と呼ばれていますか？　愛猫家主婦毒殺事件、とされていますか？

あの日、わたしは宮下邦子さんがいれてくれた紅茶に砒素《ひそ》を混入しました。ええ、自分の紅茶にです。夫を失い、あの子も失ったのですから、もう生きる気力はありません。覚悟はできていました。

砒素を包んでいた紙は、宮下邦子さんが鶴の形に折った紙です。彼女の指紋がついているはずです。わたしは、自分の指紋をつけないように気をつけました。毒で殺されたのだから、毒で仕返ししたかったのです。砒素は死んだ夫が持っていて、処分し忘れたものです。

――現場は宮下邦子宅の居間で、毒が入っていたのは彼女がいれた紅茶で、毒を包んでいた紙には彼女の指紋がついていた。死んだ横森史子とのあいだには飼い猫の死を巡るいざこざがあった。

これだけ揃っていれば、当座は彼女に疑いの目が向けられるでしょう。彼女はどう言い訳するでしょうか。世間の好奇な視線やうわさに耐えられるでしょうか。

臨月を待たずに亡くなった子は男の子でした。主人とわたしは、「健太《けんた》」と名づけて生まれる日を心待ちにしていました。お腹の中で亡くなった日を命日として、毎年、わたしは命日に鶴を一羽折ってきました。三年前の夏、健太の命日に玄関を開けたら、ポーチに野良猫が座っていました。わたしと目が合っても逃げ出さずに、まるで「帰って来たよ」というようにこちらを見上げていました。

それがわたしとケンとの出会いでした。そう、ケンは健太の生まれ変わりなのです。だから、ケンは猫ではなく人間です。人間が毒殺されたのに、捜査しない警察は頭がおかしいし、人を殺しておいて罪の意識のかけらも示さない宮下邦子さんもまた、頭がおかしいのです。

正義感の強い正直者のあなたのことですから、冤罪のままにしておくことはできないと思います。この手紙を持って警察に行くことでしょう。そしたら、早晩、事件の真相はわかります。

でも、それでいいのです。少しのあいだでもあの女が苦しめば。殺人事件、いえ、自殺に至った経緯が世の中に明らかにされれば、それであの子——健太も浮かばれるというものです。

直美さん、わたしと健太に親切にしてくれてありがとう。わたしたちの分まで幸せになってください。

9

砒素入りの紅茶を飲んで横森史子が死んでから三か月が過ぎた。年も改まり、正木直美は、電車に乗って五つ目の駅前に新たにできた調剤薬局に職を得た。

横森史子の手紙は誰にも見せていない。事情を聞きに来た刑事にも見せなかった。警察の捜査が進み、横森史子の紅茶に毒を入れたのは宮下邦子ではないとほぼ結論が出たようだ。砒素の入手先もまもなく判明するだろう。

宮下邦子は、今年のオープンガーデンへの参加を取りやめたらしい。

一人暮らしにもそろそろ飽きてきた。近い将来猫を飼おうかな、と直美は考えている。そして、猫を飼い始めるのと同時に、横森史子の手紙を破り捨てるつもりでいる。この地域の一員として、死ぬまで平穏無事に暮らすために……。

劇的な幕切れ

有栖川有栖

有栖川有栖（ありすがわ・ありす）

1959年大阪府生まれ。同志社大学法学部法律学科卒。1989年、『月光ゲームYの悲劇'88』でデビュー。2003年、『マレー鉄道の謎』で第56回日本推理作家協会賞受賞、2008年には『女王国の城』で第8回本格ミステリ大賞受賞。主な作品に『双頭の悪魔』『乱鴉の島』『鍵の掛かった男』など。

俺が紫藤美礼と初めて会ったのは、M駅前にある古びた喫茶店だった。内装が重厚で、老舗という風格のある店だ。

柱の陰のテーブルを周到に予約していたのは彼女だ。他人の耳をまったく気にせずに話せる席だったので、行き届いた配慮に安堵《あんど》した。

月曜日の午後二時。客は疎《まば》らで、店内には懐かしい洋楽のBGMと物憂げな空気が流れていた。

白っぽいコットンのワンピースに、薄紫色のスカーフ。目印を確認して、おずおず歩み寄っていったら、彼女は立ち上がって声を掛けてきた。

「〈ソトマチ〉さんですね?」

俺は「はい」と答え、もはや必要もないのに訊き返した。

「〈パープル〉さんですよね?」

「はい。本名はシトウ・ミレイです。紫藤のシは紫、藤色の藤、美しいに礼儀の礼と書きます。——どうぞお座りください」

口許に微笑がある。向かいの席に着いてから、俺はしばらく顔が上げられなかった。待ち合わせていた女が予想よりもずっと美しく、上品だったことに戸惑っていたのだ。紫藤美礼という名前も高雅だ。

「僕は……ウチムラ・タケフミです。内側の村に、武士の武、文章の文」

文武両道を具えた男児たれ、という親の希望がこめられたこの名前が好きではない。どちらも不得手だから重たくてかなわないのだ。

いちいち漢字まで言い合うのを滑稽《こっけい》にも感じたが、これから運命を共にするのだから、本名を正しく伝えておきたい気がした。彼女も同じ想いでいるのかもしれない。

「ああ、〈ソトマチ〉というハンドルネームは、内村の反対だったんですね」

「単純すぎましたね。深く考えずにつけた名前なので」

思春期からずっと女性と話すのは苦手だ。差し向かいになると、どんな顔でどんな話をすればいいのか判らなくて困ってしまう。

「捻ったネーミングじゃないですか。〈パープル〉の方がもっと単純だと思います」

フォローしてくれた。たったそれだけで、いい人だ、と思う。

「あの……すみませんでした」

「えっ？」

「こんな服できてしまって」

扁平な顔をすげ替えたり身長を引き伸ばしてくるのは不可能だが、せめてもう少しこぎれいな身なりをしてくるべきだった。大学時代からのセーターに、安物のジーンズ、くたびれた靴という恰好が恥ずかしい。

美礼は、今日のこの時のために、俺と会うために、きちんとした装いをしてきていた。化粧も丁寧で、デートに臨むかのようだ。

「紫藤さんは、そんなに素敵な服でいらしたのに……」

彼女は、軽く会釈した。

「そう言ってくださって、ありがとうございます。中身がよくないので、せめて外側だけでも、と気合を入れてきました。〈ソトマチ〉さん、いえ、内村さんに初めてお目にかかるのに失礼がないように」

もう一度「すみません」と言いそうになったが、呑み込んだ。お前は謝ってばかりだからよけい頼りなく見えるんだ、とアルバイト先でからかわれたことがある。

「早速ですけれど」

彼女が口調を改めたので、反射的に背筋を伸ばして顔を上げた。

やはり、きれいだ。女優やモデルのような華やかさはないけれど、よく整った顔立ちで、やや肉厚の唇が愛くるしい。それでいて目許《めもと》には憂いの色がしっとりと漂っていて、それがとても魅力的だ。

齢《とし》は聞いていないし、さすがに訊けない。俺と同じだったら二十八。物腰が落ち着いているので一つ二つ上にも見えるが、案外年下ということもあり得る。

この人ならば、願ってもない。すでに心は決まった。

「メールでやりとりした件について、お考えは変わりませんか？」

問われて、きっぱり「はい」と答える。逡巡はなかった。

「そのお返事はとてもうれしいんですけれど……ことがことだけに、しつこく念を押させてくださいね。絶対に間違いのない方と一緒にいきたいので」

「いきたい」は「逝きたい」の意なのは承知していながら、こんな場面で性的なイメージを喚起され、狼狽えかけた。しかし美礼に他意があったはずもなく、しゃべり方も淡々としているので、二人の会話を耳にした者がいたとしても、旅行の計画について話しているぐらいにしか聞こえなかったであろう。

「僕は決心しました。もう引き返すつもりはありません。紫藤さんさえよければ、ご一緒させてください」

せいぜい男らしく言い切ったつもりだ。美礼は、こくりと頷く。

「ありがとうございます。でも、内村さんには決して後悔していただきたくありません。せっかくお目にかかったので、しばらくお話ししましょう。このお店のコーヒー、おいしいんですよ。それで、『こんな女と逝くのは嫌だな』と思うことがあれば、どうか遠慮なくおっしゃってください。私、諦めて他を当たりますから」

何を話せばいいのか見当がつかなかったが、幸いなことに美礼がリードしてくれた。倉庫管理の派遣の仕事が切れたまま、失業中であることは電子メールで打ち明けていたから、それ以前にどんな職に就いたかなど、不躾《ぶしつけ》にならないよう気をつけながら尋ねてくる。大学を中退してからアルバイトを転々としてきただけで、語るほどのことはなかったのだが、ほどよく相槌を打ちなから熱心に聞いてくれた。

「色々なお仕事を経験なさったんですね。私なんかと違って」

美礼は、大学を卒業してから四年勤めた会社で面倒な人間関係に悩んで退社し、その後は自宅に引きこもったまま過ごしてきたと言う。メールのやりとりで断片的に知ってはいたが、トラブルの具体的な例を交えて聞いてみたら、なかなかにつらかった。

家族についても、ぽつりぽつりと教え合うと、どちらも父親からはろくに愛情を享《う》けておらず、母親の過干渉に苦しんだことがあった。

似てるよな、と思う。格別大きな不幸や不運に見舞われたわけでもなく、それでいて生きていくことにとことん倦《う》んでしまった点が二人に共通している。

「何だか私たち、似た者同士ですね」

美礼が言ったので、うれしくなった。客観的にどうなのかは疑問だが、二人の間には相通じるものがある。

「僕もそう思いました」

「内村さんと巡り会えて、よかった。冴えない人生でしたけれど、最後の最後に引いた当たりくじです」

さすがに当たりくじという表現はどうだろう。一緒に死んでくれるのに具合がいい相手が見つかるのは、幸運と言うより悲運なのではないか？

しかし、冴えない人生という表現には心が騒いだ。俺は常々、そんなふうに自分が生きてきた時間を表していたからだ。ごく当たり前の家庭に生まれ、とりたてて大きな事件や事故にも遭わず、平々凡々と過ごしてきた。どんな目標に向かって進めばいいのか判らないまま、面倒で退屈な日常に堪《た》えながら二十八歳まできたが、ほとほと疲れてしまった。

深刻な悩みを抱えている人間からすれば、ただ甘ったれているだけだろう。自分がどれだけ恵まれた境遇にいるのかよく考えろ、と叱られてもおかしくない。頭ではそう承知していても、駄目なものは駄目なのだ。こんなことなら、むしろ自他ともにはっきりと判る明確な不幸の束を持たされている方がまだましだった。

俺は、映画やドラマの類を観るのが好きではなく、小説も読まない。自分と無縁の劇的なものがあふれていて苛々《いらいら》するからだ。命を懸けた恋はおろか、仲間とともに困難に満ちたプロジェクトを完遂することも、自分は経験できそうにない。銀河を股にかけた荒唐無稽《こうとうむけい》なＳＦならば、誰も経験できないことだから気楽に楽しむこともあったが。

劇的なもの。

それに飢えているのだな、という自覚はあったが、どうすることもできやしない。胸躍る瞬間、魂の燃焼、心がとろけるような恍惚《こうこつ》や陶酔とは関係のないままだらだらと生きて、いつか死ぬ。それでいいではないか、むしろ波風のない人生に感謝して小さな幸せを探せばいい、と自らに言い聞かせようとしても、納得がいかない。

身の丈に合わない妙な自尊心のなせる業だ。社会の片隅でひっそりと生きて、いなくなっても誰にも気づかれない。自分がそれだけの存在でしかないことが恐ろしく不満だ。

馬鹿らしいと思いながらも、同じバイトの身分で働いていた四十過ぎの男に弾みで内心を吐露したことがある。昼休みに倉庫の中でパンと缶コーヒーの昼食をとりながら。飄々《ひょうひょう》としたオヤジさんだったので、つい心の箍が緩んだのである。

――僕の甘えですよね。

言った端から自分で突っ込んだら、そうだな、とあっさり言われた。

――本気で悩んだことがないから、頭の中に霞がかかったようになってんだよ。贅沢なもんだ。

それは判っている。

――もし戦争が始まりでもしたら、兄ちゃんはたちどころに別人みたいに変わるよ。急にしゃきっとしてな。戦争は現実味がないとしても、大きな怪我や病気でもしたら「ドラマのような事件や事故に遭わずに暮らせていた頃に戻りたい」と思うに決まってる。

きっと思うだろう。だが、わざわざ怪我や病気を背負いたくはない。

――なんなら、自分で戦争をおっ始めてみろよ。どこかでマシンガンを手に入れてきて、繁華街で乱射するとか。おっ、嫌そうな顔をするねぇ。人でなしになるのは嫌か。マシンガンの乱射までいかなくても、銀行強盗ぐらいはいいんじゃないか？　イチかバチか。うまくいったら大金が摑めて、明るい未来が拓けるかもしれない。

手荒なことは性に合いません、と言ったら笑われた。

――だろうな。とてもじゃないけど兄ちゃんにはそんな度胸はないだろう。相手がどんなに憎たらしい奴でも、向こうが無抵抗だと判っていたら殴れないタイプだ。映画やドラマじゃ簡単に人を殴ったり蹴ったりする奴がいっぱい出てくるけどな。「やってみます」って答えないのが判ってるから吹っかけただけさ。地味にマイペースでいけばいい。映画やドラマっていうのは、みんなが経験できそうもないことばっかりやって面白がらせているんだ。自分の人生と比べてどうする。

力なく笑って、そうですね、と言うしかなかった。

だが、状況は変わった。望んでいた形とは異なるが、俺は劇的なものを手中にしようとしている。運命の女性と巡り会えたのだ。死に焦がれた女と、ともに死ぬ。まさかそんなことができるとは、半月前は想像もしていなかった。

自殺志望者が集うウェブサイトに潜り込み、死の匂いを嗅いでいるうちに決行を考えるようになった。みんなが機嫌よく、あるいは辛抱して観ている映画の途中で席を立ち、「こんなくだらないものによく付き合っているね、あんたたち」という顔で退場する。面当てのような自殺。「そう思ったのは俺だけじゃない。同じ想いの人間と一緒に出て行くよ」と言わんばかりの自殺は、なかなかオツな感じだ。

いい仲間はいないか、と十日ばかり探し回ったところ、自殺を呼びかける人間は何人も見つけたが、本気か冗談か判別できなかったり、書き込まれた文章がお粗末すぎたりして、レスポンスする気も起きない。自殺願望が薄らぎかけたところで目に留まったのが、〈パープル〉の誘いだった。

——毒を呷ってくださる方、求む。優しい男性希望。当方、二十代女。

優しさこそ、この俺、内村武文が唯一の取柄と自任しているものだった。柔弱の言い換えにすぎないとしても、優しい男と自称しても間違いではないはず。そう思いながら名乗りを上げてみたら、すぐに返信がきた。

——誠実なお返事をありがとうございます。いくつか確認させてください。

本気かどうかを審査された後、合格だったので話は進んでいった。

——失敗しない道具を持っています。どうかご安心を。

——大勢で旅立つのは嫌です。私と二人でもかまいませんか?

〈パープル〉が提示してくる条件は、俺にとって好ましいものばかりだった。毒による死は理想とするところだ。どうすれば適当な毒物を入手できるかが判らずにいたのだが、〈パープル〉が持っているならありがたい。

二人だけで旅立つのも結構。二十代の女性との服毒自殺。心中ではないか。そんな劇的なもので人生の幕引きができるとは、夢のような幸運だ。

——あなたこそ私が求めていた男性のようです。一度、直接お目にかかってお話しさせてくださいますか。旅立ちの予定を決めるために。

そんなメールをくれた女は、今まっすぐ俺を見つめながら問う。

「私で……いいんですね、内村さん?」

最終回答の時がきた。

「はい。答えは変わりません」

美礼が右手をすっと差し出し、テーブル越しの握手を求めてくる。わずかに動揺しながら握った手は柔らかく、ひんやりと冷たかった。指輪は一つも嵌めておらず、素早く観察すると節が太くて、見た目より実年齢が高いのではと思ったが、そんなことはどうでもよい。

「きれいな手じゃなくて恥ずかしい。指がごつごつと太いし……色んなことをしてきた手だから……」

こちらの心を見透かしたように彼女が言うので、慌てて否定した。「きれいな手ですよ」と。

「方法は、メールで書いたとおり」

「はい。ぜひ、それで」

「ここに持ってきています」

そう言いながら彼女は、傍らのハンドバッグから茶色い小瓶を取り出し、顔の横で翳して見せる。他の客からは死角になってはいるが、どきりとした。

中身はシアン化カリウム。より耳に馴染んだ呼び名でいえば青酸カリだ。

「本物であることは保証します。ちょっとかわいそうだったけれど、動物で試してみました」

実験台にされた動物——それが何だったのか訊くつもりはない——が苦しみながら死ぬところを見て、思い留まろうとはしなかったわけだ。決意の固さが窺える。

「ぼ、僕は、それが欲しかったんです」

つんのめるようにして言うと、彼女は小瓶を俺に渡す。蓋を開けてみるのはさすがに憚られたので、軽く振っただけで返した。微量の粉末が入っているのを確認しただけだ。

「どこでこれを？」

どうでもいいことだが、興味本位で尋ねてみる。

「伯父が経営していたメッキ工場が倒産して、そのどさくさに」

それ以上の説明は勘弁してください、という目だったので、追及するのはやめた。ご機嫌を損ねて話が流れては元も子もない。

美礼は小瓶をバッグにしまい、取り澄ました顔で訊く。

「いつにしますか？　片づけておきたいことが色々おありでしょうから——」

「二日もあれば身辺の整理はできます。紫藤さんのご都合がいいようにしてください」

即座に返答が跳ね返ってくる。

「じゃあ、三日後。九月十二日の木曜日ということで。かまいませんか？」

迷うことなく承諾した。

「あとは場所ですね。どこかご希望のところはありますか？　私、考えているところが二つあって、下見もすませているんですけれど。他人様に迷惑をかけない場所を選びました」

そんな細かな打ち合わせに要したのは、せいぜい十五分だった。


そして迎えた木曜日。

山間の終着駅で降りた二人はハイキングコースになっているT山遊歩道をたどり、他愛もない会話を交わしながら一時間ほどそぞろ歩いた。今生との別れの散策であり、人気がなくなるのを待つための時間潰しでもあった。

秋の気配を漂わせた深山の眺めは目に沁みるほど美しく、吹く風はあまりにも心地よい。それに感動するどころか、俺はからかわれているようで面白くなかった。

——死のうとしたらいい気分にさせやがって、とんでもないお為ごかしだ。こんなものに騙されないぞ。

死への恐れもなければ、ようやく念願がかなうという高揚もなく、さばさばした気分だ。そして、そんな自分の精神状態に満足していた。何の山場もない人生に、劇的な幕切れを用意できたことで、運命に復讐を遂げられるような気がしていたのだ。

美礼の表情も穏やかだ。同じ想いなのだろう。

今日は山歩き向きの軽装で、大きな鍔の白い帽子をかぶっている。三日前のワンピース姿が好ましかったのだが、ここであんな恰好をしていたら人目について仕方がない。もっとも、人気のハイキングコースでもないから人気はごく少ないし、目立ったところでかまいはしないのだが。

「いいお天気でよかった。最後の最後に、ちょっとだけサービスしてもらっているみたいですね」

同感だ。彼女は、異議を挟みたくなるようなことをまったく口にしない。

ただ、喫茶店で会った時とは少し印象が違っている。初めて見た瞬間に、まさかこんな美人が、と驚いたのは錯覚だったようだ。明るい陽光の下で見た彼女は、十人並みより幾分は上といったところで、正直いって拍子抜けした。指が太いだけでなく、苦労の証しなのか、若くして手には世帯やつれの気味がある。〈パープル〉が素敵な女性でありますように、という願望によって、随分と美化していたようだ。

「山でよかった。内村さんに決めてもらって正解でした」

美礼は、リュックを揺らしながら言う。「海が見える場所にしますか？ 山の中にしますか？」と訊かれて、俺は後者を選んだ。さしたる理由はない。

ハイカーたちの姿がなくなってから脇道に分け入り、椈林《ブナ》の木立の中で残照に染まりながら二人で最期を遂げる。そんな美礼の計画を受け容れた。星降る空の下で、という図も想像していたのだが、あたりが真っ暗になってしまうと気分が滅入るかもしれない。

「これはカケスの声。……向こうでチッチッと地啼きしているのはアオジ」

彼女は鳥の声に詳しかった。意識すると色んな種類の鳥が鳴いているものだ。鳥の名前を教えてもらうと、風にもほんのり色彩がついたように思える。

「内村さんは、どうして毒にこだわるんですか？」

脇道に入ってまもなく、世間話をする口調で彼女は問う。

「何となく、ですよ。何かに入れて、ぐいっと呷るだけですむのが楽に思えるからかな。それが体に入ったらどんな現象が起きるのかなんて知らないし、調べたこともないまま、飲み下す。これでおしまい、ザマーミロという感じです」

何に対してザマーミロなのか、言っていて自分で理解できなかったが、彼女は黙って頷いた。

「あちこち下見をして回ったんですか？」

俺からも尋ねる。

「七箇所か、八箇所ほど。これから行くところがベストだと思います。どうということもない場所なんですけど、しっくりきたんです。内村さんにも気に入ってもらえるといいんですけれど」

「きっと気に入りますよ。このあたりでも悪くない。山の霊気……って言うのかな。そんなのが漂っていて、いい感じです」

「よかった。でも、もう少しだけ奥まで行きましょう。もっと静かで落ち着くところへ」

そこで息絶え、大地に伏す。劇的で甘美な幕切れだ。野生動物に啄《ついば》まれて、肉体はぼろぼろになるのかもしれないが。――と考えたところで、思念を読み取ったかのごとく彼女は言う。

「死んだ後、ひと晩だけ一緒に横になっていましょう。でも、ずっとそのままだと動物や虫の餌になってしまうから、明日の午後には見つけてもらうつもりです」

信頼できる友人に宛てて、明日の午前中必着の宅配便を発送ずみだと言う。形見の品にメッセージが添えてあるのだとか。

「だから、もう後戻りできないんです」

最後の最後の確認のつもりでそんなことを言うのかもしれない。

「かまいませんよ。引き返さないんだから」

それからしばらく、二人は曲がりくねった径を無言で歩いた。

――内村さんは、どうして毒にこだわるんですか？

美礼が投じてきた先ほどの問いが脳裏で谺《こだま》する。悟られていたか。

毒物には昔から関心があった。どんな成分がどう作用してどんなダメージを人体に及ぼすのか、といったことはどうでもいい。毒を服む、あるいは盛る。その場面を想像するだけで暗い興奮を覚えてしまう。特に投毒のイメージは刺激的で、ニュースで毒殺事件に接する度にことの詳細を貪り読んだりした。

危ない指向だ。美礼は倒産した伯父のメッキ工場から小瓶の中身をくすねたそうだが、自分がそんな真似のできる環境になくてよかった、と思う。おそらく何十人、何百人を殺害できるだけの青酸カリがあったのだろう。それだけの量がわがものになるのなら、自分一人に用いるのはもったいない。繁華街でマシンガンを乱射する粗暴さは持ち合わせていないが、毒を投じるのならば話は違ってくる。突拍子もないことをやらかした可能性は否定できない。

「誰かにお別れを告げましたか？」

長い沈黙を美礼が破った。

「いいえ。——ああ、たまたま昨日の夜、母親から電話がありました。『まだ次の仕事が決まらないの？』という耳の痛い電話です。『もうすぐ解決するよ』と答えておきました」

「それだけ？」

「この前も言ったとおり、母親とはずっとうまくいっていないので」

何年か前に、テレビを点けたら『海と毒薬』という映画をやっていた。冒頭しか観ていないが、後で知ったところによると原作は有名な小説らしい。そのタイトルを見ていて発見したことがある。海はすべての生命の源だから海という字には母が含まれている、と聞いたことがあったが、毒という字の下半分は母だ。確かに、自分にとって母親は毒性を持っていたな、と薄ら笑いをしてしまった。

毒なる母。母なる毒。

自慢できるわが子でいて欲しい一心なのだろう、母は俺に過大な期待を掛けては、いつも失望させられる結果に苛立ち、「どうしてお前は」と責めてくれた。よくまあ子供にあんなにうまくコンプレックスを植えつけられるものだ、と感服してしまう。おかげで末路はこのザマだ。

どこの誰とも知れない女と心中したと知ったら、さすがに魂消《たまげ》るだろう。憐れみはしても、おそらく悲しむことはない。不肖の子を持ってしまったわが身をかわいそうに思うかもしれないが。父は——不愉快そうに顔をしかめるだけか。

しかし、今になって後悔もする。母の期待に応えたら負けだ、と中学生の頃から臍を曲げて、ささやかな反逆を試みた。何事にも本気でぶつからない、という姿勢がその時に身についてしまい、結局は自分に撥ね返ってきたのだから嗤うしかない。どんな母親を持ったにせよ、一番愚かなのは俺自身だ。

「紫藤さんは、さっき言っていた友だち以外に誰か……」

「いいえ、他にはいません。私たちが自分の意思で死んだことを証明するために、遺書を用意してリュックに入れてあります。それだけ。身軽な旅立ちです」

「うん、身軽ですね。実は、同じように遺書を僕も持ってきています。宛名は警察です」

「あとで見せ合いっこしましょうか」

そんなことをするつもりはなかったが、事務的な文章を簡潔に綴っただけだから読まれてもかまわない。世を儚むクサい言葉を並べなくてよかった。

十五分ほど歩いたところで、美礼は足を止めた。目的の場所に着いたのだ。

「あのへん、どうですか?」

彼女は、椈の木立の奥をまっすぐに指差す。あたりの緑は滴るかのよう。木洩れ日が斜めに射し、名画さながらの光景がそこにあった。申し分ない。

「いいですね。思っていた以上に素敵です」

「内村さんに喜んでもらえて、よかった」

近くに倒木があったので、腰を降ろして一服する。二時間ほど歩きづめだったし、夕映えにはまだ少し早い。径からわずかに逸れただけだが、人が通りかかる気配はまるでなかった。誰にも邪魔されずに、残された時間を過ごせそうだ。

「サンドイッチ、食べますか?」

美礼は足許に置いたリュックからピンク色のタッパーを出しながら言う。

「電車に乗る前、駅ビルの食堂で食べた秋刀魚《さんま》の塩焼き定食が最後の晩餐だと思っていました」

食にこだわりがないのか、食欲がなかったのか、美礼が注文したのは掛け蕎麦だけだった。

「お好きだって言っていましたね。秋刀魚の塩焼きが最後のままにします?」

「いいえ。せっかく作ってきてくれたサンドイッチですから、ありがたくいただきます。得した気分ですよ」

「コーヒーもありますからね。まだアレが入っていないのが」

小さなポットを揺らして見せた。この世で最後に喉を通すのはコーヒーと決め、彼女に用意を任せていた。

「ミックスサンドです。おいしくなかったら、ごめんなさい」

六切れあった。美礼が「私は二つでいい」と言うので、俺が四切れもらう。マスタードがぴりっと利いていて、お世辞抜きでうまかった。コーヒーはやや温《ぬる》かったが。

これが最後の食事。

何をしてもこれが生涯で最後のものになる。歌えば最後の歌、腕立て伏せをすれば最後の腕立て伏せ。美礼と唇を重ねたら最後のキスになるが、合意をもらえる気がせず、あえて頼み込む気も起きなかった。

「日が傾くまで、だらだらしゃべっていましょう。できるだけつまらない話がいいわ」

「つまらない話だったら得意ですけれど」

いざとなると出てこなかった。つくづく不器用にできている。

「私、一度だけＵＦＯを見たことがあるんです。高校の卒業式の帰り、友だちと歩いていたら
――」

美礼が率先して話しだす。ＵＦＯのように見えたけれど友人は見ておらず、あの銀色の丸いものは何だったのかしら、というだけの話。それにつられて、大学時代に泊まった安宿で幽霊らし

きものが窓から覗いていた話をしようとしたが、彼女が本気で怖がってはまずいので自重した。

「あれは何の声ですか？」

キッキッと高い声で鳥が啼いたので、話の接ぎ穂に訊いてみる。

「ツグミね」

それは違う、モズだろう。俺でも知っている。

彼女の話をどこまで信じていいのか、わずかに疑念が湧いた。しかし、愛鳥家のふりをしたいので、知らないと答えたくなかっただけかもしれない。野暮な突っ込みは慎むことにした。

「秋の陽は釣瓶《つるべ》落としと言うけれど……だいぶ低くなってきましたね」

わずかに顎を上げた彼女の顔を、柔らかな光が照らしていた。

夕映えの中で毒の入ったコーヒーを飲む、と決めたのは正解だったかもしれない。森が暗くなるまでの短い時間にやらなくては、無遠慮な闇に包まれてしまう。「夜の森は怖い」と彼女は言っていたから、決心が鈍らずにすむ。

子供時代によく観たテレビ番組や、好きだった歌について話した。同世代なので、懐かしさを共有できて都合がいい。そうこうしているうちに、太陽は向こうの山のすぐ上まで下りてきていた。

倒木に腰掛けてから、一時間近くが過ぎている。

「もう一杯、コーヒーを味わいますか？　一人三杯分はありますから」

「いただきます」

俺がさっきの紙コップを差し出そうとすると、彼女はリュックから新しいものを出してきて注いだ。


どんと衝撃が突き上げた。

一瞬、近くで何かが爆発したのかと思ったが、そうではない。地震の縦揺れだ。

美礼が反射的に俺に身を寄せてきたので、肩を抱く。縦方向の強い揺れが何度かあり、次に世界が左右に揺れだした。重心を失い、美礼とともに後ろにひっくり返りそうになった。懸命に踏ん張る。木々の枝が激しく騒ぎ、梢から飛び立った鳥がけたたましく啼く。屋内にいたら、大きな家具が倒れてきそうな震動だった。

地震の揺れなど、せいぜい一分程度で治まる。そう自分に言い聞かせはしたものの、やはり恐ろしかった。死ぬ覚悟をしていても関係がない。

暴力的な揺れが去ってからも、彼女は俺に上半身を密着させたままでいた。小刻みに顫えたまま。

ようやく体を離したかと思うと、リュックにしまっていたスマートフォンを取り出してどこかへ電話をしようとする。つながらず、何度もかけ直す。

「ああ、駄目。何回やってもつながらない」

軽いパニック状態に陥っていた。

「どこへ、かけているんですか?」と訊いてみる。

「実家。うちの家は古くて、耐震性がまるで弱いの。ぺしゃんこになっているかもしれない！」

どうなっていてもいいじゃないか、俺たちはこれから死ぬんだし、とは言えなかった。彼女は必死の形相《ぎょうそう》で画面をタップし続けている。何度試してもつながらない。大きな地震の直後で輻輳しているせいだけではなく、電波状態が悪いところまできているので圏外の表示が点いたり消えたりしているようだ。

「ああ、もう！」

悲嘆の声を、俺は冷ややかに聞いていた。だが、ちょっと気になって自分のスマホで試してみると、運よくつながった。震源地は隣県の北部だ。それを伝えると、彼女は顔面蒼白になった。まさに、そこに実家があると言う。

「いつもお祖父ちゃんがいる部屋、倒れやすい家具がいくつもあるの。押し潰されていたらどうしよう……」

そんなに家族を大事に思うのなら、何故あんなに熱心に自殺の相手を募集したりしたんだ、と言いたくてたまらない。家族に宛てた遺書も書いていないくせに。口がむずむずしたが、どうにか我慢した。

美礼の反応こそ、人間として自然なのだろうか？　俺の心はすでに死んでいるらしく、よく判らない。

余震がきた。これも大きい。

落ちてくるのは木の葉だけなのに、美礼はリュックで頭をかばった。怯えているのが滑稽だ。

「私、死ぬのをやめます」

二度目の余震の後、ついにそんなことを言いだす。

「待って。そんなわけにはいかない。自殺しようと誘ってきたのは、あなたですよ。遊園地に行く予定をキャンセルするみたいに、あっさり中止しないでください」

「でも、でも……死ぬどころじゃなくなった」

「はあ？」

地震のせいで生きる本能を取り戻したのか。そんな馬鹿な話があってたまるか、と俺は呆れた。

「ふざけるんじゃないよ。地震がこようが雷が落ちようが関係ない。こうなったらさっさとアレをコーヒーに入れて飲もう。地震なんか知ったことか、とやりましょうよ」

「無理っ」

猛烈に腹が立ってきた。

俺だって、女の子を好きになったことはある。いつか指折り数えてみたら、片想いばかり五回していた。愛の告白といったものは一度もしていない。勇気を振り絞って交際を求めても、どうせ拒絶されると端から諦めていた。情けないが仕方がない。「できません。ごめんなさいね」ならまだいいが、「無理っ」などと言われたら立ち直れなくなるほど傷つくのが目に見えていたから。――その「無理っ」を選《よ》りによってここで聞かされようとは。

「おい」

俺は凄む。柄にもない声だが、自分でも驚くほど迫力があった。

「ふざけるなって言ってるんだ。この期に及んで死ぬのは無理なんて、通るわけないだろ。もう引き返せないんだって」

「引き返せるわよ。歩いてきた道を戻ればいいだけ」

「戻っていったら山が崩れたりして」

「そんな危ないところはなかった。下りだから三十分も歩いたら駅に着く。そのへんまで行ったら電話もつながりやすくなる」

「俺はどうする？　勝手に独りで死ねってか？」

さすがにためらいながらも、美礼はぬけぬけと言う。

「……好きなようにして」

そう答えると思った。ならば、俺がすべきことは一つしかない。

「死ぬ気がなくなった人間を道連れにするわけにはいかないな。俺だけでやるよ」

俺はすっくと立ち、大きく開いた右手を突きつける。それだけで意味を察してもらいたかったのに、美礼はきょとんとしていた。

「アレを」

毒を渡せ、と命じられていることにようやく気づき、しゃがんでリュックから茶色の小瓶を出す。俺は、ひったくるように受け取った。目を細めて見ると、粉末の量は思っていたよりも多い。

「行っても、いい？」

蹲ったまま彼女が訊くので、できるだけ冷淡な声で応えてやった。

「まだいたのか。さっさと行けよ」

脱兎のごとく駈けだす。こんなところには一秒もいたくない、というように。俺が心変わりして、無理心中に持ち込まれるのを恐れたのかもしれない。こっちは白け切っていて、そんなつもりはさらさらなかったのだが。

木立の向こうに美礼が消えると、大きく深呼吸する。土壇場であんな無様に豹変するとは、見下げ果てた女だ。独りになって晴々《せいせい》した。

だが、行きずりに等しい女と心中して劇的な最期を遂げるという希《ねが》いがかなわなくなったことが残念ではある。わくわくしながら立てた計画はいつも頓挫《とんざ》してしまう。天が俺に狙いを定め、邪魔しているのだろう。そう思うと面白くない。まさか地震なんて卑怯な飛び道具を使いやがるとは、手段を選ばないにもほどがある。

俺は倒木に腰を降ろして、掌中で小瓶を弄んだ。コルクの蓋を取って、中身を確かめる。

青酸カリの致死量がどれぐらいか正確には覚えていないが、耳搔き一杯分もあれば何人も殺せるのではなかったか。ここに入っているのは、たっぷり大匙五杯分はあった。

すごいものが手に入ったな、と瓶の底に溜まった猛毒に見入る。これだけあれば何十人もの命を奪えるのだ。俺だけではとても使い切れない。

もったいない、という感情が起きた。こんなご馳走を食べ残していいものか。どうにかしたい。

陽が翳ってきたが、焦りはしない。大事な問題を抱えてしまったのだから、じっくり思案しよう。俺だけならば、ことが真夜中になってもかまわないのだ。

使い切るには、誰かの助けを借りなくてはならない。といっても、今からネット上で同士を募って冥途へのツアーを企画するのも億劫だ。世話好きではないし、そもそも団体旅行は嫌いだった。

では、どうする？　まさかメッキ工場を始めるわけにもいかない。この毒物にメッキ加工と自殺と殺人以外にどんな用途があるのか、俺には知識がなかった。毒薬好きだが毒薬オタクではない悲しさだ。

メッキ工場も自殺ツアーもボツならば、残るは殺人しかない。大量殺戮の四文字が、ぽっかりと浮かんだ。

そんな大それたことをする能力を自分は得た。みんなが度肝を抜くようなしっぺ返しをしてからあの世に旅立つことができる。漫画に出てくるような悪魔の姿が頭上に現われ、にやにやと笑いだした。

良心の声も微かに聞いたが、最初から負けるのが判っているように弱々しかった。止めてもどうせやるんだろ、という調子だ。

口許がほころんでいた。地震というハプニングのおかげで面白いことになってきた。体に力が漲っていく。毒薬をわがものにしただけで、生まれ変わったみたいだ。

そうは言っても、生き直そうというのではない。現世から退場する前に、何か大きなことをしたくなった。派手なこととは無縁のまま生きてきたから。

ろくでもない奴がちょっと頭をめぐらせると、ろくでもないことを思いつく。この毒で人を殺してみたくなった。特定の誰かではない。運の悪い人間に死んでもらう。

毒物には無知でも、毒が絡んだ犯罪については変によく知っている。昭和二十年代の帝銀事件、昭和三十年代の名張毒入り葡萄酒事件、昭和の末のトリカブト保険金殺人から、平成に入っての和歌山毒入りカレー事件まで。新聞の三面記事的なものなら、有名どころの事件は詳細まで覚えていた。

その中の一つが、チカチカと点滅する。俺が生まれる十数年前に起きた青酸コーラ無差別殺人事件だ。当時は日本中が震撼したというが、俺と同世代で知っている奴は稀だろう。それがクローズアップされた理由は、使われたのが青酸系の毒物だったからだろう。

当該事件では三人が死亡し、犯人は捕まっていない。第一、第二の被害者は東京で、第三の被害者は大阪で出た。犯人はコーラのボトルの詮をいったんはずして青酸ソーダを投じ、丁寧に詮をし直してから電話ボックスや公衆電話のそばに放置した。たまたまそれを拾って飲んだ者が犠牲になったのだ。ボトルのコーラ、公衆電話。昭和の匂いがぷんぷんする。

非道極まりない事件だが、正体不明の犯人の心理を想像したら心が顫《ふる》えてしまう。どのタイミングでどこの誰が飲むのだろう、と思いながらニュースに注目する。事件が発覚した後は、警察が自分を探り当てることができるのだろうか、と息を殺しながら何食わぬ様子で日常生活を送る。どんなにスリルがあったことだろう。

まさに劇的。痺れるほどに。

事件が迷宮入りしているのも、それを摸倣しようとする俺にとって縁起がよい。——いや、どうせ一度捨てた命。捕まってもかまいはしないのだ。むしろ自分がやらかしたことだと世間に知ってもらいたい。暗号めいたメッセージを残すとか、大手マスコミに挑戦状を送りつけるとか、わざと防犯カメラにちらりと映るとかして、警察に手掛かりを与えてやろうではないか。ワンワン吠えながら何日ぐらいで自分の許にたどり着くのか興味がある。

最高のゲームだ。

居ても立ってもいられない気分になり、俺は歩きだす。日は暮れ、黄昏《たそがれ》の薄闇が広がり始めていた。山を下り、街に戻るのだ。

美礼が去ってから三十分近く経っているので、追いつくことはないだろう。それでも駅で電車を待っている姿を見なくてすむよう、わざとゆっくり歩を進めた。あんな無様な女には、もう二度と会いたくない。

明日、T山で男が服毒自殺したニュースが流れず、青酸カリによる無差別殺人を起こしたら、彼女は俺を疑うだろうか？　関連づけて考える可能性もあるが、まるで結びつけないかもしれない。ゲームの大きな支障にはならないと思われる。

俺が完全犯罪を企んでいるのであれば、そんなふうに軽く考えてはいけないが、いずれ警察に尻尾を摑まれるのは織り込んでいる。目をつけられ、証拠を握られたところで、俺は一方的にゲームを終了してしまうつもりだ。自分用に取っておいた青酸カリを呷って、ケリを着けてやる。そのタイミングを計るのもエキサイティングではないか。

真理を一つ発見した。勝負事にはからっきし弱くて苦杯をなめ続けてきたが、勝とうとしなければゲームには楽しみ方があるのだ。死の淵で思考が切り替わった。

下山して駅に着くと、五分前に電車が出たところだ。美礼はそれに乗って行ってしまったのだろう。ちょうどよかった。

ホームのベンチでのんびりと待つ間も、電車に揺られている間も、俺は殺人計画を練ることに集中した。ガラス窓に映る顔は真剣そのもので、死地から舞い戻ってきた男には見えない。この風采では、明日の会議でするプレゼンテーションの段取りを考えているビジネスマン……にも見えないだろうが。

昭和時代のようなリターナブル瓶の飲料はもうないし、このご時世にそのへんに置いてある缶ジュースを平気で飲む人間もいないだろう。何に毒を入れるか?

スーパーかコンビニの陳列棚に並ぶ食品が適当だろう。青酸カリの溶液をパンにでも注射する、というのが手っ取り早い。注射器を持っていないけれど、ペットの餌やりなどを目的に売られているから簡単に買えるはずだ。値段はせいぜい数百円か。

店内で針を刺すか、買ったものに毒を注入して店頭に戻しておくか、迷うところだ。後者の方がやりやすいように思う。

場所は遠くにしよう。青酸コーラ無差別殺人の犯人は、東京と大阪でやらかしている。それに倣って、新幹線で西へ東へ移動すると事件のスケールがより大きくなるし、捜査がしにくくなって、お楽しみの時間を長引かせることができそうだ。ここは出費を惜しまないでおこう。

スーパーにもコンビニにも防犯カメラが設置されているから、顔を隠す必要がある。帽子を目深にかぶり、マスクをして、ふだん掛けない眼鏡でも掛ければ充分だろう。犯行時に身に着けるものはすべて新品とし、現場を離れたらできるだけ早く処分する。それしきは基本だ。

さて、何回ぐらいやれるかだが、そこは俺の腕次第と言うしかない。二回三回と続けば、店も消費者も警察も揃って厳重に警戒しだすだろうから、だんだん難しくなっていくのは避けられない。途中からターゲットを変更し、意表を衝くのが望ましい。独創的なアイディアで世間をあっと驚かせたい。たとえば……たとえば何だ？

食品を製造しているラインに侵入して、そこで毒を仕込むという手もある。難易度は格段に上がるが、それを突破した時の効果は絶大だ。この犯人はどこまでやる気だ、と日本中が戦慄するに違いない。

犯行声明に使う名前を思いついた。注射器からの連想で、〈ドクター・ブルー〉。言うまでもなくブルーは青酸カリの青だ。悪くない。こういう名前は幼稚で馬鹿っぽいぐらいが無気味でいいのだ。

〈ドクター・ブルー〉の名は、俺の本名とともにわが国の犯罪史に深く刻まれる。どういう形であれ、自分の名前が歴史に残るだなんて夢想したこともなかった。青酸カリという凶器を入手しただけで、ここまで運命が変わるとは。

——とてもじゃないけど兄ちゃんにはそんな度胸はないだろう。

いつかのオヤジさんの声が甦る。

世紀の毒殺事件の犯人が俺だと知った時、あの人は仰天するだろう。

——手荒なことは性に合いません。

俺の言葉を思い出して、首を傾げるかもしれない。説明してあげる機会はないが、誰かの口に毒物を押し込むわけではないのだから、手荒なことではない。歴然とした暴力であっても、俺にとって毒殺だけは例外なのだ。理解してもらえそうにないが。

終点が近い。二度と目にしないはずだった街へと帰ってきた。

これまた永遠の別れをしたはずのねぐらに立ち戻る前に、どこかで注射器を買おう。そして、青酸カリが本物かどうかを確かめるとしよう。野良猫にでも食べさせてみればいいだろう。効き目があったら死骸はきちんと始末する。

さて、どこを第一の犯行現場に選ぼうか。土地勘はまるでないが、東京の高級住宅地にある食品スーパーでデビューを飾るのも面白いのではないか。


などと考えた。


「ありがとう」

と言って、差し出された紙コップを両掌で包むようにして受け取る。じっくり味わって飲むことにする。

「私も飲もう」

美礼は自分のためにもコーヒーを注ぎ、カップを目の高さに上げる。俺たちは、おどけて乾杯した。

死へのカウントダウンが始まった途端に大地震がやってきて、事態を一変させる。——そんな劇的な上にも劇的なことが、この冴えない人生の最後に起きるはずもない。馬鹿げた妄想をしたものだ。空想癖なんて持ち合わせていなかったはずなのに。人の心は、どこまでも謎だ。

彼女がうまそうにコーヒーを啜り、「ああ」と大袈裟な嘆声を上げている。俺も、温いコーヒーをひと口飲む。

喉が、かっと熱くなった。

飲んではならないものを飲んだことを、舌に残る不快な味が告げている。俺は愕然として、美礼の方を向いた。

彼女は勢いよく立ち上がり、こちらを見下ろしている。目が据わり、唇をきつく結んでいた。手違いだ、と思った。まだ投じるはずではない毒を誤って入れてしまったのだ、と。しかし、そうではないことは彼女の態度で判った。突然、俺が苦しみだしたのに、まるで驚いていない。

「……せい」

青酸カリを入れたのか、と訊こうとしたが、声に出せなかった。呼吸が乱れ、俄然、脈が速くなるのを感じる。

「……な、ぜ?」

どうにかそれだけ言葉になったが、相手はじっと俺を見つめたまま答えようとしない。そのまなざしの、なんと冷たく無慈悲なことか。

俺の覚悟のほどを疑い、怖気《おじけ》づかれないうちに先に逝かせようというのか。こんな乱暴なやり方があるかよ、と叫びたいのに、苦悶の呻きしか発することができない。

喉に指を突っ込んで吐こうとしたが、もう手遅れだ。俺は地面に膝から崩れ落ち、ぜいぜいと荒い息をする。助かる希望はないことを、ありありと感じた。

飲みさしの紙コップを持ったまま、美礼は微動だにしない。それでも視線は俺に張りつけたまだ。俺の死の過程をつぶさに観察しようとしているらしい。

彼女の真の目的が判った。死ぬつもりなど端《はな》からなく、俺の死を目撃したかっただけなのだ。いや、俺でなくても誰でもよかった。ネット上に釣り糸を垂れ、適当に自殺志望者を見つけて心中を持ちかけたにすぎないのだろう。たまたま引っ掛かったのが俺だったというにすぎない。

手際よく騙されたものだ。もしかすると、彼女がこんなことをするのは初めてではないのかもしれない。何人もの男女が愕然とし、悶え死んでいくのを見てきたのではないか。

ネットで知り合ったばかりの男と山に分け入って恐れないのも呆れるに足りない。この女の方が怪物なのだ。

きっと、こんなことを何度も何度も繰り返してきたのだ。だから、こんなに手馴れているのだ。あの青酸カリにしても、他の自殺志望者から奪ったもののように思える。とんでもない奴に引っ掛かってしまった。

俺が息絶えた後、こいつはリュックから俺の遺書を抜き取り、内容を確かめるのだろう。そして、「心中する」など不都合な記述があれば持ち去る。やがて、何も書き遺さず独りで服毒自殺した男の死体が見つかって——事務的に処理されておしまい。そこに劇的な要素は何もない。

すべては周到に仕組まれていたのだ。きっと俺との通信記録から足がつくことがないよう手立てを講じている。大きな鍔の帽子を目深にかぶってきたのは顔を隠すためで、夕刻を決行時間として提案したのは下山しやすいように。コーヒーがあんなに温かったのも計算した上のことで、その方が俺の喉を通しやすいからだ。嫌になるほど合点がいく。紫藤美礼という名前だって、偽名と考えた方がいい。

——〈パープル〉、残酷すぎるだろ。

罵りかけて、俺の心に変化が起きた。

後悔ではなく、反省だ。

母の育て方に始まり、どれだけ多くの人やものに毒づいてきたことだろう。自らの不甲斐なさに至らなさを、誰かのせいや社会のせい、果ては運命のせいにするばかりで、結局のところ真剣に生きてこなかった。どうせ不遇なのだから、と不実なことを山ほどしてきた覚えもある。俺というのは徹底的に不真面目で、傲慢で、怠惰な男で、挙句に青酸カリを使った無差別連続殺人を頭に描く始末。そんな愚かさの報いを受けているのだとしたら、文句を言えた筋合いではない。

今際の際になって気づくとは、あまりにも遅すぎる。

体の芯で、かっと何かが燃えていた。意識が遠くなるまで、わずかな時間しか残されていないだろう。

反省を噛みしめながら後悔にくるまれて俺は逝く。

最後の最後、幕が下りる直前になって、この愚か者の心に起きた劇的な変化を誰も知ることはない。

ナザル

松村比呂美

松村比呂美（まつむら・ひろみ）
福岡県生まれ。2005 年、『女たちの殺意』でデビュー。主な作品に『幸せのかたち』『ふたつの名前』『恨み忘れじ』『終わらせ人』『鈍色の家』『キリコはお金持ちになりたいの』など。

「こんなにかわいい顔をしていると、災難がふりかかるよ」

産院にやってきた母は、初孫の顔を見るなり、バッグからアイラインを取り出して赤ん坊の頰を黒く塗り始めた。

マジックのように太いアイラインは、木炭とココナッツオイルから作られているもので安全だという。

「これで大丈夫。邪視から守ってもらえるからね」

右頰に大きなホクロができた赤ん坊を見て、母は満足げに頷いた。

1

水野希江《みずのきえ》は、夫と息子に弁当を持たせ、休日ごとに通っている図書館に自転車で向かった。

中学二年生になった息子の拓馬《たくま》はバレーボールの部活で忙しく、夫は早朝から釣りに出かけて帰宅は夕方になる。お金がかかる釣りではなく、防波堤からハゼを釣るだけだ。餌も数百円で調達できるらしい。

家族みんなが、それぞれ、ほとんどお金をかけずに好きなことができるのだから、この休日の過ごし方は気に入っている。わざわざ疲れにいく旅行なんてまっぴらだ。

希江は、そう思うことにしている。

実際は、家族で温泉旅行を楽しむ余裕などない。世の中、景気が良くなってきているらしいが、希江にはまったく実感がなかった。

自転車を駐輪場に停めていると、PTA仲間の松原瞳《まつばらひとみ》が、険しい表情で図書館の中に入っていくのが見えた。

肩で息をして、まるで、何かから逃げてきたような感じだ。家から走ってきたのだろうか。瞳が住んでいる借家は、図書館から歩いて五分ほどのところにある。

きっと何かあったに違いない。むくむくと好奇心が湧いてくる。

希江は、足音を忍ばせて瞳のあとを追った。

瞳はエレベーターを使わず、階段の手すりにすがるようにして、一般図書を扱っている二階に上がっていった。

希江も間隔を空けて階段を上がり、書棚に隠れるようにしながら、瞳の姿を盗み見た。

瞳は、Tシャツにジーンズというものかっこうだ。扁平な顔立ちだが、スタイルだけはいい。希江は、くびれがまったくない体型だが、四十代になっても肌に張りがあり、年齢より若く見られることが多い。

瞳は、自然科学のコーナーに行き、思いつめたような表情でひとつの棚を見続けている。

様子を窺っていると、瞳は、その棚から二冊の本を抜き取り、貸し出しカウンターに運んだ。

希江は、瞳が見ていたコーナーに行ってみた。

『毒の不思議』

『身近な毒』

『毒キノコ』

『神経毒の恐怖』

そんな本が並んでいる棚の二冊分がなくなっている。

瞳が階段を降りたのを確認してから、希江は、『身近な毒』を手に取り、読書コーナーの椅子に腰を下ろした。

休日の午前中は、ずっと図書館で過ごすことにしている。

電気代だけでなく、トイレの水もトイレットペーパーも節約できるから、弁当さえ持ってこられたら、一日中図書館で過ごしたいくらいなのに、休憩室まで飲食禁止なのが残念でならない。

そんなことを思いながら『身近な毒』の表紙をめくった。

一枚目に、見慣れたピンク色の花の写真が載っていた。

身近どころか、借りているアパートの垣根として使われている夾竹桃《きょうちくとう》の花だった。

「夾竹桃って毒があるの？」と声を出しそうになったが、なんとかその言葉は飲み込んだ。

本によると、桃に似た花にも、竹のように細長い葉にも、硬い枝にも、茎にも根にも種子にも毒があり、植えている土壌にまで影響するという。燃やした生木の煙にまで害があるというのだから、火事になって垣根まで燃えるようなことがあったら、消火にあたる消防士まで毒でやられてしまうではないか。

なぜ、強力な毒のある夾竹桃を垣根として使っているのだろうかと不思議に思ったが、夾竹桃自身は害虫に強く、有害物質を取り込まないようになっているので、排気ガスなどの大気汚染にも強いらしい。背が高く伸び、防音の効果もあるので、アパートの大家が植えた気持ちもわからなくはなかった。ピンク色のかわいい花を咲かせるし、目隠しにもなって、通行人からの視線を遮ることもできている。

身近な毒は夾竹桃だけではなかった。希江が好きなエンジェルトランペットにまで強力な毒があると書かれている。

アサガオを大きくしたような花が、下を向いて咲くエンジェルトランペットは、最近、よく見かけるようになった。近所の土手に咲いているのを見つけて、いつか取って帰ろうと思っていたくらいだ。

ほかにも、どこでも見かける花に毒があったり、食用に紛れ込んで生えていそうな植物に毒があったりと、どれも、希江が知らないことばかりだった。それらが簡単に手に入るというのもおそろしい。

瞳は、毒を調べて何をしようとしているのだろうか。

まさか……。

瞳は、くじ引きで決まったＰＴＡの役員仲間だが、共働きなのに生活が苦しいことや、子供が息子ひとりだけということなど、共通点が多いことから個人的に付き合うようになった。持ち家がないのも、車がないのも同じだ。

しかし、生活環境が似ていると言っても、ただひとつ大きな違いがあった。それは、瞳の家にアルコール依存症の叔父が同居していることだ。一度だけ、瞳の家でその叔父、松原宏次朗《こうじろう》に会ったことがあるが、濁った目で希江のことを舐めまわすように見て、ぞっとしたものだ。あんな男と一緒に家にいて、瞳はよく我慢していると思う。

瞳の夫は早くに両親を亡くしており、宏次朗が父親代わりだったようだ。そんなこともあって同居しているのだろうが、希江なら、夫に離婚を迫ってでも、そんな叔父は追い出すだろう。

瞳の家に行って以来、下には下があるものだと思い、瞳にだけは優しくしてやろうと決めたのだ。

瞳は、人付き合いが苦手らしく、希江以外に友達がいないように見えた。訪問した平屋の家も、安物の家具ばかりを寄せ集めたような古い借家だった。

その上、澱んだ目をした宏次朗がいるのだ。

瞳は、そんな状況が耐えられなくなったのではないだろうか。

宏次朗の食事も瞳が作っている。これほど身近に毒が存在しているのだから、それを利用して宏次朗を病気にしようと思えば案外簡単なのではないか。殺すことだってできるかもしれない。

しかし、殺すのは簡単でも、捕まらないのは簡単ではないだろう。素人が考えたごまかしなど、警察に通用するはずがない。

アルコール依存症の宏次朗を、瞳が嫌っていたことは誰でも想像がつく。宏次朗が不自然な死に方をしたら、真っ先に疑われるのは、世話を押し付けられている、血の繫がっていない瞳だろう。

警察にばれずに殺す方法などあるだろうか。

本に書かれていたような、アレルギーショックならごまかせるかもしれないが、宏次朗に食物アレルギーや金属アレルギーがなければ通用しない。

スズメバチに刺された人が、もう一度刺されると、アナフィラキシーショックを起こして死亡することもあるというのはニュースで聞いたことがあるが、スズメバチを捕まえて、宏次朗に二度も刺すように仕向けることなどできるはずがない。

では、食べ合わせによって毒を発生させるというのはどうだろうか。

いつの間にか、真剣に、アルコール依存症の宏次朗を殺す方法を考えており、希江は慌てて首を横に振った。

『身近な毒』の本は図書館で読み終え、いつも通りに、雑誌や小説を借りて家に戻った。

居間のテーブルの上に借りた本を置き、トートバッグの中からスマートフォンを取り出す。

ＰＴＡのグループＬＩＮＥ《ライン》以外にも、瞳とは個人的にＬＩＮＥでやりとりをしている。

収入が少ないのにスマートフォンは贅沢だ、などと言っていられない。拓馬の学校の情報共有ツールとして必要だし、保護者会の連絡も、当然のごとくＬＩＮＥで回ってくるのだ。

夫婦合わせて二十五万円の収入のうちで、親子三人の携帯電話代が二万円というのは、バランスがいいとはいえないだろう。しかし、固定電話は解約したし、息子から、パソコンやゲームを買ってほしいと言われずに済むので、これははずせない出費なのだ。

瞳へのＬＩＮＥに、『毒の本、面白かった？』と書き込みたい気持ちを抑えて、『今日も蒸し暑いね』と書き、猫が扇風機に当たっているイラストのスタンプを送った。

――ほんとに。

いつもながらの、そっけない返事がかえってきた。

無料で面白いスタンプがたくさんあるのに、瞳は、文字のみで、スタンプや絵文字をまったく使わない。

――今夜のおかずはなに？

お皿にステーキが載っているスタンプを送ってみる。

――いつもの野菜炒めです。

何度メニューを聞いても、決まって野菜炒めだ。希江さんは？という言葉もない。

――うちは天ぷらよ。主人がハゼを釣ってくるの。近かったら持って行くんだけどね。

社交辞令で書いてみたが、「既読」になっても返事はなかった。

――悩みがあったらいつでも相談に乗るからね。

追加で優しいメッセージを送ったが、電源を切っているのか、「既読」にさえならなかった。

まったく、瞳は愛想がない。それでも、ほかに友達がいないだろうからと、毎日せっせとメッセージを送る自分はお人よしだと思う。

もやもやとした疑問を抱きながらも、そのまま終わるはずの出来事だった。

しかし、事件が起きたのだ。

瞳を図書館で見かけてから、ひと月半後に、PTA役員のグループLINEで、そのニュースが流れてきた。

――松原瞬《しゅん》君が夏休み中に引っ越すそうです。学区移動のため、若葉台中学校に転校となります。瞳さんもPTAのグループを抜けるので、皆様によろしくお伝えくださいとのことでした。


PTA会長の山谷《やまたに》かおりの書き込みだった。

「嘘でしょう？　嘘よね？」

希江は、声に出してから、瞳のLINEをチェックした。

昨日までやりとりしていたのに、そのユーザーは存在しませんという表示が出ている。

PTAのグループLINEは、どんどん書き込みが増えている。

――同居していた叔父さんが食中毒で亡くなったんですってね。内緒だけど、保健所に知り合いがいて、その筋から聞いたのよ。

――新聞には載っていなかったわよね。瞬君や瞳さんたちは食中毒にならなかったの？

――詳しいことはわからないけど、叔父さんが調理して、自分だけ食べたみたい。有毒成分が検出されているのに、原因の食材が解明されていないみたいなのよ。

――今度の引っ越しと関係あるのかしら？

――そこまではわからないけど、瞳さん、若葉台に家を買ったそうね。

――若葉台なんて、すごいわね。

希江は、啞然として読むだけで、何ひとつ書き込むことができなかった。

瞳から引っ越しのことなど何も聞いていないし、宏次朗が死んだことさえ知らなかった。

毎日、ＬＩＮＥでやりとりをしていたのに、瞳は、希江に挨拶もなしで姿を消すつもりなのか。

宏次朗が自分で料理をしたというのも信じられなかった。

赤ら顔で立て膝をついて日本酒を飲み、瞳や希江の体を舐め回すように見ていた男だ。

第一、瞳が毒の本を借りた直後に、宏次朗が食中毒で死ぬなんて、とても偶然とは思えない。

そして、一番信じられないことが、瞳が若葉台に家を買ったということだ。

若葉台は、高級住宅地として知られており、学区の若葉台中学校は、公立中学でもレベルが高く、いじめもないと評判のところだ。そのせいで、ますます若葉台の人気が高まり、値段も高騰している。

そんなところに家を買うお金を瞳が持っているはずがない。

給料だって聞いた。

希江が、夫婦合わせて二十五万というと、瞳は、うちもそのくらいだと言ったのだ。

共働きでその額は信じられないと言われるが、夫の職場は、給料が増えるどころか、賃金カットされ、ボーナスも半分になってしまったのだから仕方がない。町工場の社長にも、今後の見通しは厳しいと、暗に転職をすすめられているが、夫はどんなに給料が下がっても転職しないと言っている。仕事は機械部品の製造だが、性に合っているらしく、ストレスもないという。

夫は、お酒も飲まず、タバコも吸わず、女遊びももちろんせず、釣りさえしていれば機嫌のいい人だから、好きな仕事を辞めて給料のいいところに転職してほしいとは言えない。転職したのがきっかけで、出社拒否症になった人を知っているのでなおさらだ。

希江の職場も、時給はいいとは言えないが、希江が一番の古株で、気を遣わずに済むので転職する気はない。ただ、夫婦のどちらかが病気になって仕事を辞めたりしたら、すぐに生活がなりたたなくなる。

そんな話も瞳にはしていた。貯金が百万円もないと言ったら、同じだと言ったのだ。その上、うちにはアルコール依存症の叔父がいるんですもの、と……。

やっかいな叔父がいる貧しい暮らしをしていた瞳が、若葉台に家を買って、親子水入らずで暮らす？

そんな夢のようなことが起きるだろうか。起きるはずがない。

いや、方法がひとつだけある。厄介者がいなくなり、お金が入る方法が……。

保険金殺人だ。

瞳は、保険金をかけて、宏次朗を中毒死させたに違いない。

しかし、そんなわかりやすい構図が、警察にばれないはずがない。

瞳は近々逮捕されるだろう。

そうなると、親しかった希江にテレビの取材がくるかもしれない。

その時は、顔は隠してもらって、声も変えてもらわなければならない。

「瞳さんは、優しい人だったんです。彼女がそこまで追い詰められていたなんて知りませんでした。瞳さんは、叔父さんを禁酒サークルに連れて行こうとしていました。本気で叔父さんを立ち直らせようとしていたんです。でも、ほっといてくれと言って、叔父さんはいうことを聞いてくれなかったんです」

これなら、友達をかばっている感じも出る。実際、瞳は、禁酒サークルを調べていた。

インタビューを受けるときの服はどれがいいだろうか。派手すぎないようにしなければならない。


いや、そんなことを考えるより先に、瞳に電話だ。

まさか、電話番号まで変えたりしていないだろう。

そう思ったのに、携帯電話は通じなかった。

引っ越すにしても、携帯の番号まで変えるとは、あまりに不自然だ。

ＬＩＮＥに瞳の名前は消えたが、これまでのやりとりは残っている。

昨日も仕事が終わってＬＩＮＥを送ったのだ。

——今日も暑いね。

太陽に当たって汗をかいている花のスタンプも添えた。

——ほんとに。

いつも通りの、会話を断ち切るようなそっけない返事だ。

希江は、スマートフォンの画面を見ているうちに、だんだん腹が立ってきた。

これだけ毎日やりとりしていた希江に対して、ひと言の挨拶もなくＬＩＮＥを抜け、携帯の番号まで変えて引っ越すというのか。しかも、希江が憧れ続けていた若葉台に！

逃げる気だ。これまで付き合ってきたすべてを切り捨てて、宏次朗のことをなかったことにするつもりだ。

そんなことが許されるはずがない。

警察に通報するか。

いや、まずは瞳に確認しなければ。さすがにまだ引っ越していないだろう。引っ越していたとしても、若葉台を一軒一軒回ってでも、突き止めてやる。

希江は、電器店で買ったマイクロカセットレコーダーが入ったバッグを自転車の前かごに入れた。ひったくりに遇わないように、布製のバッグの肩紐はかごに結び付けている。

九千八百円の出費は痛かったが、マイクロカセットは、スイッチを押してバッグの中に入れておくだけで、一時間、瞳との会話をクリアに録音してくれるすぐれものだ。

自転車を漕いで十分で瞳の借家に着いた。

古い一戸建ての平屋で、青く塗られた玄関ドアは色が剝げ、ブザーがあるだけで、インターフォンもない。

家の中から、大きな物音がしている。瞳は家の中にいるようだ。

希江は、自転車を借家のひさしの下に停めた。

バッグの中のマイクロカセットのスイッチをオンにしてからブザーを押す。

「はい」

瞳の声がして、すぐに玄関ドアが勢いよく開いた。

途端に、瞳は、体をびくんと動かし、目を見開いた。

「引っ越すんですってね。水臭いじゃないの。普通は、挨拶くらいするわよね」

最初に出た言葉がこれだった。

「ごめんなさい。ばたばたしてて」

瞳は、手にはめていた軍手をはずした。引っ越しの作業をしていたのだろうか。

「叔父さん、亡くなったんですって？」

炎天下に外に立たせたままなのか、中に入れろという意味を込めて、部屋の中をのぞき込む。

それでも瞳は、どうぞ、とは言わなかった。

「いろいろあって……」

瞳は、希江の顔を見ようとしない。

「若葉台に家を買ったって本当なの？」

一歩前に進んで、瞳との距離を縮めた。

「安い中古物件が見つかったから……」

若葉台は敷地が広いために、中古物件でも価格が高くなり、なかなか売れないと聞いた。一億円していた物件も、中古なら三千万円で買えるらしいが、その三千万が、希江には夢のような金額なのだ。

「叔父さんの保険金で買うんでしょ。そうなんでしょ」

瞳を睨むように見る。

「いいえ。叔父は、持病があって、生命保険には入れなかったから」

瞳が、ごくりと唾を飲み込む音が聞こえた。

瞳は嘘をついている。病気になる前に保険に入っていたら問題ないはずだ。

「じゃあ、若葉台を買うほどの貯金があったっていうの。私が、百万円も貯金がないと言ったとき、同じだと言ったじゃないの。言ったわよね」

そのときのことを思い出して、怒りが増してくる。

「貯金の額まで人に言う趣味はないから。希江さんがしつこく聞くから、同じだと言っただけです。もうすぐ不用品を引き取りにくるから、もういいですか。お世話になりました。お元気で」

瞳は、他人行儀な挨拶をして、玄関ドアを閉めようとした。

「用があって来たのよ。瞳さん、図書館で毒の本を借りたでしょう？　借りたわよね。邪魔な叔父さんのことを毒で殺そうと思って調べていたんじゃないの。そのすぐあとに叔父さんが中毒死するなんて、そんな偶然、どう考えてもおかしいもの。今からすぐに警察に行くことだってできるのよ。行ってもいいのよ」

そう言ったとき、クラクションが鳴って、借家の前に軽トラックが止まった。

不用品を引き取りにくるというのは、希江を追い返す口実ではなかったらしい。だから、ブザーを鳴らしたとき、あんなに勢いよくドアを開けたのか。

本当だとしても、不用品の引き取りが終わったあとで、じっくり話せばいい。

「話は終わってないからね。作業が終わるまで待ってるからね」

希江は、玄関から離れて、バッグの中に入れていたマイクロカセットのスイッチを切った。

中古住宅から、古びたタンスやダイニングテーブル、椅子、テレビ台などが次々に運び出されている。家具のすべてを処分して、新しいものに買い替えるつもりなのだろう。

汗が背中を伝い、喉が渇いてきた。

荷物の積み出し作業が終わって軽トラックの運転手と作業員が車に乗り込んだのを確認してから、希江は再びマイクロカセットのスイッチを押した。

「中に入れて、熱中症になりそうよ」

玄関に出てきた瞳に向かって、希江は顎をしゃくった。

「どうぞ……」

瞳は、やっとその言葉を口にした。

部屋の中には、段ボールが積み重ねられていた。家具はなくなっているが、電化製品はまだ残っており、エアコンが効いていた。

椅子もソファもなくなっているので、直接フローリングの床にぺたりと座った。

瞳は、ガラス容器に入った麦茶とコップをふたつ、トレイに載せてきた。ペットボトルのお茶は高くて買えない。自分で煮出して作る麦茶が一番安上がりだ。やはり瞳も、節約した暮らしをしていたのだ。残された電化製品を見ても、余分なお金があったとはとても思えなかった。

瞳も床に座り、グラスに麦茶を注いで希江の前に置いた。

喉が渇いていたが、瞳が淹れたものを口にするのはこわかった。毒が入っていないとも限らない。

「家具を全部買い換えて若葉台に引っ越しなんて、豪勢ね」

喉の渇きに耐えきれず、麦茶を少しだけ口にふくむ。舌のしびれもなく、飲み込んでも違和感はなかった。

それはそうだ。突然訪ねたのだから、毒を仕込む時間などなかっただろう。それでも、ふた口目は、もう少し時間を置いてから飲むことにした。

「さっきの話の続きよ。瞳さんは、どうして毒の本なんか借りたの？　図書館で、おそろしい顔をして毒のコーナーを見ていたから、声をかけられなかったのよ」

希江は、自分も毒の本を読んだことを話した。

「希江さんは、何か勘違いしているわ。私が借りたのは、毒の本じゃなくて、アルコール中毒の本よ。叔父のアルコール依存症がなんとか治らないかと思って……。叔父は最近、体調が悪い日が多くて、このままでは長くないと思ったから、思いつめたような顔になったのかもしれない。信じられないんだったら、図書館に、借りた本の履歴が残っているはずだから調べてください」

瞳は、答えを準備していたかのように、すらすらと言い、自分のコップの麦茶を半分ほど飲んだ。

それを見て、希江も麦茶を飲みほした。

しかし、このくらいでは、喉の渇きはおさまらない。興奮して、手のひらにも汗をかいている。

「そうするわ。アルコール中毒の本が本当にあの棚にあるのか、調べるのは簡単だもの。そうよ、簡単よ」

希江は、騙されるものか、と手に力を入れた。

どうやら瞳は、公立図書館の貸出履歴が、返却時に消去されることを知らないようだが、そのことは黙っていた。

「ついでに保険会社も調べたらどうですか。叔父は本当に保険をかけていないから。ただ、株を持っていて、景気が上向きになってきたから、売却して、そのお金を私たちにくれたんです。これを使って、瞬が、いじめのない若葉台中学に通えるように、若葉台に家を買ったらいいと言って……」

瞳は、嗚咽をこらえるかのように、口元に手を持っていった。

宏次朗が死んだのを悲しんでいるかのようなわざとらしい仕草だ。

「瞬君がいじめられてたですって？　そんな話、聞いたことないわ。聞いてないわよ」

口ではそう言ったが、頭の中では、あの宏次朗が株を持っていたということでいっぱいになっていた。

「瞬は、クラスメート全員から、無視といういじめを受けていたの。いじめと言っても、殴られるわけでも、お金を要求されるわけでもない。ただ、存在していない者として扱われるだけ。瞬からその話を聞いて、担任にも相談に行ったけど、先生は、人には好き嫌いがあるから、これをいじめとみなすのは難しいって言うのよ。松原君に精神的に強くなってもらうしかないってね。その上、松原君にも、嫌われる要素があるんじゃないですかとまで言われて、今の学校にも教師にも期待しないことにしたの。それに比べて、若葉台中学校は、全校あげていじめ撲滅に取り組んでいることでも有名だから、転校させる決心をしたのよ」

瞳が、これほど流暢に喋るのを初めて聞いた。希江に対しては、ずっと丁寧な言葉遣いだったのに、なめらかに話すようになると、急にタメロになった気がする。

瞬は小柄で笑顔のかわいい子だ。いじめの対象になるとは思えなかった。きっかけがわからないというのなら、ゲーム感覚で無視することにしたのかもしれない。そうだとしたら、息子の拓馬は、面白がって加担しているに違いない。

「それが本当だったら、PTAの集まりのときに相談してくれたらよかったのに。いじめについての話し合いもしたじゃないの。いじめに対する取り組みを決めるときも、瞳さん、ひと言も発言しなかったじゃない。それっておかしくない？　おかしいわよね？」

子供を守る気があるなら、なんだってできたはずだ。

「最初に無視を始めたのは、山谷充嗣《みつぐ》君だもの。かおりさんに言っても、先生と同じように言われるのがオチだと思ったのよ。とにかく、引っ越す私たちのことは、もう放っておいて。親子三人、若葉台でやり直したいのよ」

瞳は、空になったグラスに麦茶を注ぎ足すこともせず、トレイに載せて、さっさと流しに持っていった。

PTA会長のかおりの息子が率先していじめていたのか。

かおりが、PTA会長になって最初に言ったのは、「お互い、苗字ではなく、名前で呼び合いましょう」だった。そのほうが密な関係ができ、それが子供たちにもいい影響を与えると言っていたはずだ。

かおりの息子の充嗣も、拓馬と同じバレー部に所属しているが、最近、ほとんど練習に行っていないようだとかおりが言っていた。だが、息子の自主性に任せていると、自信家のかおりは胸を張っていた。

確かに、そんなかおりに相談しても、担任教師と同じように言うだけだろう。

「瞬君のいじめの話にすりかえて、ごまかしたいのかもしれないけど、納得できないわ。アルコール依存症の叔父さんのこと、瞳さんは、あんなに邪魔にしてたじゃないの。邪魔だったんでしょ」

そうだ。いじめのことを話し合うつもりはない。録音したいのは宏次朗のことだけだ。

「私は、叔父のことを邪魔に思ったことなんてないわ。叔父は、主人の父親代わりだった人よ。いつも、死んだ叔母のところに早く行きたいと言ってね、アルコール依存症になったのも、大好きだった奥さんが先に死んでしまったからなの。寂しさを紛らわすためにお酒に逃げてしまったのよ。でも、私たちは一日でも長く生きていてほしかった。一緒に若葉台に住んでほしかったのよ。資金まで出してもらったんだもの。当然でしょう？」

瞳はうっすらと涙まで浮かべている。

「嘘よ。瞳さんは、叔父さんを嫌っていた。あの目が怖いって言ったじゃないの。言ったわよね」

希江は、瞳の目を見据えた。逸らすまで見続けてやる。

「そんなこと言ってない。叔父のことを怖がったのは希江さんでしょう？　ＰＴＡの役員会議のあとで、うちに無理やりついてきたことがあったわよね。アルコール依存症の治療をしている叔父がいるからって、私が断ったのに、いいからいいからって。それで、叔父を見るなり、気の毒そうに私に耳うちしたわよね。『瞳さん、大変ね。あんな目で見られるのは怖いでしょう』って。叔父は、あなたのそんな姿を見て、あの女性は、人の不幸を餌にするタイプのようだから気を付けたほうがいいと私にアドバイスしてくれたのよ」

瞳は、目を逸らすどころか、希江の目を見返してきた。

「私が人の不幸を餌にするタイプですって？」

希江はかっとなったが、確かに、アルコール依存症の宏次朗を見たとき、自分が瞳の立場でなくてよかったと思った。しかし、それは、誰もが持つ感情ではないか。

「ナザルというインドの風習を知ってる？　亡くなった叔父から教えてもらったんだけど、ナザルと呼ばれている、ねたみや嫉妬の視線はとても強力で、その視線を受けた人に災いをもたらして、その人を病気にしたり、殺してしまったりすることさえあるんですって。特に子供は影響を受けやすいから、嫉妬や妬みを持たれないために、子供の顔に醜いつけぼくろを描いたりして、ナザルを受けないようにするそうよ。叔父は、病気の俺をナザルとして彼女に見せておきなさいと言ったけど、今、その意味がよくわかったわ。だって、叔父がいなくなった途端、希江さんは、こうして、うちに乗り込んできたんですものね」

瞳は、目に涙をためたまま、希江に詰め寄った。

信じられない。あの男が、濁った目で、そんなことを考えていたというのか。

私は、瞳がわざと描いた醜いほくろを見て、自分より不幸だと安心していたというのか。

希江は、頭がくらくらしてきた。

「私はあなたたちとはもう会わない。希江さんも、他人の不幸を糧にするのはやめたほうがいいと思う」

瞳は、早く帰れと言わんばかりに、手のひらをドアに向けた。

どうして瞳なんかに説教されなければならないのだ。下を見て安心して何が悪い。

希江は、体の力が抜けていたが、なんとか立ち上がってドアに向かった。

バッグの中で機械音がしている。

どうやらマイクロカセットの録音時間が切れたようだ。

無駄なものを買って、もったいないことをした。九千八百円あったら、親子三人、食べ放題の焼肉店で、お腹いっぱい焼肉が食べられたのに……。

バッグから取り出したマイクロカセットを地面に叩きつけたい気分だったが、なんとか我慢した。リサイクルショップだと買いたたかれるから、ネットオークションに出品することにしよう。一度使っただけだから、半額くらいでは売れるかもしれない。

希江は、ぐっと上を向いてから、自転車にまたがった。

2

希江のうしろ姿を見送って、瞳は大きく息を吐いた。

エアコンの効いた部屋にいるというのに、背中にも脇の下にも、ぐっしょり汗をかいている。

まさか、アルコール中毒の本を借りるところを希江に見られていたとは思わなかった。

「図書館で毒の本を借りたでしょう?」と問い詰められたとき、不用品回収の車がこなかったら、顔色が変わったことを希江に気付かれただろう。

タイミングよく作業員がきたので、その間に、瞳は対処法を考えることができた。

目的は違うにせよ、あのとき、アルコール中毒の本を借りたのは確かだし、叔父が生命保険に入っていないことも嘘ではない。

しかし、勘のいい希江は、そんな言い訳で納得していないのではないだろうか。アルコールが死に直結する方法を探るためにアルコール中毒の本を借りたのだと、いずれ気付くかもしれない。

しかし、このまま思い悩んでいても仕方ない。忌まわしい記憶のある物はすべて処分して、今日中に引っ越しの作業を終わらせなければならないのだ。

そう思うのに、希江に対して、強気の発言をしたことで、まだ、脚ががくがくと震えて思うように動いてくれない。

ＰＴＡ役員の中で一番苦手だったのが希江だった。

フルタイムで働いている瞳は、ＰＴＡの集まりがあるたびに、仕事を早退したり、休んだりしなければならなかったが、希江は、私の職場は自由に休みが取れるから、ＰＴＡの集会もいつでも参加できるのよ、と言っていた。夫の趣味が釣りで、毎週、活きの良い魚をたくさん食べられるのだとも言った。そのたびに、いいですね、羨ましいです、と返事をしたのがいけなかったのかもしれない。希江のほうがふたつ年上だとわかったので、遠慮もあった。

希江は、夫の給料や瞳の給料、貯金の額まで知りたがり、そのときは必ず、先に自分の給料や貯金の額を言った。瞳は仕方なく、同じくらいですと答えてごまかしていた。実際、夫が勤めている通販会社は業績が悪く、給料の遅配も続いていたので、夫婦合わせると似たような額だったのだ。

卒業した大学の話になったときだけ、希江はひどく機嫌が悪かった。希江は短大卒で、瞳が四年生大学卒だったのが気に入らなかったのだろう。

瞳は、希江よりすべてにおいて下にいなければならない者として選ばれてしまったようだ。

しかし一年だけの辛抱だ。一年経ったら、ＰＴＡの役員からも希江からも解放される。それに、集会があるのは、月に二回だけだ。

そう思って我慢していたのに、希江は、用もないのに、毎日、ＬＩＮＥで連絡をしてくるようになった。そっけない返事をすることで、意味のない送信をやめてもらおうとしたが、希江からのＬＩＮＥが途絶えることはなかった。

晩ごはんは何？　という問いにも、最初は真面目に答えていたが、気に入らない答えだと、それは体に良くないとか、食べ合わせが悪いとか言ってくるので、野菜炒め、と答えることにした。毎回同じでも、その答えだと、続けてとやかく言われることはない。料理が苦手だから、という言い訳も本気にしたようだ。

「瞳さんは痩せ過ぎよ。中年になると、ふっくらしているほうが若く見えるのよ。それに、幸せそうに見えるでしょう？　見えるわよね？」

希江は、言葉の最後を、念を押すように二度言う癖があり、そのせいで、いっそう押しつけがましく感じてしまう。

希江が言うように、ふっくらしているほうが幸せそうに見えると瞳も思う。でも、食が細くて太れないのだから仕方ない。それなのに、胸だけが必要以上に大きいのだ。

ＰＴＡの集会は、ドリンクのお替りが自由にできるファミリーレストランで行われることが多かったが、そこでも、希江は必ず瞳の隣に座り、「もっとカロリーの高いものにしなさい。そうしなさいよ」と言って、ハーブティーを飲んでいる瞳の前にココアを持ってきたりした。

PTA役員のひとりが、好きなタレントの名前を出すと、希江は、そのタレントがいかにくだらない人間か、まるで見てきたような話を始める。別の人がお気に入りのレストランの名前を言えば、あそこは前に行ったけど、店員の態度が最悪だった、と顔をしかめる。

希江は、人が好きなものにケチをつけなければ気が済まないらしい。そして、言われた本人が不愉快そうに顔を歪めると、溜飲を下げるのだ。

PTAの役員たちは、みんな希江を嫌っていたけれど、本人はそんなことはまったく感じていないようだった。「私たちの団結ってすごいわよね。これまでのPTAで最高じゃない?」とよく言っていた。

もしかしたら、希江は、PTAの任期が終わっても、LINEを続けるつもりなのではないだろうか。ふたりで会おうと言い出すかもしれない。

それだけは避けたかった。

PTAの集会から帰ったときに、「若葉台中学なら瞬がいじめられることもないのに……。希江さんからも離れられるのに……」と呟いたのを、側にいた叔父が聞いており、「だったら、若葉台に家を買えばいい。株が上がったから、それを売って資金を出してやるよ」と言ったのだ。中古だったら買えるだろうと。

叔父が株を持っているのは、証券会社から頻繁に連絡がきていたので知っていたが、中古とはいえ、若葉台に家が買えるほどの額だとは思わなかった。

「本当ですか? ありがとうございます」

瞳は、叔父に何度も頭を下げた。

これまでの苦労が報われた瞬間だった。

でも、そんなに簡単なものではなかった。

叔父は、若葉台の中古住宅の契約を結んだ途端、すれちがいざまに瞳の体を触るようになったのだ。

それは、だんだんエスカレートしていった。

瞳がキッチンに立って料理をしていると、後ろから抱きついて、首筋に酒臭い息をかけながら、「若葉台にいっても仲良くしよう」と言ったりした。

叔父は、六十七歳で、さまざまな持病もあるので、それ以上進むことはないが、ぬめっとした舌の感触を首筋に感じたり、後ろから両手で胸をもまれたりするのは、耐え難いことだった。

何度もやめてくださいと頼んだが、叔父は、「瞬のために若葉台の家が欲しいんだろう？」と、にやにや笑うだけだった。そして、ますますその行為はエスカレートして、服の上からではなく、Tシャツの裾から手を入れて、瞳の乳房をまさぐるようになったのだ。

家の手付金を不動産屋に支払い、引き返せない段階まできてこういうことをするのかと、瞳は絶望的な気持ちになった。食費も酒代も自分では出さなかった叔父が、手付金の三百万円をぽんと出したのは、その金で瞳を自由にしようと思ったからだったのだ。「残りも全部、払ってやるよ」と、瞳の体を触りながら言う。

夫に言ったら、すぐに叔父を追い出すだろう。

そうしてくれるのはわかっている。だからこそ、これまでアルコール依存症の叔父と一緒に暮らすことができたのだ。いざとなったら夫が守ってくれると思ったから、頑張ってこられた。

夫は、食事の準備をしたり、部屋を片づけたりという、日常の家事に対しても、常に感謝の言葉を言ってくれる。瞬が学校で無視されていることも、夫婦で夜通し話し合った。いつも真剣に、家族と向き合ってくれている。だからこそ、叔父のことは言えなかった。

叔父は、色々な株の銘柄を持っていることがわかっている。手付金を出してくれたとき、叔父は瞳にだけ、証券会社の報告書を自慢気に見せたのだ。

子供のいない叔父の相続人は夫だけだ。

瞳の選択肢はひとつしかない気がした。

そんな瞳の気持ちを希江が見抜いていた。

一度、叔父に会っただけで、卑猥な目で叔父が瞳を見ていたことも、希江は気付いていたのだ。

希江が読んだという『身近な毒』と同じものだと思うが、図書館の履歴が残るとまずいと思い、書店で購入していた。

しかし、キッチンの流し台の一番下の引き出しに隠していた本を見つけた人がいたのだ。

瞳が職場から戻って引き出しを開けると、固定していたはずの本の場所がわずかに移動していた。

瞳は、夫にすべてを打ち明ける決心をして、学校の防災合宿で瞬がいない日を選び、会社の帰りに喫茶店で待ち合わせをした。

家以外でふたりで会うのは、叔父と同居して以来、初めてのことだった。

瞳が、叔父から性的虐待を受けていることを告白すると、夫は絶句して頭を抱えた。

「叔父さんは、僕の学費を出してくれた人だから、恩返しをしたいと思ってきたが、瞳にそんなひどいことをするなんて許せない。でも、持病のある叔父さんを追い出すことはできない。僕たちがあの家を出よう。瞬が若葉台中学校に通えるように、若葉台に借家を探そう。今より家賃は高くなるだろうけど、やっと会社の業績が上向いてきたから、なんとかなると思う。手付を打った若葉台の家は、叔父さんが好きにすればいい。同居したこの十年間で、僕は、叔父さんにこれまでの恩を返すことができたと思う。瞳のおかげだよ」

夫は、そう言ってくれたのだ。

「瞬は、みんなに無視されながら、学校で一泊するのはつらいだろうけど、防災合宿さえ終われば夏休みだし、その間に若葉台に引っ越せばいい。もう少しの辛抱だ」

夫の力強い言葉が嬉しかった。

それにしても、どうして瞬は、いつもいじめの対象になるのだろうか。優しい性格で、成績も悪くないし、女の子のようにかわいい顔をしている。

もしかしたら、生まれたばかりの頃、ナザルを拭き取ったのがいけなかったのだろうかとさえ思ってしまう。

希江に話した、ナザルの風習を教えてくれたのは、叔父ではなく、インドに住んでいる母だった。

かわいい子供は嫉妬されて、その嫉妬や妬みの視線を浴びた子供は、病気になったり早死にしたりするとインドでは信じられているらしい。その邪視を避けるために、ナザルと呼ばれるホクロをつけるのだと母は言った。

母は、父と死別したあと、インド料理店に勤め、そこで知り合ったインド人の男性と恋に落ちて、そのままインドに渡ってしまった。

母が四十八歳、瞳が二十三歳のときだった。目鼻立ちのはっきりした母は、四十代でも、十分美しかった。瞬は、隔世遺伝で母に似たようだ。

母にメールを出しても返事がくることはめったになかったが、さすがに瞬が生まれたときは、初孫の顔を見に帰国した。

しかし、産院の看護師さんたちからも、かわいいと言われ続けていた瞬の顔を見て、母がまずしたのが、特殊なアイラインでナザルをつけることだったのだ。最初から初孫にナザルをつけようと思ってきたのだろう。

しかし、愛らしい瞬の顔にそんなものを塗られて嬉しいはずがない。

瞳は、母が病室を出ると、すぐにそれを拭き取ったのだ。

ナザルを拭き取らなければ、瞬は、その後、いじめられることもなかったのだろうか。

いや、学校ぐるみでいじめと取り組んでいる若葉台中学校なら、きっと、なんとかしてくれる。背が低く、女の子みたいにかわいい顔の瞬を、からかわずに受け入れてくれるに違いない。

貧しいながらも、親子三人での明るい暮らしが待っているはずだった。

けれど、喫茶店を出て家に戻ると、叔父が居間で倒れていたのだ。

テーブルの上には、空になった皿と箸が載っていた。瞳の帰りが遅いので、叔父が自分で何かを調理して食べたらしかった。

夫が叔父に駆け寄り、瞳は急いで救急車を呼んだ。救急車が到着するまでの間に、テーブルの上とその周辺を手早く片づけてしまった。空になって転がった日本酒の一升瓶や、食べ終わった食器などを消防隊員に見られるのが恥ずかしかったのだ。

それに、叔父が倒れた原因は、心筋梗塞か脳梗塞だと思い込んでいた。酒のせいで、頭も心臓も肝臓もぼろぼろだと、叔父は日頃からよく言っていた。

そういう思い込みがあったので、中毒の処置が遅れてしまった。

流し台には、まな板が出しっぱなしで、そこに、野菜を刻んだあとがあった。フライパンの中にも、炒めたらしい野菜くずが残っていた。

死因が不明ということで、警察と保健所が調査をした。まな板や包丁まで調べていたが、叔父が調理したことは間違いないという結論が出た。

体を触る叔父を憎んで、いなくなってほしいと思ったのは事実だが、実際には殺してはいない。試したものはすべて失敗した。それでも、希江に、殺そうとしたことを指摘されただけで怖かった。

これからもつつましく暮らしていくので、どうか見逃してほしい。引っ越すのは、若葉台の周りの家に比べたら小さい、リフォームもしていない古い家だ。希江に、嫉妬の目でみられるような家ではない。

「どうか、もう、私たちのことは忘れてください」

瞳は、希江が出ていったドアに向かって呟いた。

3

丘の上にある家は、古いけど、明るい光が差していた。

叔父さんが死んだばかりの頃、お母さんはかなり痩せていたけど、最近、やっと笑うようになったし、ご飯も食べられるようになってきた。お父さんが勤めている通販会社も、新しい企画がヒットして順調らしい。

僕は、若葉台中学校でも、休憩時間は図書館ばかりで過ごしているけど、教室に戻ると、クラスメートの誰かが気遣って声をかけてくれる。

転校性には優しくしなさいと、担任の小暮《こぐれ》先生に言われているのだろう。

そんなふうに優しくしても、この学校では仲間外れにされたりしない。

優等生ぶってんじゃねえよ、とか、かっこつけてんじゃねえよ、とか、抜けがけすんじゃねえよ、とか、そんな汚い言葉で罵られなくても済む。

前の学校では、真面目なこと、人に優しくすること、勉強することはかっこ悪いことで、寝ずにＬＩＮＥでチャットすることや、試験前にカラオケでオールすることや、汚い言葉を使うことがかっこいいこととされていた。

でも、「ごめんね。口をきくと今度はぼくがシカトされるから」と、陰でこっそり言ってくれたクラスメートもいた。わかってる。誰だって次のターゲットになんかなりたくないんだから。

でも、どこの学校にも必ず存在すると思っていたいじめのターゲットが、若葉台中学にはひとりもいなかった。

僕は、転校に合わせて、新しいスマホを買ってもらった。電話番号もメールアドレスも変えたから、前の学校のクラスメートたちとは、夏休みを境に縁が切れたはずだった。

それなのに、あいつらは、僕のところにやってきたのだ。

「逃げられたと思ってんじゃねえよな。挨拶もなくずらかりやがって。俺は、こそこそ逃げようとするやつが、一番嫌いなんだよ」

山谷充嗣に、やれと命令されたのは、僕に、ごめんねと、こっそり言った均《ひとし》だった。

ここぞとばかりに、充嗣の子分の拓馬が僕の体を後ろから羽交い絞めにして、均は、泣きそうな顔をして、僕の腹を蹴り続けた。顔はやるなと充嗣に指示されていたから、目立たないところだけ痛めつける気なんだ。

「チクったら承知しないぞ。どんな目に遭うかわかってんだろうな」

充嗣は、うずくまって声も出せない僕の顔めがけて唾を吐きかけた。

拓馬は、僕の学生鞄の中からスマホを取り出している。データを見ているのだろう。

新しい電話番号も知られてしまった。

僕は、中学に入学してすぐに、クラスメートの女の子から、付き合ってほしいと告白された。だけど、恥ずかしくて断ったのだ。その子のことを充嗣がずっと好きだったらしい。もしかしたら、そんなことが、充嗣がしつこく追いかけてくる原因なのだろうか。

無視が始まる前、クラスの女子たちから、あの子をふるなんて、何様のつもりなんだ、という目で見られたのを思い出す。

僕は、三人の後ろ姿を見つめながら、ズボンのポケットの中の小瓶を握りしめた。

そこには薄く色のついた液体が入っている。

これを使ったら、前のことまでばれてしまうかもしれない。

きっとそうなる。

でも、充嗣たちが放っておいてくれない以上、こっちがやるしかない。

PTA会長の、充嗣の母親も、その会長と仲がいい元担任も、ぜったいに僕の味方になんかなってくれないんだから。相談しても、充嗣を注意してそれで終わりだ。僕は、前よりもっとひどい目に遇う。チクったと言って、半殺しの目に遇うんだ。

これは、叔父さんにしたことの報いかもしれない。

叔父さんのことは、好きではなかったけど、嫌いでもなかった。

でも、お母さんに抱きついているのを見て大嫌いになった。お母さんが泣いているのを何度も見た。

だから、防災合宿の日に、計画を実行することにしたんだ。

前の学校では、僕は存在しない者として扱われていた。防災訓練が終わり、夕食が済んだら、僕の姿が見えなくても、誰も僕を探したりしないはずだ。

カレーを食べたあと、僕は急いで家に戻った。お父さんとお母さんが仕事から戻るまでに終わらせなければならない。

僕は、防災合宿で火傷したから戻ってきたと言って、包帯を巻いた両手を叔父さんに見せた。そして、お腹が空いたと言って、叔父さんに野菜炒めを作ってもらったんだ。

僕は、叔父さんの皿にだけ液体を垂らした。包帯を巻いているから、皿にも指紋はつかない。

美味しいと言いながら僕は野菜炒めをがっついた。

少し苦みがあるな、と叔父さんが言ったから、どきっとしたけど、僕が、そんなことないよ、美味しいよと言うと、叔父さんは、そうか、と言って、日本酒で流し込むようにして全部食べた。そのあとで、三分の一くらい残っていた日本酒を、ごくごくとラッパ飲みして空にしてしまったのだ。

少しすると、叔父さんは呂律がまわらなくなってきた。顔つきまでおかしくなっている。チョウセンアサガオの仲間の、エンジェルトランペットの毒にやられたんだ。

叔父さんがテーブルの横に倒れたのを見て、僕は、自分が使った皿と箸をスーパーの袋に入れ、リュックにしまってから、包帯を取って、近所の人に気付かれないように家を出た。お皿が入ったスーパーの袋は、途中のコンビニのゴミ箱に捨てた。

これで、叔父さんが調理して、ひとりで食べたあとしか残らないはずだ。

案の定、学校では、僕がいないことなど誰も気にかけていなかった。存在しない者として扱われているからこそ思いついたアリバイだった。

お父さんとお母さんが家に戻ったとき、叔父さんはまだ生きていたけど、病院で息を引き取ったという。

叔父さんが若葉台の家の代金を出すと言ってくれたとき、僕たちは大喜びしたよね。叔父さんの部屋は、一番日当たりがいい場所にしようと、間取りを見ながら話し合ったりして、すごく楽しい時間だった。

そのまま、叔父さんも一緒に若葉台で新しい生活を送ってくれたらよかったのに、どうして、お母さんの体を触るようになったんだよ。

お母さんが毒の本を買ってきたのを見て、僕は、お母さんが叔父さんを殺そうとしていることを知ったんだ。

お母さんは、毒のある夾竹桃の枝を切ってきて、それで箸を作ろうとした。うまくできなかったようだけど、誰だって、そんな箸を見たら、おかしいと気付くよ。ゴミ箱に削った枝が入っているのを見たとき、お母さんは本気なんだとわかったんだよ。

パンケーキの粉を、お風呂場に置いたりもしていたよね。旨み成分がたっぷり含まれたパンケーキの粉を、高温多湿のところに置いて、コナヒョウヒダニを発生させようとしたんだろう？大量にダニが発生したパンケーキを食べた者は、アナフィラキシーショックを起こし、呼吸困難に陥る場合があると本に書いてあった。

あのとき、お母さんは、普段、パンケーキなんか食べない叔父さんに熱心に勧めていたよね。僕らが食べたのは、冷蔵庫で保存していたパンケーキの粉を使ったんだよね。叔父さんが残したパンケーキを僕が食べようとしたら、必死で止めたもんね。

お母さんが叔父さんを殺したら、大きな罪になる。でも、僕だったら、ばれても少年院に入るだけだ。

あの毒の本、お母さんが買ったのをこっそり読んで元の場所に戻し、あとは、学校の図書館で同じ本を見つけて、何度も読んだんだよ。

それで、僕なりに、いい方法を見つけ出したんだ。それは、エンジェルトランペットの花を利用する方法だ。

ごぼうに似ている根にも毒があるようだけど、掘るのが大変だ。花なら簡単に手に入る。

僕は、手袋をして花をいくつもちぎり、それを絞って液を抽出した。

叔父さんは、アルコールで体が弱っていたから死んだだけで、たぶん、ほかの人だったら、食中毒を起こして病院に担ぎ込まれるだけなんだと思う。

だから、充嗣に飲ませるために、缶コーヒーのプルタブを、ほんの少しだけ持ち上げて、そこに液体を混入させても、うまくいかないだろう。

毒が同じだから、叔父さんのことまでばれてしまう可能性が高い。

でも、そうなったほうがいいのかもしれない。叔父さんにひどいことをしたんだから、罰が当たって当然なんだ。

僕は、蹴られたお腹を押さえて立ち上がった。

離れた場所から、若葉台中学の制服を着た女の子が走ってくるのが見えた。

「大丈夫？　ごめんね。怖くて出てこられなかった。でも、スマホで動画を撮ったから。前の学校の人たちでしょう？」

いつも声をかけてくる、同じクラスの柚美《ゆずみ》だった。

「松原君が、あの人たちに声をかけられて公園のほうに向かったから、いやな予感がして、こっそりあとをつけてきたの」

柚美は、学校の近くで、僕が取り囲まれたのを見ていたらしい。

「でも、無理だから。あいつら、諦めたりしない」

僕は、左手で小瓶を握ったまま、右手でズボンの土をはらった。

動画を見せたくらいで怖気づいたりする相手ではない。ますますエスカレートするだけだ。

「無理じゃない。小暮先生に話そう」

柚美は、担任の名前を出した。

本気で担任が教え子を救うと思っているのだろうか。しかも、いじめているのは、ほかの学校の生徒たちだ。

僕は静かに首を横に振った。

柚美は、「こんなところにも泥がついてる」と言って、自分のハンカチで、僕の頬を拭き始めた。柚美の真っ白いハンカチが泥で汚れていく。

お母さんに聞いたナザルの話を思い出した。僕が生まれたとき、おばあちゃんはインドから帰国して、僕の右頬に、大きなホクロを描いたそうだ。それが邪視から守ってくれるはずだったのに、お母さんは、僕の頬が汚されたのがいやで、すぐに拭きとってしまったという。お母さんは、あれを拭き取ったのが悪かったのかしら、と呟くように言った。

心の中の呟きを声に出して言うのは、お母さんの癖だった。僕が、クラスメート全員に無視されていると言ったときも、ナザルを拭き取ったせいかしら、と呟いていた。

今度は柚美が、僕のナザルを拭き取ったのかもしれない。僕はやっぱり、邪視から逃れることができないんだ。

諦めにも似た気持ちが湧いてくる。

僕の泥を拭き取って、柚美は納得したのか、口を一文字に結んで頷いた。

「小暮先生は、僕の教え子は全員必ず守るって言ってくれたよ。前の学校で、いじめが原因で自殺した生徒がいて、助けてやれなかったんだって。だから命をかけて、このクラスの生徒は守るって、最初のホームルームのときに約束してくれたの。先生にこの動画を見せたら、きっと松原君を助けてくれるよ。私も協力するから」

柚美は、突っ立っている僕の両腕を持って揺すった。

ナザルが消えたのに、クラスメートが僕のために、こんなに必死になっている。

柚美があまりに強く揺するので、握っていた小瓶を落としてしまった。

薄紅色の液体が土に吸い込まれていくのを、僕は黙って見つめていた。

エピローグ

——やっぱりおかしい。

希江は、若葉台を窓越しに見ながら心の中で呟いた。

あの、お洒落な住宅地の一戸建てに瞳が住んでいる。それなのに、希江は相変わらず狭いアパートでのつつましい暮らしだ。

そんなこと、納得できるはずがない。

PTAの役員の集まりをこんな場所でするから、いやでも若葉台が目に入るではないか。

瞳は、新しい家具に囲まれて、下手な料理を作っているのだろうか。

「ねえ、瞳さんの叔父さんの死因、やっぱりおかしくない？　おかしいわよね？」

希江が言うと、みんな、うんざりしたような顔をした。

またその話か、というのが表情に出ている。

「だって、保健所も調査に入ったんでしょう？　叔父さんが亡くなった直後に若葉台に引っ越すなんて怪しいと思うのよ。逃げたみたいで怪しいわよね？」

知り合いに保健所の人がいると言っていたPTA仲間のほうを見る。

「私が保健所のことをLINEに書き込んだのが悪かったのよね。あれは、たまたま調査に入ったと耳にしたから、つい、流してしまったけど、希江さんがこんなに関心を持つとは思わなかった。反省してるわ。中毒は中毒でも、死因は急性アルコール中毒だったとはっきりしてるんだから」

「ほんとなの？　確かなの？」

希江はテーブルに身を乗り出した。

「前から気になっていたんだけど、その、念を押すような話し方、やめてくれない？　イライラするのよね」

ＰＴＡ会長のかおりが横から口をはさんだ。

いつもながらの上から目線だ。ＰＴＡ会長がそんなに偉いのか。たまたまクジでなったＰＴＡ役員だし、流れで決まった会長ではないか。誰も面倒がって手を挙げなかっただけだ。「仕方ないわね。じゃあ私が」とかおりが言い出し、みんな、渡りに船とばかりに賛成しただけだ。かおりに人望があるわけではない。それなのに、かおりは、ＰＴＡの集会を自分に都合のいいように仕切ってきた。今日だって、ファミレスでいいのに、新しいレストランができたからそこにしましょうと、かおりが勝手に決めたのだ。

「人の話し方にまでケチをつけないでよね。それより、お宅の充嗣君、私が拓馬のために作ったお弁当を横取りして、毎日食べてたのよ。知ってたの？　拓馬がいつもお腹を空かせているから、おかしいと思って聞き出したのよ。かおりさんはお弁当を作らずに充嗣君にお金を渡していたでしょう？　そんな手抜きをするから、拓馬がとばっちりを食うのよ。これまでの弁当代、返してほしいくらいだわ。一食五百円、月に三十日で一万五千円。半年で九万円よ。きっちり払ってもらおうじゃないの！」

希江は顎を突き出し、かおりを見下ろすようにした。

ほかのテーブルの客の視線までこちらに向けられているが、そんなものは関係ない。どっちが正しいか、この際、決着をつけてやる。

それに、頭の中で計算した九万円という金額が意外に大きくて、それがあれば、壊れかけている洗濯機が買えることに気がついたのだ。

「拓馬君こそ、私が渡したお金で、充嗣と一緒に遊んでいたんじゃないの！」

かおりが鬼のような形相で叫んだ。

同じテーブルに着いているPTA仲間の顔が引きつっている。

「どっちの言うことが正しいか、みんなの意見を聞いてみたいわね」

希江がテーブルを見渡したとき、かおりの携帯が鳴った。

かおりは、高そうに見えるバッグから、ラインストーンでデコレーションされた派手な携帯電話を取り出した。

「意味がわかりません。動画ってなんのことですか？」

かおりは背中を丸めて、声をひそめている。

いつも自信満々で背筋が伸びているので、こんな姿を見たのは初めてだ。

「水野さんなら、今、一緒にいますけど……。わかりました。代わります」

担任からと言って、かおりが希江の前に携帯を突き出した。その表情に不安の色が浮かんでいる。

「水野ですけど、何か？」

希江もかおりを真似して小声で言う。背中もちょっと丸めてみた。

「え？　集団リンチですって？」

背筋が伸びて声が裏返った。

担任の話では、充嗣と均と拓馬の三人が、転校した瞬を公園に連れ出し、暴行したというのだ。担任の声も震えていた。暴行が事実だとしたら、瞳からいじめの相談を受けていたのだから、学校の対応が悪かったと問題になるに違いない。

全部、充嗣のせいだ。拓馬は使いっパシリをやらされていただけだ。弁当まで取り上げられていた。今日、みんなの前で言ってよかった。拓馬も被害者だとみんなが証言してくれるはずだ。拓馬は何もしていない。瞬を羽交い絞めにしていたというのも、充嗣に命令されてそうしただけだ。そうに違いない。そのはずだ……。

「きっと、充嗣君に命令されてやったんです。拓馬は悪くないですよね？　悪くないでしょう？」

念を押す自分の声が、希江には、なぜかうっとうしく感じられた。

吹雪の朝

小林泰三

小林泰三（こばやし・やすみ）
1962 年京都府生まれ。大阪大学大学院修了。1995 年に「玩具修理者」で第 2 回日本ホラー小説大賞短編賞受賞、翌年『玩具修理者』で単行本デビュー。主な作品に『密室・殺人』『大きな森の小さな密室』『天国と地獄』『アリス殺し』『安楽探偵』など。

天気予報によると、今日は午後から吹雪らしい。

この季節はしょっちゅう吹雪がある。もううんざりだ。


わたしは台風が嫌いだった。とにかくあいつらから逃げたかった。

子供の頃住んでいた街は台風の通り道だった。台風が近付くたびにクラスメートたちは休校になるのではないかと一喜一憂した。だが、わたしは違った。純粋に台風が怖かったのだ。いつも穏やかな青と白の表情を見せていた空は台風が近付くと、漆黒へと変貌する。幼いわたしにはその黒い雲は蝙蝠の翼を持つ悪魔の大軍勢に見えた。

わたしは悲鳴を上げて、家の中に逃げ込んだ。だが、家の中にも安全はなかった。

わたしの家は海沿いの崖の上にあった。今から思えば、海からは相当離れていたはずなのだが、波の高い日に窓から外を見ると、すぐそこまで海が迫ってくるような感覚に囚われた。

荒れ狂う真っ黒な波の中から悪魔たちは暗雲の中へと潜り込み、また次々と天から海へと落下する。悪魔たちは奇怪な鯨や鮫の姿となり、また蝙蝠や鳥へと変貌した。彼らはらんらんと目を輝かせて海と空で獲物を探し回っていた。

そして、その中の一匹がわたしを見付ける。

悪魔は黒い流れ星となり、一直線にわたしに向かってやってくる。

わたしは恐ろしさに目を瞑る。

ばしゃん。

窓ガラスが激しく揺れた。

わたしは悪魔が窓に激突したのだと確信した。

両親たちは、テーブルの下に潜り込んでがたがたと震えているわたしを叱った。

ただの風に何を怯えているのかと。

わたしは、窓の外の悪魔の軍勢のことを口走った。

すると、両親は顔色を変え、先程とは打って変わって激しく叱責を始める。

そんなことは冗談でも言ってはいけない、頭がおかしいと思われてしまうから、と。

しかし、悪魔がいるのは本当のことだ。わたしはなおも訴える。

平手がわたしの頰に飛んだ。

そんなことが何度も続くうちにわたしはだんだんと悪魔のことを人に話さなくなった。

でも、悪魔がいなくなった訳ではない。

台風が来る時、やつらはいつも群れをなしてやってくる。

いや。台風と共に来るのではない。やつら自身が台風なのだ。突風となり、高波となり、稲妻となり、やつらは人々を喰らい尽くしにやってくるのだ。

そして、いつかわたしも餌食になってしまう。やつらに襲われたら、どうなるのかはわからない。そのまま食われて死んでしまうだけかもしれなかったが、やつらの仲間になって、台風の度に人々を食わなければならなくなる方がありそうに思えた。

わたしは恐怖を誰にも打ち明けられず、台風が来る度に、誰にもわからない場所――トイレや押し入れの奥や蓋をした浴槽の中や秘密の入り口から入り込んだ天井裏――で、がたがたと震えながら身を縮めた。

悪魔たちはわたしを求めて、薄気味の悪い吠え声と汚らしい涎を垂れ流しながら、家の周囲を飛び回り、そして這い回った。

わたしは絶対に見付からないように息を殺した。

時に悪魔たちは家の中にまで入り込んだ。

彼らはなぜか両親には見向きもしなかった。大人は彼らの餌食ではないのか。それとも、すでに食われてしまっているのか。どちらなのか、わたしには判断が付かなかった。

息をすると、やつらに見付かってしまうので、わたしはできるだけ息をしないように頑張った。でも、息を止めていられるのは、一分にも満たない。これ以上、我慢できなくなると、わたしは大急ぎで息を吐き、そしてすぐに息を吸う。呼吸の瞬間だけ、わたしは悪魔に丸見えになる。だから、悪魔たちはいっせい襲い掛かってくるが、呼吸を止めると、すぐにわたしを見失って、散り散りになってしまう。

台風が来ている間、わたしはずっとこれを繰り返すのだ。

そして、その間も悪魔たちの軍勢がわたしたちの家を取り巻き、がさがさと揺らし続けている。

　わたしは台風が来ない場所に住みたかった。


「僕の実家には台風なんか来ないよ」会社の飲み会で初めて喋った時、あの人は言った。

「えっ？」

「さっき言ったじゃないか。台風が嫌いだって」

「わたし、そんなこと言ったかしら？」

「確かに言ったよ。覚えてないのかい？」

「ごめんなさい。ちょっと気分が悪くて」

　酒に酔っていた訳ではないが、酒席のあまりの騒がしさに頭が痛くなっていた。

「じゃあ、ちょっと外にでも出ようか？」

　それが切っ掛けでわたしたちは付き合い始めた。


　プロポーズと同時に実家のある田舎に帰る計画を打ち明けられた。

「父が亡くなったんだ。身体の弱った母一人をあんな田舎に放っておくわけにはいかない」

　わたしは少しだけ迷ったけど、初めて出会った時の彼の言葉を思い出した。

「台風が来ない土地だと言ってたけど本当？」

「えっ？　……ああ。台風ね。少なくとも、物心付いてからは一度も経験はないよ。生まれる前のことは気にしたことはないけど、たぶん殆ど来たことはないんじゃないかな？　ただ、元台風の低気圧みたいなものはたまに通り過ぎるけどね」

「それって、もう弱った後よね？　高波なんかは来ないよね？」

「もちろん、風速十七メートル以下まで弱ってる。そうじゃないと台風のままだからね。それから、家は海から何十キロも相当離れているから絶対に波は来ない」

「わかったわ。プロポーズはお受けします。それから、一緒にあなたの故郷に行くわ」わたしは即座に決心した。


夫の実家は所謂僻地と呼ばれる場所だった。もちろん、電気・ガス・水道・電話・ネットなどのライフラインは完備されてはいた。しかし、最寄りの駅まで車で一時間半は掛かる上、バスも通っていなかった。また、特別豪雪地帯であるため、冬場は年に何日か雪で身動きが取れなくなることがあった。

わたしは夫にパートでもいいから仕事を探して欲しいと頼んだ。

「探してもいいけどね」夫は諭すように言った。「ここは都会と違って、なかなか仕事はないんだ。特にこの集落は過疎化が進んでいて、空き家じゃないのはうちだけだしね」

「別にこの集落でなくてもいいわ。とにかく仕事を見付けて欲しいの」

数日後、夫は方々探し回ってやっとパートの仕事を見付けてきた。「よかった。隣の村の薬局で薬剤師が辞めて困っていたらしい。薬剤師の資格があるって言ったら、週に三日来てくれっとりあえず、少しは張り合いのある日が送れるだろうと思った。

「いいえ、あなた。三日もあれば充分よ」

ここは都会じゃない。これを断ったら、もう次の仕事は見付からないだろう。

「三日じゃ不足かい？」

「たったの三日？」

て」


夫の実家に移り住んだ事で、二つの大きな誤算があった。

一つ目の誤算は姑が意外に元気だったことだ。平気で雪道を何キロも一人で歩いて買い物をしてくる。覚悟してきた介護をしなくてもよかったのは幸運だったが、気の合わない年寄りとずっと顔を合わせていなくてはならないのには、心底気が滅入った。彼女はこの田舎から一度も出たこともなく、ここ以外の世界の存在もおぼろげにしか感じていない。息子がしばらく都会に出ていたことも隣村のさらに隣村に行ったぐらいにしか思っていないようだった。彼女にとってはこの雪深い田舎が世界の全てであり、自分のルールが絶対的な法律だった。彼女は都会育ちのわたしに田舎のやり方を強要した。

もちろん、わたしだって、無下に彼女のやり方を否定するつもりはない。彼女は生まれてからこの方、この場所で何十年も過ごして、そしてすっかり土地に根付いている。彼女のやり方の通り生きていれば、わたしもこれから何十年かは安泰だろう。だが、わたしは田舎の人間になりたくて、ここに来た訳ではないのだ。田舎に住んではいても、わたしは都会人であり続けたかった。今の世の中なら、それも可能なはずだと思った。だが、姑はそのような考えは認めなかった。

そして、ここに住み出してからは、都会人であり続けることは物理的に難しいということに気付いてしまった。それがさらにわたしを苛立たせたのだ。都会に住んでいた頃はネット通販で買ったものはその日のうちに届いていた。だが、この場所では何日も掛かるのだ。海の中でもないのに、まるで都会と地続きでないかのようだった。

二つ目の誤算はさらに深刻なものだった。ここに台風は来ないという夫の言葉は嘘ではなかった。つまり、北西太平洋や南シナ海で発生し、風速が十七メートル以上になった熱帯性低気圧はここまで到達することはなかった。

だが、夫はすべてを語ってはいなかったのだ。冬場、酷い時には週に二度もこの地方は低気圧に襲われるのだ。それは熱帯で生まれたものではないため、「台風」とは決して呼ばれない。しかし、そのパワーたるや、台風とほぼ同じ——いや、場合によると並みの台風を遥かに凌ぐ場合さえあった。風速数十メートルに達するそれらの低気圧は台風ではなく、「冬の嵐」とか「爆弾低気圧」と呼ばれた。

台風ではないので、各種の台風情報では扱われないし、進路予想もない。実質的には台風と同等のものでありながら、多くの人々はその発生にすら気付かないのだ。あれだけ台風を畏れていたわたしがその存在を知らなかったのだから、もはや隠蔽工作といってもいいぐらいの無視ぶりだ。

　ところが、その知名度の低さに反して、その危険度は台風を超えるものだった。

　冬の嵐と台風との大きな違いの一つは風の温度にあった。風が吹くと、体表から熱を奪うため、実際の気温より低く感じられる。体感温度の算出式にはいくつかのバージョンがあるが、風速三十メートルの場合は、実際の気温より二十度以上低く感じるとされている場合が多い。そんな中に数分間放置されるだけで、死の危険がある。

　そして、冬の嵐の最大の脅威は雪にあった。秒速数十メートルで横殴りに叩き付ける雪は単なる風よりも相当に厄介なものだ。単に物理的なダメージだけではなく、視界が完全になくなってしまうので、身動きがとれなくなる。また、雪はすべてのものを覆い隠してしまうので、全く方向感覚がなくなってしまう。家からほんの数十メートル離れた場所で遭難し、凍死してしまう例は枚挙に暇がない。

　こんなものなら、台風の方が遥かにましだった。

「どうして、教えてくれなかったの?」ある日、わたしは思い余って、夫に尋ねてみた。「こんなに嵐が続くなんて」

「言ってなかったっけ?」夫は仕事の手を休めた。

「言ってないわ。あなたが言ったのは、『台風が来ない』というのだけよ」

「なんだ。ちゃんと言ってるじゃないか」夫はまたパソコンに向かって仕事を始めた。

「『台風が来ない』というのと『爆弾低気圧が来る』というのは全然別のことだわ」

「爆弾低気圧が来るのが特別なことだとは思わなかったんだよ」

わたしは溜め息を吐いた。

そうよね。この人を責めるのは筋違いだわ。だって、この人は本当に悪気がないんだから。

わたしは夫を責めることはやめた。そんなことより、この地での生活を充実させる努力をした方が建設的だと気付いたのだ。

要は冬の嵐など恐れなくて済むように準備を怠らなければいいのだ。

幸いにも、元々夫の実家は毎年冬の嵐に見舞われることを想定して建てられているようで、外壁はしっかりと補強されているし、窓も二重になっている上にシャッターも取り付けられている。また、床下の倉庫には大量の食糧や薬品や水や燃料が備蓄され、自家発電装置まで設置されている。

もっとも、ケーブルが切れてしまうと、外部との通信は隔絶してしまうことになるが、生活物資には充分な備蓄があるので、吹雪が収まるまで生活に不自由することはまず考えられなかった。


その日、天気予報で午後から吹雪があると知ったわたしはまず地下室の備蓄を確認し、その後家の外回りの確認を始めた。飛び易いものが放置されていたりしたら、それが風で飛ばされて、家の外壁や窓が壊れてしまうことがあるのだ。

「こんにちは」背後から女性に呼び掛けられた。

家にいる時に家族——夫と姑——以外から声を掛けられることはまずなかった。だから、わたしは最大限の警戒をしながら、素早く振り返った。

そこにはわたしと同じような年恰好の女性が立っていた。積雪の中を進んできたにしてはやけに軽装でサングラスをしていた。

「あら。登美子《とみこ》じゃないの」女性は言った。

嫌な予感がした。

まさか……。

「わたしよ。富士子《ふじこ》よ」女性はサングラスをとった。

わたしは軽い吐き気を覚えた。

「そう言えば、あなたたち、田舎に引っ越すって言ってたわね」富士子はわたしたちの家をじっくりと眺めた。「結構大きいじゃない。資産家なの？　でも、まあ僻地だからたいしたことないか。あっ。ごめんなさい。そんなつもりで言ったんじゃないのよ」

「わざわざ訪ねてきてくれたの？」わたしは漸くの事で言った。

「えっ？　嫌だ。そうじゃないのよ。たまたまよ。みんなで、この近くの温泉に行こうって話になって、自動車でここまで来たのよ。そしたら、この近くでタイヤのチェーンが切れちゃって。どうしようもないから、近くに見えた集落に誰かいないかと思って、ここまで来たんだけど、どの家もみんな留守みたいで……」

「うち以外はみんな空き家よ」

「本当？　それじゃ、ここあれなんだ。ええと……」

「ええ。過疎の村よ」

「そうじゃなくて、もっとかっこいい言い方あったじゃない」

「かっこいい？」

「そう。なんとか、なんとかって」

「なんとか？」

「あっ。思い出した。限界……集落。限界集落って言うんでしょ、ここみたいの」

「どっちかって言うと、もう限界集落の段階は超えていると思うわ。超限界集落というか、廃村集落というか」

「なんか、それかっこいい。超限界集落とか」心なしか富士子は少しはしゃいでいるようだった。


偶然、ここに辿り着いたというのは、信じ難い。そもそもこの近くには温泉などない。一番近くの温泉宿は隣の村だが、ここからの直通道路はない。行くためには、いったん最寄駅近くまでいってから、別の道路を進む必要がある。好意的に考えるなら、あそこで、道を間違えたと考えることもできるが、それにしても、たまたまうちの近くでチェーンが切れるなどということは確率的にも考え難い。

富士子はサングラスのつるの端を唇で噛みながら、家の周りをふらふらと見て回っていた。時折、鼻歌のようなものも聞こえる。わたしの惨めな姿を見て嘲笑っているかのように。

富士子は夫の元恋人だった。夫は明言こそしなかったが、それは察していた。当時、同じ職場でもあったことで、大っぴらにしていなかったのだろう。夫が彼女と別れたのがわたしと関係があるのかどうかもよくわからない。ただ、きっと彼女はわたしのせいだと思っているということは伝わってくる。

夫は彼女と付き合っていることはずっと秘密にしていたのに、わたしとの付き合いはすぐに公にした。それも気に入らないのだろう。学歴も容姿も自分がずっとわたしより優位に立っていると思っていたのに、夫は彼女を最初から結婚相手だと考えていなかったということだから。

「ねえ。ここから温泉まで歩いていける？」富士子は白々しく尋ねてきた。

「歩いていくのは無理だわ」

「じゃあ、バスはある？」

「ここら辺りにバスは通ってないの」

「えっ？　じゃあ、タクシーを呼ぼうかしら？」

「今からだとタクシーは無理だと思うわ。ここまで来るのに、たぶん一時間以上掛かるし、もうすぐ吹雪になるから」

「吹雪？」

「ええ。天気予報見てなかった？」

富士子は慌ててスマホを取り出し、操作した。「何、ここ？　電波来てないの？」

「あそこの峠の上だったら、電波は拾えるわよ」

「面白い冗談ね。この靴で登れる訳ないでしょ。ここまで来られたのが奇跡よ」富士子はハイヒールを指差した。

「じゃあ、わたしのいうことを信じて貰うしかないわ」わたしは言った。

「だったら、わたしたちどうしたらいいの？」

「どうしたらって……」わたしは困ってしまった。

「近くにある宿の場所を教えて貰えないかしら？」

「一番近くにある宿はあなたの行こうとしている温泉宿よ」

「まさか……。民宿とかはないの？」

わたしは首を振った。「ここは観光地でもビジネス街でもないから」

「でも、もうすぐ吹雪が来るんでしょ」

「おーい」声が遠くから聞こえてきた。

声の方を見ると、雪道を三人の人物が近付いて来ていた。

「一緒に来た仲間よ」

やはりわたしたちと同年代の二人の男性と一人の女性だった。

「山中《やまなか》君と若林《わかばやし》君、それから樹里《じゅり》ちゃんよ。あなた知り合いじゃなかったかしら？」

「いいえ。たぶん初対面よ」

「そうだったかしら？　でも、たぶん毅は知ってると思うわ」富士子はわたしの夫の名をさりげなく呼び捨てにした。「みんな、この人、毅の奥さんで、登美子っていうのよ」

「あっ。初めまして」山中と呼ばれた男性が言った。筋肉質で背が高い。「ご主人には前の職場でお世話になりました」

「僕も同じ職場でお世話になりました」若林と呼ばれた男性も言った。小柄で痩せていた。

樹里と呼ばれた女性は何も言わず、ただ会釈しただけだった。

「彼女、人見知りするの」富士子は言った。

その年で人見知りはないでしょ。

心の中ではそう思ったが、わたしは大人の対応をすることにした。

「みなさん、初めまして」わたしは微笑んだ。「主人も喜ぶと思いますわ」

「富士子、温泉の場所はわかったのか？」山中が尋ねた。

「それがここからは簡単に行けないらしいの」富士子は困った顔をした。

この人たちは富士子とぐるなのかしら？　それとも、彼女の計画に知らずに付き合わされただけ？

「簡単に行けないってどういうことだ？」若林が言った。

「おそらく皆さんは道を間違えたんだと思います」わたしは言った。「駅前で左の道に入られませんでしたか？」

「そう言えば、分かれ道があったような気がする」山中が言った。「どうせすぐ先で合流すると思ったんで、深く考えずにこっちの道を選んだんだ」

「あの道は二股に分かれてそれぞれ山脈の別の側を通ってるんです」

「じゃあ、温泉は山脈の向こう側なんだね」若林は目を丸くした。「これは大変だ。実はチェーンが切れてしまって、自動車は雪道を進めないんだ」

「徒歩だと、だいたい半日で駅に着くと思いますから……」わたしは説明した。

「ちょっと待って。もうすぐ吹雪が来るんでしょ」富士子が言った。「わたしたちの服装を見てよ。これで吹雪の中を歩いたら、どうなると思う？」

後の三人も富士子に負けないぐらいの軽装だった。

「……ちょっと無理みたいね」わたしは言った。

「ちょっとどころじゃなくて、確実に遭難するわよ」富士子は言った。

「ちょっと待ってくれ。じゃあ、俺たちどうすればいいんだ？」山中が当惑気味に言った。

「エンジンが掛かるなら、自動車の中で、吹雪が過ぎるのを待つという手があります」わたしは提案した。

「まさか冗談よね。吹雪だったら、物凄い勢いで雪が積もるんじゃない？　もし排気筒が雪に埋まったりしたら、一酸化炭素中毒になるじゃない。それに、中毒にならなくても、もしエンストしたら凍死してしまうわ。自動車からここまで五百メートルはあるから、吹雪になったらとても歩けないし」

つまり、この家に泊めろと言っているのだとわかった。ずうずうしい申し出だとは思ったが、まさか凍死しろという訳にもいかない。どっちにしても泊めざるを得ないのはわかっているが、せめて富士子の方から頼み込んで欲しかった。だが、プライドがあるのか、わたしの方から申し出る形にして欲しいようだった。

本当に富士子らしいわ。人に対して下手に出るのが大嫌いなんだわ。だから、わたしに毅をとらないで、と懇願することができなかったのよ。

「仕方がないわ……」わたしは口を開いた。

その時、家のドアが開き、夫が出てきた。

「あっ。毅《たけし》！」富士子は嬉しそうに夫に近付いた。

「えっ？」夫はしばらく目をぱちくりしていたが、すぐに富士子だと気付いたようだった。

「ああ。久しぶり。今日はどうしたんだ？」

「もちろん、あなたに会いにきたのよ」富士子は夫をハグした。

さすがにこれはないわ。

わたしは富士子に意見しようと思った。

「なあんてね」富士子は夫からぱっと身を離すとぺろっと舌を出した。「今のは冗談。ここに来たのは偶然よ。本当は隣村の温泉に行くつもりだったの」

人の夫に抱き付いておいて、冗談で済ますつもりらしい。だが、ここで怒ると、わたしが心の狭い人間のようになってしまう。じっと我慢だ。

「ずいぶん大胆に道を間違えたもんだね。カーナビとか付けてなかったのかい？」夫に特に動揺した様子はなかった。

「付けてるわよ」

「だったら、元の道に戻るように教えてくれなかったのかい？」

「教えてくれたけど、カーナビの故障だと思ったのよ。結構古いし」

「じゃあ、これから温泉の方に行くんだね」

「それがタイヤのチェーンが切れちゃって、動かせないのよ」

「それは困ったね。うちにチェーンのストックがあればよかったんだけど」

「それにもうすぐ吹雪が来るから歩いてもいけないわ」

「吹雪？　今日、吹雪くんだっけ？」夫はわたしに尋ねた。

「あと、一時間かそこらでね。明日の夜中まで続くらしいわ」わたしは答えた。

「そりゃ大変だ」

「でも、登美子が泊まっていいって言ってくれたから助かったわ。ご迷惑じゃないかな？」富士子は小悪魔のような微笑みを見せた。

「えっ？」

突然、身に覚えのない発言をしたことにされて、わたしは軽く混乱してしまった。しかし、今更富士子の言葉を否定するのも大人げない。

「ああ。それがいい」夫は言った。

「ありがとう」若林が言った。

「ああ。みんなも来ていたのか」夫の目は樹里に止まった。「あっ。君も」

やはり樹里は無言で会釈をするだけだった。

しばらく不自然な沈黙があった後、夫は唐突に喋り出した。「どの部屋を使って貰おうか?」

二階の夫の書斎と夫婦の寝室の間に空き部屋は一つある。だが、できれば、そこは富士子に使って欲しくない。一階には姑の部屋と居間があるが、空き部屋はない。ただし、サンルームを改装したコレクション置き場はあるが、この季節だと気温が低すぎて居室には向かない。一部屋ある地下室は掃除をすれば使えないことはなさそうだ。

「そうね。女性二人には地下室を使って貰ったらどうかしら、お風呂も近いし。男性二人は二階の空き部屋でいいんじゃゃない?」

「そうだな。それがよさそうだ。お客さんが泊まることをお袋に言ってくるよ」夫は家の中に入った。

「じゃあ、わたし部屋の準備をしてくるから、居間で待っていてくれる?」わたしは言った。

「それとも、この辺りの散策でもしてくる?」

「実のところ、今にも凍死しそうなのよ。家の中に入っても構わない?」富士子は言った。

仕方がない。

わたしは頷くと、四人を家の中へと案内した。

「ちょっと地下室を見せて貰おうかしら?　登美子、ちょっといい?」家に入ると、富士子はわたしに地下室を案内させた。

「埃だらけでしょ。ごめんなさい。今から掃除するわ」わたしは言った。

「あら。掃除なら自分たちでするわ。それより、樹里を見た時の毅の顔見た?」富士子は嬉しそうに言った。

「どういうこと？」

「まあ確実って訳じゃないけどね。あの二人、昔何かあったんじゃないかと思うのよ」

あなたがそれを言う⁉

「何かって何？」

「ふふ。わかるでしょ」

その手には掛からないわ。

「仮に何かあったとしても、過去のことでしょ」

「そうよね。過去のことだわ。でも、焼けぼっくいに火がつくってこともあることよね」

それって、単純に樹里のことを言ってるのかしら？ それとも、暗に自分のことを言ってるのかしら？

「樹里って、摑み所がない子なのよ」富士子は言った。「全然喋らないのに、ちゃんと男の人の心は摑んでるというか」

「おい。ちょっと吹雪いてきたから、サンルームの方の戸締りも手伝ってくれないか？」夫の声がした。

わたしは富士子と共に、一階に上がった。

「サンルームがあるんだ」山中が言った。

「サンルームと言っても、コレクションルームになってるんだけどね」夫が言った。

「コレクションって何なんだ？」若林が尋ねた。

「う〜ん。ちょっと言いにくいんだけど、毒のコレクションなんだ」

「毒？」富士子はちょっと引いたようだった。

「家内の趣味でね」

「あなた毒を集めてどうするつもりなの？」富士子が尋ねた。

「別に理由はないわ。趣味のコレクションなんだから」

「毒なんか、家に置いてて問題ないのか？」山中が尋ねた。

「いいんじゃない。薬剤師が管理しているんだから」富士子が言った。「ちょっと見てもいい？」

「どうぞ。そこのガラスケースの中に並べてあるわ」わたしは言った。

「綺麗に整理されているわね。毒のサンプルの前に毒の名前と症状と致死量がきっちりと書き込んである」富士子は興味深そうだった。「全部で百種類ぐらいあるんだ。これって、誰かが勝手に使ったら、わかるの？」

「ええ。すべての毒物の重量は記録してあるから、減ったらすぐにわかるわ」

「でも、すぐ近くにこんなに毒があるって、なんだか怖いな」若林が言った。

「怖くなんかないんですよ」わたしは言った。「そもそも身の回りは毒だらけなんですから」

「毒なんてめったにないでしょ」

「そんなことはありません。毒はどこにでもあります。たとえば地球上で一番強い毒は何か知ってますか？」

「確か、ボツリヌス菌毒だったんじゃなかったですか？」

「そう。大人一人の致死量は一億分の二グラムぐらい。青酸カリの致死量が〇・四グラムぐらいだから、物凄く強い毒だけど、充分に希釈すれば、皺とり注射として使うこともできるんです」

「それは特殊な用途ですよね」

「アルコールだって、カフェインだって、立派な毒物です。アルコールだったら六百グラムぐらい、ニコチンだったら〇・〇三グラムぐらいで致死量になります。塩だってそうです。塩の致死量は二百グラムぐらいです」

「塩をコップ一杯は無理でしょう」

「考えてみてください。だいたい海水六リットルで一人分の致死量の塩ってことになります。地球上の海水の総量はだいたい一兆四千億リットルぐらいだから、海水に含まれている塩分はざっと二千億人分の致死量に相当する毒だということです。そう考えると怖くなってきませんか？」

「まあ、実際には河豚も海に住んでいるから、毒の量はもっと多いけどね」富士子が混ぜ返した。

「河豚のことなんか考えなくても、水自体が立派な毒なんです。だいたい十リットルぐらいが成人の致死量と言われています」

「水を十リットルは塩二百グラムより辛いんじゃないですか？」若林が言った。

「多飲症という病気があって、その患者は目を離すと水を十リットル以上飲んでしまうことがあるんです。水の飲み過ぎによる症状は水中毒と言われています」

「とは言っても、塩や水を致死量まで飲ませるのは簡単じゃないわ。殺人に使うなら、もっと致死量の少ない毒じゃないとね」富士子は言った。

「殺人に使うならね」わたしは言った。

いきなり風が強くなった。一瞬で窓の外が真っ白になる。

「ここだと窓が広いんで、迫力がありますね」山中が感心して言った。

「いや。喜んでいる場合じゃないよ。あまり風が強いと、窓ガラスが割れてしまうかもしれないからね。もっとも今まで割れたことはないけど」夫が言った。

「これじゃあ、もう今日は車に戻れないな」若林が言った。「中に財布が置きっ放しなのに」

「今、財布があってもどうせ役に立たないから、別にいいじゃないか」山中が言った。「今日はここに泊まらせて貰うんだから」

「とりあえず夕食までの時間は各部屋の片づけに使おうか」夫が提案した。

男女に分かれて全員が部屋の片づけに向かった。

「樹里さんというのね」部屋に向かう途中、わたしは樹里に呼び掛けた。「どうぞよろしく」

樹里は俯いたまま、何も言わなかった。

変な子。

わたしがそう思った瞬間、樹里はぽつりと呟いた。「奥さん、毒殺は得意なんですか?」

「えっ。どういう意味?」わたしは聞き返した。

樹里は一瞬にやりと笑い、そしてもう何も言わなかった。

結局、夕食はわたし一人で作ることになってしまった。

普段の倍以上の量なので、夫が手伝おうと言ってくれたが、姑一人に四人の客の相手をさせる訳にはいかないと言って、台所から追い出した。

食事中も吹雪はどんどん激しくなっていった。

食事が終わると、しばらくワインを飲みながら歓談していたが、そのうち一人二人と部屋に戻っていった。

残っていたのはわたしと富士子と樹里、そして若林だった。

富士子は欠伸を漏らした。

「眠いのなら、もう部屋に戻る？」わたしは言った。

「そうね。でも、もう少しだけここにいようかしら？」富士子は言った。

「どうして？」

「この二人を見張らないといけないからよ」富士子は若林と樹里を指差した。

「何を言ってるんだよ」若林が慌てて言った。

「あんたたち二人っきりで話したいんでしょ」

「富士子、酔っ払ってるんじゃないか？」

「ええ。酔ってるわよ。悪いかしら？」

「富士子、もう部屋に戻った方がいいんじゃない？」わたしは言った。

「もういいわよ。お邪魔なら、わたしはサンルームで吹雪見物をしてるから」富士子はふらふらとサンルームに向かった。

「大丈夫？　サンルームは寒いわよ」

「酔い覚ましにちょうどいいわ」

わたしはどうしようかと一瞬迷ったが、いくら寒いとは言っても、家の中で凍死はするまいと思って、放っておくことにした。

わたしは夫の書斎にコーヒーを運んだ。そして、いつものように薬をコーヒーで飲むのは悪い癖だと注意して、寝室に向かった。


朝、起きた時、夫はまだ寝室に戻ってきていなかった。

まだ吹雪は続いている。

リビングに降りて、朝食の準備をしていると、山中、若林、富士子、樹里と姑がやってきた。

朝食——基本トーストとコーヒーとスクランブルエッグの簡単なもの——は出来上がったが、夫はまだ降りてこない。

「あなた、朝食できたわよ」わたしは二階に向かって呼び掛けたが、返事はなかった。「あなた!!」わたしはもう一度呼び掛けた。

「昨日、遅くまで頑張って仕事をしたので、書斎で眠ってるんじゃないかね」姑が言った。「様子を見てきてくれないかい？」

「はい」

わたしはしぶしぶ階段を上った。

みんなと一緒に朝食を食べてくれないと、片付かなくて困るわ。そもそも、お客さんがいるのに寝坊するなんて、マナーとしてなってないわ。

わたしはむかっ腹を立てながら、夫の書斎のドアを開けた。

夫の身体はベッドの上で弓型に反っていた。

大変。後弓反張だわ。

わたしは夫の傍に駆け寄った。

夫は笑っていた。いや。笑ったような顔になっていた。

「あなた大丈夫⁉」わたしは夫に呼び掛けた。

返事はない。

「どうかしたの？」わたしの後に富士子が入ってきた。

「主人の様子がおかしいわ。後弓反張《こうきゅうはんちょう》と痙笑《けいしょう》を起こしているわ」

「コウキュウ……何ですって？」

「とにかく痙攣を起こしているのよ」わたしは夫に近寄り、手首を触った。

ひんやりとした感触だった。そして、脈は見つけられなかった。

「あなた‼」わたしは叫んだ。

「どうしたの？」

「脈がないの」

「えっ⁉」富士子も夫に駆け寄り、胸に耳を当てた。

「どう？」

「心音は聞こえないわ。すぐに救急車を呼んだ方がいいわ」

「富士子、落ち着いて、この吹雪の中、救急車の到着はいつになるのか見当も付かないわ」

「じゃあ、AEDよ。AEDはどこ？」

「一般家庭にAEDなんかないわよ」

「みんな来て‼」富士子は叫んだ。「毅が倒れているわ‼　脈がないの‼」

全員がどかどかと階段を上ってきた。

「うわ！　何だこれは？」夫を見た瞬間若林が叫んだ。

「コウキュウ何とかよ」富士子が答えた。

「心臓マッサージを行いたいので、身体を真っ直ぐにさせて貰えますか」わたしは客たちに言った。

「俺たちがやろう」山中が言った。「若林、俺が毅の肩を摑んでおくから、おまえは足を引っ張ってくれ」

二人は夫の身体を引っ張って真っ直ぐにした。

「心臓マッサージはわたしがするわ」樹里が飛び乗るように夫の身体に跨った。

彼女が二、三度、夫の胸を押すのを見てわたしは彼女では駄目だと判断した。

「山中さんに代わって貰って。あなたじゃ、体重が足りないわ」

山中は樹里と入れ替わり、心臓マッサージを始めた。

「じゃあ、わたしは人工呼吸をするわ」樹里は夫の口に顔を近付けた。

「駄目！」わたしは樹里を夫から引き剝がした。

「今は生きるか死ぬかよ」富士子が言った。「嫉妬なんかしてる場合じゃないわよ、登美子」

「嫉妬で言ってるんじゃないの。毅の様子を見て何かおかしいと思わない？」

「変なふうに身体を反らしてた。あなた、コウキュウなんとかって言ったわね」富士子が言った。

「後弓反張よ」

「破傷風になったら、身体を反らす痙攣が起きるんじゃなかったっけ？」若林が言った。「でも、破傷風は人から人へ感染したりしないから、マウス・トゥ・マウスでも危なくはないだろ」

「この症状は破傷風に似ているけど、たぶん違います。破傷風は発病からいっきに病状が進行したりはしません。舌が縺れたり、口が開けなくなったりする症状がまず出るはずです」

「じゃあ、何？」富士子は言った。

「毒よ」

「毒？」

「神経毒の可能性が高いわ。もし経口摂取だったとしたら、口腔内に残っている可能性が高い。マウス・トゥ・マウスは危険だわ」

「つまり、毅は毒を盛られたってこと？」

「その可能性が高いわ」

「でも、毒なんかどこに……」富士子はそこまで言って、はっと気づいたようだった。「毒はいくらでもあったのね。それも丁寧に症状や致死量までわかるように書いてある」

「こんなことになるなら、毒のコレクションなんかするんじゃなかった」

「お話中、悪いけど」心臓マッサージをしながら山中が言った。「毒を飲まされたとしたら、もう助からないんじゃないか？」

「まだ毒だとは限らないし、毒でも助かる可能性はある」

「胃洗浄とか？」

「症状が出ているということはもう血液中に入ってしまっているから胃洗浄では間に合わないわ」

「解毒剤とかで中和できないの？」

「蛇毒用の血清などは別にして、殆どの毒には直接的に中和する解毒剤は存在しないわ。だいたいが対症療法ね」

「今回の場合はどんな対症療法が考えられるの？」

「筋肉の緊張が見られるから、筋弛緩剤を使う事が考えられるわ。でも、まず蘇生させなくては、何を打っても効き目はないわ」

「心臓が止まってどのぐらいかしら？」富士子が尋ねた。

「それはわからない」

「心臓が止まってすぐだったとしても、もう三分は経っているわね」

「何が言いたいの？」

「もう蘇生は無理じゃないの？」

「心肺停止の数時間後に蘇生した例があるわ」

「それって、雪山の遭難とかで低体温になってたとかじゃないの？」

「ここだって、雪山みたいなものだわ」

「だけど、この部屋はそんなに寒くない。摂氏十五度以上あるわ。低体温にはならないと思う」

「あなた、毅がもう死んでると言うの？」わたしはむきになって言った。

「わたしは医者じゃないから死亡宣告したりはできないけど、もう無理だと思うわ」

「わたしはまだ諦めない」

「俺、いつまでやればいいんですか？」山中が尋ねた。「ちょっときつくなってきたんですけど」

「じゃあ、わたしがやるわ」

わたしは山中と交代した。

夫の身体はすっかり冷たくなっていた。もし心臓が止まる前にこの体温になっていたとしたら立派な低体温だ。その場合、蘇生の望みはあるかもしれない。しかし、この部屋には低体温になるような理由は一つも見当たらなかった。

それでも、わたしは心臓マッサージを止めなかった。

やがて、騒ぎに気付いた姑が部屋にやってきた。

「何をしているの⁉」姑は心臓マッサージをするわたしの姿を見て恐慌状態になり、なぜかわたしを夫から引き剝がそうとした。

「お義母さん、わたしは毅さんの手当てをしているんです。邪魔をしないでください」

「手当ってどういうことなの⁉」

「手当というよりは心肺蘇生ね」富士子は姑の耳にそっと囁いた。「でもね。もう十分も心臓が止まっているの。きっともう動かないわ」

「いやあああ‼」姑は絶叫した。

わたしはそれからも、一時間近く心臓マッサージを続けた。そして、突然全身から力が抜け、夫の上に倒れ込んでしまった。


気が付くと、自分のベッドの上に寝かされていた。

「警察にはまだ連絡していない。というか、しようと思ってもできなかった。どこにも繫がらないの。きっと電話線が切れているんだわ」ベッドの横に座っていた富士子が言った。

「じゃあ、救急車も呼んでいないの」

「そういうことよ」

「じゃあ、まだ死んだと確認された訳じゃないのね」

「杓子定規に言えばね。でも、今更蘇ったら、もはやゾンビよ」

わたしは立ち上がろうとしたが、立ち眩みがしてまたベッドの上に倒れてしまった。

「毅の救命はもう優先事項じゃないのよ」

「勝手に決めないで」

「よく考えて。もっと優先すべきことがあるんじゃないの?」

「いったい何のこと?」

「毅は毒で死んだのよね」

「毒で心肺停止になったのよ」わたしは訂正した。

「どっちでもいいわ。とにかく毅は毒を飲んだ。そして、毒が自然に毅の口の中に入ることはありえない。つまり、誰かが毅に毒を飲ませたのよ」

わたしは一度目を瞑り、深呼吸してからゆっくりとベッドから立ち上がった。「つまり、誰かが毅を殺そうとしたのね」

「状況からみてそうでしょうね」

「毅が毒を盛られた時、この家には彼自身を含めて、七人の人間がいた」

「よく気が付いたわね。偉い。偉い」

「みんなを居間に集めなくっちゃ」

「犯人はこの中にいるわ」わたしは宣言した。

「それにはみんな気付いているよ」若林が言った。

「できれば犯人捜しはしたくない」わたしは言った。「犯人は今すぐ名乗り出て」

全員が互いに顔を見合わせている。

「意外だな」山中が言った。

「何が意外なんですか？」わたしは尋ねた。

「犯人が名乗り出ないことがです。わざわざこんな外部と隔離された状況で殺人を犯したということは自分が特定されることを覚悟の上だと思ったんですが」

「衝動的に殺してしまって、すぐに後悔したのかも」富士子が言った。

「もう一度言います」わたしは言った。「犯人はこの中にいることは確実です。吹雪が終れば警察も来ます。隠しおおせるとは思えません。今すぐ名乗り出てください」

やはり誰も名乗り出ない。

「仕方ありません。犯人捜しをします」わたしは宣言した。

「別に今やらなくてもいいんじゃないですか？」山中が言った。「そういうことは警察に任せた方がいいんじゃないですか？」

「警察が来るまで毒殺犯を野放しにしておくんですか？　警察が来るのがいつになるのか見当もつかないのに」

「わたしも登美子に賛成よ」富士子が言った。「犯人が証拠隠滅を図るかもしれないしね」

「わたしも犯人捜しに賛成だよ」姑が言った。「そうでないと、あの子があんまり可哀そうだ」

「若林さんはどう？」わたしは尋ねた。

「僕はどっちでもいいですよ」

「犯人捜しをしてもＯＫってこと？」

「まあ、そうです」

「樹里はどうなの？」富士子は尋ねた。

「あの……よくわかりません」

「したくないってこと？」

「わたしの意見なんか気にしないでください」

「ということはやってもいいってことね？」

樹里はこくりと頷いた。

「ということは」富士子は言った。「犯人捜しに反対なのは山中君一人って訳だ」

「ちょっと待ってくれよ。そんな言い方をしたら、俺が犯人みたいになるじゃないか」

全員が山中を見た。

「そうなんですか？」わたしは山中を見詰めた。

「違う。違う。俺も犯人捜しに賛成だ。こんなことで疑われちゃあたまらない」

「犯人だと思われるからしぶしぶ賛成ってこと？」

「だから、違うって、そんな言葉の綾だけで、犯人決めるのはいくらなんでもあり得ないって」

「わかりました。疑わしきは罰せずということにします」わたしは言った。

「俺、疑われてるのかよ。やれやれだ」

「では、一人一人順番に話を聞いていきます。皆さんに不公平だと思われないように身内から始めます。お義母さん、それでいいですね」

「えっ？　わたしも容疑者なの？」

「全員に話を聞いていきます。やましいところがないのなら、正直に話せばいいだけです」

「納得できないけど、それで気が済むのならどうぞ」

「お義母さんに毅さんを殺害する動機はありますか？」

「そんなものある訳がないわ。あなた、何か心当たりがあるって言うの？」

「いいえ。お義母さんが殺したいと思うのはむしろわたしの方でしょう」

「何を言ってるの？」

「わたしを殺そうとして間違えて毅さんを殺してしまったという可能性を考えているのです。でも、現状から言って、その可能性はなさそうです」

「当たり前よ」

「おかあさんは夕食までここにいました。その後はどこにいましたか？」

「自分の部屋に戻ったわ。この居間からドアが見えるでしょ。こっそり出ることなんかできないわ」

「窓から出たという可能性はないのか？」山中が言った。

姑は山中を睨み付けた。

「それはありません」わたしは言った。「仮に自分の部屋の窓から出たとしても、他の窓は内側から鍵を掛けていたし、玄関ドアは外からは開けられない最新式のU字ロックを掛けていたので、家の中に戻ることはできません。それに、この吹雪の中、窓を開けたとしたら、部屋の中に大量の雪が入り込みます。床の雪は拭けるとしても、ベッドはびしょ濡れになるはずです。お義母さんの部屋のベッドにはそのような痕跡はありません」

「窓から出ていないとすると、お母さんは居間に人がいる間のアリバイは成立することになるわね」富士子は言った。

「最後に居間を出たのは誰ですか？　昨夜十一時頃、わたしが二階に上がる時、まだここにいたのは、若林さん、樹里さん、富士子さんの三人だったと思いますが」

「僕と樹里はだいたい午前零時頃までここにいたと思う」若林が答えた。

「じゃあ、その後、居間は無人だったってことですね」

「それはどうかな」若林が言った。「サンルームにはまだ富士子が残ってたから」

「それは本当なの、富士子？　重要なことだから間違えないように答えてよ」

「そうね。サンルームから居間の全体は見渡せないし、外を見ていたら部屋の中の大部分は死角になるけど、さすがにドアの開け閉めは気付いたと思うから、わたしがここにいる間のお母さんのアリバイは成立ね」

「問題はそこじゃないのよ、富士子」わたしは言った。

「あなたは自分をお義母さんのアリバイの証人だとしか考えていないふりをしているけど、気付いていているはずよ。自分のアリバイは誰も証明してくれていないと」

「わたしがお母さんのアリバイの証人になれるのなら、逆もあり得るでしょ。わたしが不審な行動をしたら、居間と同じ一階にいるお母さんが気付いたはずよ」

「二人の関係は対等じゃないわ」わたしは言った。「お義母さんの部屋の出入り口はあなたから見えるけど、部屋の中にいるお義母さんにはあなたの動きは見えない。あなたが気配を殺して動けば、気付かれずに二階に行って、毅に危害を加えることもできたはずだわ」

「わたしは一時まで、サンルームで吹雪を見物した後、地下の部屋に戻ったわ。樹里、わたしが部屋に戻ったのは覚えているでしょ」

「ええ。確かに、富士子は一時頃、部屋に戻ってきた。だけど……」樹里は答えた。

「だけど、何ですか?」わたしは尋ねた。

「その前のことはわかりません。直接サンルームから地下に降りたのか、いったん二階に上がったのか」

「あなた、何言ってるの?」富士子は焦ってるようだった。「二階への階段は結構音がするのよ。二階には四人の人間がいたはずだから、誰か一人は気付くんじゃない?」

「予め、誰かが毅を殺しにいくとわかってたら注意もしていただろうけど、そうじゃなかったら階段を上る物音なんか気にもしないし、気付いていたとしてもすぐに忘れてしまうだろう」若林が言った。

「わたしだって、部屋に戻ってすぐに寝たから、居間の様子なんかわからないよ」姑も言った。

「ちょっと待って」富士子は言った。「そういうことなら、樹里だって怪しいわ」

「わたしが地下室にいたのは富士子自身が証明できるでしょ」

「そうじゃなくて、わたしがサンルームにいた時よ。わたしは外を見てたから、気配を消してわたしの背後を通って、階段を上ることもできたんじゃない？」

「でも、わたしはさすがにサンルームに入ることはできなかったわ。なぜなら、そんなことをしたら絶対にあなたが気付くはずだから」樹里は反論した。

「なるほど。あなたは犯人が登美子のコレクションから毒を盗み出して犯行に使ったと主張する訳ね。つまり、最初から計画していた訳ではなく、この家に来てから衝動的に行ったと」

「もしそうだとすると、犯行が行われたのは、あなたがサンルームを出た午前一時以降ということになるわね」わたしは言った。

「衝動的かどうかは判断できないな。犯人はこの家に毒コレクションがあることを知っていたのかもしれないし」山中が言った。

「まず、犯人が毒コレクションの毒を使ったのかどうか検証してみない？」富士子が提案した。

全員が賛同し、サンルームに移動した。

「どの毒が怪しいと思いますか？」若林が尋ねた。

「強直性痙攣や痙笑の症状から見て、ストリキニーネが一番怪しいと思います」

「これね」富士子は指差した。「内容量が減ってるかどうかは確認できる？」

「このメモに容器込の重量が書いてあるので、現時点の重量を測定して比較すればわかるわ」

わたしは答えた。

「日付は三か月前のものね」

「ええ。三か月毎に測定し直して、変化がないか確認しているのよ」

「前回の重量は一〇・五七グラムだったことになってるわね。今の重量を測定してくれる?」

わたしはケースの鍵を開けて、ストリキニーネの容器を取り出し、電子天秤に載せて重量を測定した。

「一〇・四三グラム」わたしは測定値を読み上げた。「つまり、〇・一四グラム減ってるわ」

「致死量っていくらだった?」

「ここに書いてあるのはラットを使って調べた体重一キロ当たりの致死量だから、毅の体重の七十キロを掛ければ、致死量はわかるわ」

富士子はスマートフォンの電卓アプリで計算を始めた。「百六十四ミリグラム。つまり。〇・一六四グラムね」

「減っていることは減ってるけど、致死量には少し足りないわね」わたしは言った。「これでは殺すことはできない」

「分量の謎の解明は後でいいだろう」山中が言った。「俺は食事の後、すぐに二階の部屋に行った。そして、若林が来るまでずっと部屋にいた。だから、サンルームに行く機会はなかった。つまり、俺には完璧なアリバイがある。つまり、アリバイがないのは……」

全員が富士子を見た。

「夕食前にサンルームに入る機会は誰にでもあったんじゃないかしら?」富士子は言った。

「それは無茶な言い掛かりだろ」若林が言った。「その条件を満たすには、夕食前に単独で誰にも気付かれずに、サンルームに入る必要がある。他人の家でそんな大胆な真似ができるか？」

「わたしを犯人にでっち上げるつもり？」

「夕食前に誰もサンルームに入らなかったと仮定した場合、あなた以外にもう一人アリバイのない人物がいるわ」わたしは言った。「お義母さん、あなたです」

「わたしが？　だって、わたしはずっと自分の部屋にいたのよ」姑は驚いたようだった。

「富士子がサンルームから出て、地下室に戻った後に自分の部屋を出て、サンルームから毒を持ち出して、毅の部屋に行くことは可能ですよね」

「どうして、わたしがあの子を殺さなくてはならないの？」

「そうだわ。動機の点で考えてみるのはどうかしら？」珍しく樹里が提案した。

「お義母さんには動機はないように見えますね。でも、家族だから、時には喧嘩もしてましたよね。かっとなって犯行に及ぶということもなくはありません」

「酷い言い掛かりね」

「そして、富士子、あなたは昔、毅と付き合っていたわね？」

「いいえ。そんなことはなかったわ」富士子は胸を張って答えた。「付き合っていたのは樹里よ」

「それは誤解です」樹里は断言した。

「俺は初耳だよ」若林が言った。

「だから、誤解なのよ」

「なんだ。『女房焼く程、亭主もてもせず』ですか」山中が言った。

「『死人に口なし』ということで、なかったことにしたいのかもしれません。若林さんが知らなかったというのも証拠はありませんし」わたしは言った。

「あなたはどこまでも人を疑うんですね」

「疑うだけの理由はあるのです。現にこの中に毒殺魔がいる訳ですし」わたしは言った。

「結局全員に話を聞いても、みんなの関係がぎすぎすするだけでしたね」山中が言った。

「いいえ。充分な成果はあったわ。犯人の目星はついたもの」

「えっ？」

居間は静まり返っていた。

「確かな証拠はあるの？」

「ええ。わたしは昨日からすでに違和感を感じていたのよ。身の回りの毒について話していた時にね」

「でも、それは犯行が行われる前だわ」

「その時に犯人はすでにミスを犯していたのよ。いいえ。ずっとミスを犯し続けていたと言った方がいいかもしれない。そして、犯人はずっと自分のミスに気付かなかった。とても大きなミスの」

「もったいぶらずに早く言って。あなたは誰が犯人だと思うの」

「犯人はね……あなたなのよ、登美子」富士子はわたしを指差した。

「わたしは犯人じゃない。……ちゃんと計量したもの」わたしは富士子に反論した。

「そう。あなたは自身自分が犯人だと気付いていなかった」

「なんのことを言ってるのか、全然わからないわ」

「わざわざこんな閉鎖されている環境で殺人を犯したのだから、犯人は捕まる覚悟があったんじゃないか。山中君はそう言ってたわね」

「ああ。そうじゃないとあまりに不自然だ」山中は言った。

「ところが、犯人に殺意がなかったとしたらどうかしら？　被害者が死んでしまったのは犯人にとって想定外だったとしたら？」

「でも、毒を飲ませたんだよな」若林が言った。

「そう。そこが重要な点だった」富士子は話を続けた。「登美子、あなたはコレクションをする程、毒に興味があったのよね」

「ええ。それは認めるわ」

「でも、あなたの毒に関する知識は浅いものだった。薬剤師であるあなたの夫には遠く及ばなかったのよ」

「確かに、薬剤師の方が知識は豊富かもしれないけど、わたしだっていろいろ勉強したわ」

「あなたの毒物に関する知識は通俗的なものでしかなかった。せいぜいテレビドラマか小説か漫画から得た知識じゃないの？」

「それの何がいけないって言うの？　今時、ドラマだって、出鱈目を流したりはしないわ」

「もちろん、意図的に嘘を流す場合は少ないかもしれない。でも、ドラマは教育番組じゃない。娯楽性を犠牲にしてまでも厳密性を重視することはないの」

「だから何が言いたいの？」

「あなた、夫に不満を持ってたんでしょ。せっかく薬剤師の資格を持っていたのに、こんな田舎に引き籠ったりして」

「それは当然でしょ。せっかく病院で働いていたというのに、それを辞めてこんな田舎で週に三日のバイトしかしていなかったのよ」

「そのバイトだって、あなたが無理やりさせていたのよね？」

「だって、働き盛りの男がずっと家にいるなんて世間体が悪いわ」

「毅は世間体を気にしなくてもいいように、この土地に戻ってきたのよ。蓄えは充分あったので、この土地で暮らしていくぶんには不自由しなかった。それなのに、あなたの頼みを聞いて、バイトまでしてたのよ」

「あなたに何がわかるの？　わざとわたしの前で毅といちゃついていたりして」

「あれは純粋に友情の表現だった。でも、あなたはそう受け取らなかった。そして、わたしもしてはいけないことをした。あなたの苛立ちが滑稽だったので、樹里のことを告げ口した」

「だから、事実無根よ」樹里が口を挟んだ。

「それが最後の一押しになった訳ね。あなたは彼にお仕置きをしようとした」

「軽いお仕置きよ」

「ストリキニーネは体内で二十四時間で分解される。そんな知識があったんじゃないかしら?」

「ええ。もちろんよ。だから、彼には後遺症は残らない」

「どういう根拠があってそう思ったのかは知らないわ。でも、あなたはもっと酷い勘違いをしていた。あなたは致死量の理解に関して根本的な思い違いをしていたのよ」

「致死量って人間を殺せる量のことよ。それ以上でも以下でもない」

「そう。あなたはボツリヌス菌毒素や青酸カリや水や塩の話をしているとき、ずっと『致死量』という言葉を使っていた。おそらく、あなたはその量を摂取すれば必ず死に、その量以下なら死なないという閾値的なものだと思っていたのね。だけど、厳密に言えば『致死量』という決まった量は存在しないのよ」

「何を馬鹿なことを言ってるの? 致死量は存在するわ。毒物ごとに決まっているのよ」

「致死量にもいろいろあるのよ。毒によっては最小致死量が示されている場合があるけど、一般的には半数致死量ね。半数致死量の意味は理解している?」

「さあ。致死量の半分ってこと?」

「世間で毒物の致死量と言われているものはたいてい半数致死量なの。暗黙の了解があるから、いちいち『半数』と断ったりしないけどね。半数致死量というのは、その量の毒を摂取した動物の半数が死ぬ量よ。つまり、その量を投与しても半数は死なないということになる」

「じゃあ、致死量を投与しても死なないこともあるの? じゃあ、『致死』じゃないじゃないの」

「逆に言うと、半数致死量以下の量でも半数の動物は死ぬのよ。もちろん人間も」

「えっ？」

「そして、助かったとしても、全く健康体に戻れるという保証もない」

「だって、致死量なんだから、それ以下なら死に至らないはずじゃないの」

「例えば、こう考えればわかり易いかもしれないわ。放射線は大量に浴びれば人間を殺すので、毒の一種と考えられるわ。放射線の半数致死量はだいたい四シーベルトだと言われているわ。じゃあ、その半分の二シーベルトを浴びて全く平気だと思う？　とんでもない。がんのリスクは確実に上昇するわ。三・九シーベルトまでは誰も死ななくて、四シーベルトで全員死ぬなんてことはあり得ないことはわかるわよね」

わたしは富士子の言葉を理解するのに時間が掛かった。

わたしは薬剤師ではない。それどころか薬学の専門的な教育を受けたこともない。ただ、ドラマや漫画からの知識と夫からの受け売りで、なんとなく毒に詳しいと思っていたのだ。むろん、専門用語の正確な定義も知らなかった。

「わたしはあなたの致死量についての知識に疑問を持った。だから、ストリキニーネの減少分について、あなたに尋ねてみたの。ストリキニーネは半数致死量の八割に相当する量が減っていたのに、あなたはそれが問題だということに気付かなかった。あなたは致死量について理解していないのではないかというわたしの疑念はその時点で確定的になったのよ」

「わたしはちょっと懲らしめてやりたかっただけだった。致死量の八割ぐらいの毒を飲ませれば、少しの間だけ苦しんで、それでわたしを蔑ろにしたことを後悔させられると思ったのよ」

吹雪の風がサンルームの中にも入ってきているようだった。わたしの身体はどんどん冷えていく。

「毒コレクションのケースには、鍵が掛かっていた。鍵の管理は薬剤師である毅がしていたのね。あなたはその鍵のありかを知っていた。夫婦なら不自然ではないわ」

「わたしは毅の持病の薬のカプセルの中身を入れ替えた。夜飲ませれば、朝にはある程度回復していると思っていた。わたしを怒らせたら、どうなるかを思い知らせるはずだった。なのに、毅は心肺停止になっていた。わたしが飲ませた毒で死ぬはずがないと思った。だから、わたし以外に毅を殺そうとしている人がいると思ったの」

温度はさらに冷えていく。外から紛れ込んだ雪か、それとも室内の水蒸気が凍ったのか、わたしの周りに小さな白い結晶が舞っている。

「人殺し‼」姑がわたしを罵った。

お義母さん、何を言ってるの？　わたしは夫を殺そうなんて思わなかった。だから人殺しじゃない。それに死亡は確認されていないわ。あなたの息子はただの心肺停止よ。

そうだ。あの人にコーヒーを持っていかなくっちゃ。一口飲めばきっと目が覚めるわ。

「吹雪が終るまで、あなたはここにじっとしていて」富士子が言った。

何のことなのかわからないわ。

富士子はまた何か言った。でも、耳元を吹き抜ける風雪が強過ぎて、もう何を言っているのか聞き取れなかった。

そして、周りのみんなの顔も雪に紛れて誰が誰だかわからなくなった。

ああ。みんなもう来ていたのね。

その時になって漸くわたしの周りに飛び交っているのが白い悪魔たちだと気付いたのだった。

完璧な蒐集

篠田真由美

篠田真由美（しのだ・まゆみ）
東京都生まれ。早稲田大学第二文学部卒。1992年に『琥珀の城の殺人』でミステリ作家としてデビュー。『未明の家』にはじまる建築探偵シリーズで人気を呼ぶ。主な作品に『翡翠の城』『原罪の庭』『桜の園』『黄昏に佇む君は』『彼方より』『レディ・ヴィクトリア アンカー・ウォークの魔女たち』など。

1

生まれたときから病弱だった叔父は、多くの症状に悩まされながらも六十八歳まで、親から受け継いだ遺産のおかげで、少なくとも経済的には不自由ない一生を送った。そのほとんどの間、家族も持たない孤独な暮らしではあったが、彼の愛したコレクションの完璧な達成をその目で見られたことは、なににも勝る幸せであったと思う。いま、叔父が私に残してくれた豊かな蒐集品を眺めていると、そのひとつひとつの来歴やエピソードを語る声の調子や、熱っぽい目の輝きがあざやかによみがえってくる。

「これをご覧。きれいなカップだろう。金にルビーとエメラルドをちりばめて、ギリシャ神話に出てくるヘスペリスの園と、聖なるリンゴの木を守る蛇が打ち出してある。だがカップの内側までデコボコで、継ぎ目さえあるのはいくらなんでも細工が粗いじゃないか。ところが肝心なのはそこなのさ。この持ち手に力を加えると、継ぎ目にほんの少し隙間ができる。つまりそこに空洞があるんだな。

回し飲み用の杯だ。なみなみと赤い葡萄酒を注いで、見ている前でぐっと飲んでみせる。この通り、種も仕掛けもない美酒ですよというわけだ。そして、さあ友情のしるしに同じ杯から飲もうじゃありませんかといって、持ち手を摑んだ指に力を入れて、空洞の中に仕込んだ毒が、酒に溶け出すのを待ってから相手に回す。他愛ない仕掛けといえばそれまでだが、照明はせいぜい蠟燭か篝火の時代だ。豪華な見かけに幻惑されていれば、気がつかずに毒を飲まされて不思議はないだろう？」

「その本は、うん、表紙を開けて見るくらいはかまわないが、間違ってもページにはさわらない方がいい。もっと中を見たいならゴム手袋を用意しておいで。そう、問題はページの小口に塗った金色の粉だ。おまけにその紙の端は、カミソリの刃のように鋭い。簡単に指を切ってしまう。痛いとその指を口に含めば、金粉を舐める羽目になる。混じっているのはトリカブトの粉末だそうだ。作られてから五百年は経っているから、疾うに効き目が切れているとは思うが、さて、私なら試すことはしないなあ」

「その短剣は名高いルネサンス期の金工師ベンベヌート・チェリーニの作だ。彼は天才的な腕を持ちながら無頼の悪漢で、何人もその手で殺している。刀身に溝を刻むのは普通のことだが、それは切っ先近くにいやに深い窪みが見えるだろう？　そこに毒物を塗りこめて、相手の身体をほんのわずか傷つけただけで、毒は血に入り息の根を止めるという仕組みだ。なかなか陰険な男だったようだな」

椅子にかけている妻に向かって、私はコレクションのひとつひとつを手に、子供のときに聞いた叔父の話を口移しに繰り返してみせる。黒い喪服風のドレスを着た彼女は、じっと私の話に耳を傾けていても、人形のようになにもいわない。身じろぎもしない。だが、それで私は満足だ。

化粧の頬紅《チーク》が少しばかり濃すぎるとは思うものの、彼女は美しく、叔父が残してくれたコレクションの中で、しっくりと調和しているからだ。

「おじさん」といつも呼んでいたが、正確には叔父ではない。両親どちらの兄弟でもなく、辛うじて血の繋がりがあるという程度の、遠い関わりでしかなかった。しかしたまたま家が近く、私は小学生の低学年の頃から、学校の同級生と遊ぶよりランドセルを背負って彼の家に直行し、暗くなるまで帰らない毎日だった。

叔父の家は叔父の祖父が建てたという古めかしい二階建ての洋館で、その一隅に叔父が増築したコレクションルームが張り出していた。母屋と比べてずっと新しいはずなのに、とてもそうは見えない。建築家が巧みに壁の色や窓枠の材を揃えたからなのだろうが、子供の私にはそうは思えなかった。壁の中に収められた蒐集品の纏う不思議な匂いや空気が、内から壁と窓ガラスを薄墨色に染めているのだと信じていた。

叔父のコレクションは独特だった。彼の財力なら、その気になれば名のある画家の絵や、市場価値の高い骨董、工芸品も好きなだけ買い集められたはずだが、彼が興味を示すのは《死》の匂いのするもの、そうした物語を背景に持っているものだけだった。それも銃器や剣のような武器よりも力を必要としない《死》、つまり《毒》が叔父のもっとも好むものだった。

私は叔父のコレクションに魅せられ、そのものにまつわる物語を聞かせてくれる、尽きることのない泉のような叔父に惹かれた。叔父もまた、彼の語ることばに耳を傾けて飽かない私という、小さな聞き手を歓迎してくれた。私と三十以上歳の離れた叔父とは、そのようにして互いに得難く思う親しい友人同士だったのだ。

蒐集室の扉を開いた正面の壁の高いところには、ベックリーンの『死の島』の大幅《たいふく》がかけられていた。陰鬱な夜空を背景に、鏡のような黒い水面に巨岩切り立つ小島が浮かぶ。槍の穂の形の糸杉が並びそびえ、岩壁にうがたれたいくつもの扉のない戸口は死者の眠る奥津城《おくつき》だ。いましも一艘の小舟が、島の船着き場に向かって粛々と漕ぎ寄せられようとしている。舟の上には櫂を操る漕ぎ手と、白布に覆われた柩《ひつぎ》と、さらに頭から全身を白で覆い包んだ者の後ろ姿が見える。

私はその絵が怖かった。叔父に「お話」をねだる気もせぬほど、画面にみなぎる謎めいた空気が恐ろしかった。見ているといまにも、その白い人影がくるりとこちらに振り返りそうな気がする。なのにその部屋に来ると、どうしても頭を上げて、息を詰めながら画面を見上げずにはいられないのだった。

有毒植物の標本とアルコール漬けのコブラや毒蜥蜴のガラス壺が並ぶ、コレクションルームの一角は古風な博物館のようだった。壁際にはヨーロッパの古い薬屋の陳列棚がしつらえられ、中にひしめいているのは、どれも《毒》にまつわるエピソードを持つ品々で、灯を点せば有毒成分が揮発する香炉や蠟燭もあれば、鎖の先につけた紅珊瑚《べにさんご》の枝や、奇妙な色の石、角といったものも、単なる飾り物ではなく、どれも有毒な飲み物の中に浸すと警告のしるしに色が変わったり、毒消しになると信じられていたお守りだが、その中には逆に毒物が仕込まれていたものもあるという。

鉱物毒の結晶や、毒針の飛び出す小箱、宝石をずらしてそこに隠した毒物を杯に落とす指輪。私は棚の中を覗きこみ、コレクションの数々に見入って飽きなかった。だが中にはガラス箱に厳重に封印された黄ばんだ薄汚い紙切れ、などというものがあって、なんだろうと首をひねっていると、叔父が耳元で声を潜めてささやく。

「それは珍品だぞ。いわば最古の生物兵器だ。ペストで死んだ人間の胸の上にしばらく置かれてから、密書として敵の元に運ばれた。まだペスト菌など発見されていない時代だが、患者に触れると病気が感染《うつ》るということは、経験的にわかっていたわけだな。企んだのはフォルリの女領主のカテリーナ・スフォルツァだ。敵軍の指揮者チェーザレ・ボルジアを暗殺するために」

「ペスト、感染ったの？」

「いや、そう上手くはいかなかった。チェーザレは密書の企みを見抜き、フォルリの街はボルジア軍に包囲され、攻め落とされて、イタリア第一の女と呼ばれた美女カテリーナは、鎖に繋がれてローマへ引かれていったんだよ」

どこから手に入れたのかは知らないが、その手紙が本当に五百年前の、ルネッサンス期に書かれたものと、叔父が真剣に心から信じこんでいたわけではないと思う。ただ、それは彼が自分のために用意した物語だった。子供の頃から「二十歳までは生きられない」といわれ続けて生きてきた彼は、死への恐怖を克服するために、それから目を逸らすのではなく敢えて凝視し、戯れ遊ぶことを選んだのではないかと、これは無論私が長じてから考えたことだ。

そんな理屈が小学生にわかるはずもない。しかし物語を必要としたのは、叔父だけではなく私も同様だった。叔父のように病弱ではないものの、運動が苦手で、友達遊びが苦手で、ひとり冒険小説や怪奇小説を耽読するのがなにより好きだった私にとって、叔父の家は本と地続きの居心地のいいシェルターだった。きょうだいも同居する祖父母もなく、両親とも働いている、当時のことばでいう鍵っ子だった私は、幸いにも誰に咎められることもなく叔父の家に入り浸っていた。

ただ私たちの関係が、私の子供時代から途切れることなく続いていたわけではない。高校に入ると通学時間も長くなり、地元の小学校、中学校に行っていたときほど時間に余裕がなくなってくる。生徒会の役員を押しつけられ、渋々役目を果たすうちに少しずつ友人も増えてきた。

やがて大学受験という大きな関門も見えてきて、いよいよ遊んではいられなくなった。学生になってしばらくは、また子供時代ほど頻繁にではないにしろ、叔父の元を訪ねて蒐集品とその物語を楽しむ機会もあったが、やがて就職、さらには結婚というイベントが待ち受けていた。大学の先輩で、就職にも世話になった人から勧められた、いわば義理の絡む断りにくい縁談だったが、嫌だというほどのこともない。他に心を惹かれる女性がいるわけでもなく、社会人になれば当然結婚はするものと思っていたから、見合いをして一年足らずで式を挙げた。

妻となった女にも格別不満はなかった。器量は十人並みで、料理を始めとする家事全般に有能だった。だが私は彼女を、叔父の元に伴うことはしなかった。妻は絶対に、私の両親以上に叔父の《死》の匂いのするコレクションに惹かれることはない、むしろ嫌悪するだろうとわかっていたからだ。彼女は花瓶に薔薇の造花を挿し、応接間にはルノワールの複製画を飾って満足する、変哲もない健全な趣味の持ち主だった。それと意識はしなかったが、私は内心で妻の凡庸さを叔父に対して恥じていたのかも知れない。

そうして私と叔父は次第に疎遠となり、だが結婚生活は五年しか続かなかった。妻は別れもいわず、判をついた離婚届だけを残して出ていき、しかし私に喪失の苦痛はかけらもなかった。そのことに我ながら唖然とし、彼女との暮らしがどれほど無意味で自分の意に添わぬものだったか、という実感を改めて嚙みしめた。それまでの職を離れ、関西に住まいを移して友人と新しい事業を始めた結果、幸いにも順調に、だが多忙な日々を送って気がつくと三十代半ばになっていた。その私の元に、叔父からの「会えないだろうか」という便りが届いた。

私は忸怩《じくじ》たる思いであわてて電話を掛けた。すると、取り次ぎにまだ若いだろう女性が出た。叔父に存命の家族はなくとも、家事や身の回りの世話をしてもらうために、使用人は常に数人同居していたが、記憶にある限りそれはもっと年齢が上の男女だったと思う。子供の目には「おじいさん・おばあさん」にしか見えなかったが、いずれにせよ五十代より下ということは一度もなかった。だが最後に叔父と顔を合わせたのは、数えてみればすでに十年以上前のことになる。その間に彼の身の上に、どんな変化が起きても不思議ではない。

女性に代わって電話に出た叔父の声は、あまり変わっているようには聞こえなかった。私が覚えている限り、男性にしては細く高く抑揚の乏しい、感情の読み取りにくい声音は、聞き慣れない人には少し不気味に思えるかも知れないが、記憶に刻まれているそのままで、私には胸が詰まるほど懐かしい。

「申し訳ありません、すっかりご無沙汰してしまって。その、お元気でしたか」

ばつの悪さをこらえながら尋ねると、

「どうにか生きているよ」

という苦笑混じりの答えが返ってくる、それも以前と同じだ。しかし私が、「いま電話を取り次いでくれた女性は、どなたですか？」と尋ねると、

「うん。それも含めて、いろいろ聞いてもらいたいことがあるんだよ」

という。いつになく嬉しそうにも、照れくさそうにも聞こえる口調に、しかしそれでも私は、叔父とその女性がプライヴェートな関係だ、などとはまったく思いつかなかった。考えたのは住みこみの看護師か、介護者かということだけだった。

「用件のひとつは遺言状の件でね、君にもその内容を承知しておいてもらおうという、それもあるんだ」

声は変わりないとは思うものの、やはり健康状態が予断を許さぬ状況になってきているのではないか。叔父の具体的な病名や、どんな治療が行われているのかといったことは、昔からなにも聞かされていなかった。彼がそうした話題を好まなかったからだ。いまもそれが叔父の望みなら、つまらぬ詮索はすまいと心に決めた。ただ、これまでの不義理の罪滅ぼしに、今後も話し相手あるいは聞き役として私を望んでくれるなら、できる限り忠実にその役を務めることにしよう。

現在の住まいは大阪市内だが、商用で週の半分程度は東京に来ている。ビジネスホテルもかえって不経済だと思い始めていたところだ。叔父の家の近くにマンションを買うなり借りるなり

して、なにかあればすぐに駆けつけられるよう、それまでも時間を作ってせいぜい足繁く見舞いに通おうと心に決めながら私鉄の駅を下りた。

そこは私が生まれ育って高校卒業まで暮らした街だが、両親は逝き、生家も処分され、縁の切れた、もはや愛着も覚えぬ土地だった。戦前からの高級住宅地だが、現在は住民の高齢化が進行して、大谷石塀の上に松の梢が黒々と臨まれる大邸宅の多くが空き家となり、あるいは塀だけを残して更地に変わっている。私が通った小学校もすでに廃校となり、取り壊された跡地に真新しい、私の目には妙に安っぽく映る児童館が建てられていた。昼下がりの小公園にはベンチに座る年寄りの姿しかなく、道もがらんとして人影は見えない。活気に乏しい老いた街だ。しかし一日中を自邸で暮らす叔父にとっては、この死んだような静けさこそ望ましいのかもしれない。

叔父の家を囲む石塀も同じように古びていた。もっともほとんど家から外に出ない彼は、インテリアには趣味を発揮し、十分に費用もかけていたが、外観についてはさほど頓着《とんちゃく》しなかった記憶がある。だから塀や門扉が傷んでいるにしても、それは叔父が生きる意欲を無くしているということにはならないだろう。

塀の中にはあのベックリーンの『死の島』を連想させる糸杉がずらりと植えこまれていて、その樹も私が記憶しているより明らかに大きくなっている。そして褪せた灰色の壁についた黒塗りの玄関ドアは昔のままだ。しかし呼び鈴を鳴らした私は、それを開けてくれた相手を見て唖然と声を失っていた。現れたのは若々しく、いってしまえば匂うように美しい女性だったから。

2

叔父は昔のように、コレクションルームで私を迎えてくれた。六十代も半ばを疾うに過ぎて、さすがに老いの色は濃く、しかし弱々しい老け顔は昔からだったから、かえってそれほど変わっていないともいえた。肩にかかるほど長い髪も真っ白になっていたが、それも叔父の容貌に一種の風格を加えていた。無沙汰の詫びをいう私に「それはもういいから」と手を振って、その手で自分の回りを示しながら、

「この部屋の様子もずいぶん変わったろう？」

という。私は答えた。

「ええ。なんだかずいぶん、すっきりしてしまったんですね」

コレクションルームは漆喰壁の洋間で、畳に直せば十畳程度の、さほど広くはない空間だったが、そこに叔父は博物館の展示室のような整然と秩序だったやり方とはおよそ対極的に、自分の嗜好のみに従って大量の蒐集品を詰めこんでいた。気が向けば模様替えもし、使用人に命じて掃除や虫干しもしていたようだが、一見すれば部屋の中は錯綜する迷路というしかなく、どこになにがあるか、わかっていたのは叔父だけだったろう。だからこそ私には、毎日通っても必ず目新しいものが見つかる、魔法の部屋だったのだが。

それがいまは私の覚えている西洋の薬屋の棚も、その横に並んでいたアルコールの臭いがする

標本瓶の列も消えて、変わらないのは壁の『死の島』くらい。他には装身具や金属工芸を入れた平たいショウケースが何台か置かれているが、普通の応接室といっても通るほどだ。室内でもっとも目立つのは、身長一メートルほどの女性の西洋人形だった。

美しい栗色の巻き毛を両肩に垂らし、見事な黒ビロードのドレスを着ている。普通見かける頭の大きな子供の体型ではなく、手足の長い成人女性のバランスだ。目は濃いブルーで、ガラスの眼球が入っている。それも人形らしいぱっちりしたアーモンド型の目とは異なる、切れ長の伏し目がちに作られているのが物珍しい。

「これは、ビスク・ドールですか？」

「そう。フランス十九世紀、ブリュ工房創業当初のファッション・ドールだ。衣装も装身具もすべてオリジナルで、ネックレスとイアリングは黒玉《ジェット》製だよ」

ほんのりと自然な色合いのつや消し磁器の肌は、頭から首、肩までが一続きで、そこに黒い石のネックレスがかけられている。十九世紀のオリジナルで、髪も衣装もこれだけ傷んでいないとは驚きだ。

私のいまの仕事は、ヨーロッパから家具やインテリア素材を輸入販売する会社で、アンティーク・ドールは専門外だが多少は知識もある。市場に出れば相当な値がつくだろう。だが叔父は私の驚きを見越したように、にやりと笑って、

「いや、初代ブリュ作だというのはあくまで触れこみでね、本当はもっと時代が下がるだろう。喪《も》のジュエリーとして黒玉が流行したのは、ヴィクトリア朝の後期からだし。ただ、ブランヴィ

リエ侯爵夫人をかたどった人形だと聞いたものでね。そうなると、私としては見逃すわけにはいかないじゃないか」

「ああ、なるほど」

それなら、と私は大きくうなずいた。

「覚えていますよ。おじさんが貸してくれた澁澤龍彦の『毒薬の手帖』、あの中に出てきた女性でしたね」

太陽王ルイ十四世の時代、パリの司法家の娘として生まれたマリー・マドレーヌ・ドーブレ、結婚してブランヴィリエ侯爵夫人となった女性は毒殺常習者で、慈善病院を訪問しては毒入りの菓子を配って病人を殺した、父親からふたりの兄、我が子にまで毒を盛った、そんなエピソードが書かれていたのを記憶している。逮捕されて裁判にかけられても、水責めの拷問に遭うまでは頑として罪を認めず、最後は斬首刑に処せられ、身体は灰になるまで焼かれたという。

「小学生には早いかと思ったが、君はあの頃から大人並みの読書家だったな」

「おかげで澁澤の著作はいまだに愛読書です。ぼくのヨーロッパに関する知識は、かなりの部分が澁澤由来ですよ」

そういいながら改めて黒衣の人形を眺めて、内心おやっと思った。その、切れ長の目元のせいでいくらか東洋風に見える顔立ちを、つい最近見たような気がしたのだ。

「侯爵夫人の肖像画は、残っていなかったんでしたね。するとこの人形の顔は、人形師の想像ということでしょうか」

「まあそうだろう」

「なんとなくオリエンタルにも見えますが」

「しかしなかなか雰囲気が出ていると思わないか。私は気に入った」

「大事なのはそれだ、ですか」

売りこみに来た業者などから、鑑定家が折り紙をつけているとか、将来値が上がるとかいわれるたびに叔父は不快げに眉を寄せ、あるいは鼻で笑って言い返したものだった。「そういわれても私は気に入らない」、あるいは「私は気に入った。大事なのはそれだ」と。世間の評価や市場価値などとは無関係に、自分の趣味にあったもの、自分がいいと思ったものだけを手元に置く。それが叔父のコレクションのポリシーで、その点は少しも変わっていないらしい。

「それにしても、おじさんが人形をコレクションに加えるとは思いませんでした。以前はこういうものには、あまり興味を持たれなかったでしょう」

「いやそれが、元はといえば中野のG—堂が持ってきたものでね」

ちょっと変わった屋号を持つ小さな骨董屋は、私の子供時代から叔父の元に出入りしていた店だ。銀髪が美しい老婦人が店主で、一度だけ顔を合わせた覚えがある。さすがにいまは、とっくに代替わりしているに違いないが。

「正直、最初は買う気はなかったのさ。だが座っていた椅子がいかにも今出来の粗末なものでね、人形が見事なだけに妙に気に障った。この部屋に入れる新しい椅子とテーブルのセットを、若い家具職人に注文していたものだから、人形用の椅子も頼んでみようかということになって、それなら私から、人形ごと見せた方が良かろうというんで預かったんだが、どうもあそこの女主人に上手くやられた気もするよ」

私は改めて自分の座っている椅子や目の前のテーブルを眺め、さらに立っていって人形のドレスに隠れていた小振りな椅子を左見右見《とみこうみ》した。どちらも木部は黒檀、背もたれは精巧な組み格子で座面の張り布はグレーのシルクに金糸が織りこまれ、さすがに叔父が特注しただけのことはある豪華さだ。特に人形が座っている椅子は小さい分、背もたれの削りなどもより手が込んでいて、ひとつの工芸作品と呼びたいほどだった。

「なるほど。見事なチャイニーズ・チッペンデールですね」

私がうなずくと叔父は嬉しそうに顔をほころばせ、

「ブランヴィリエ侯爵夫人では百年ばかり時代錯誤なんだが、もともと注文していたこちらの家具に、スタイルを合わせてもらったんでね」

「素晴らしいですよ。ぼくが商売で扱うには高級すぎて手が出ないとは思いますが、なんという作家ですか。どこかショウルームはないのかな」

「二十代の初めからフィレンツェの家具工房で修行して、日本に戻ってきた藤田真理夫君というんだが、彼は三十代の若さでほんの半年ばかり前に急逝してしまってね、その人形の椅子が最期の作品になってしまったんだ」

「それは残念だ――」

私はことばを続けようとしたが、叔父が手を挙げて止める仕草をしたので、理由はわからぬまま口をつぐんだ。同時に微かなノックの音がして、紅茶のセットを載せたカートを押しながら入ってきたのは、玄関ドアを開けてくれた女性だった。黒に近い灰色のツーピースに襟元の詰まった白いブラウスは、時代遅れの女学校教師のような堅苦しさだったし、化粧もほとんどしていないが、顔にかぶさるほど長い黒髪の下から覗く美貌は隠しようがない。思わずじっと目で追ってしまった。

「藤田麻子さん。この数ヶ月前から来てもらっていて、いまのところ私の秘書のようなことをしてもらっている」

叔父はそう紹介してくれたが、彼女はほんの一瞬こちらに目を向けただけで口も開かず、黙々と紅茶を淹れると、そのまま無言で立ち去ってしまう。あまり歓迎されていないわけだろうか。あるいは、いまの視線がぶしつけに過ぎたか。だが、そこまで考えてようやく思い当たった。

「藤田さんというのは、つまり」

「真理夫君の、配偶者だった人なんだ。彼女も身よりのない人間でね、子供もいなかったから」

なるほど、同情したわけか。他人にまったく興味を持たなかった叔父にしては、珍しいことだ。それだけ死んだ家具作家を買っていた、ということかも知れない。この後のことを思えばいかにも呑気に、私はそんなことを考えていたわけだが、

「今日はゆっくりしていってくれるんだろう？」

「ええ。仕事の予定は入れていませんから」

「だったら夕飯を一緒にしよう。近所にできたフレンチのビストロが、ケータリングをしていて

ね、味も高望みさえしなければそこそこだ。しかし肝心の用事は、先に済ませておく方がいいな。コレクションのことなんだ。私が亡くなった後は、すべて君に受け取ってもらいたい。公正証書遺言にするつもりだから、その気でいてくれるか」

「えっ。でもおじさん、早すぎますよ。いますぐそんなことは考えなくても」

「早いものか。私も去年六十七になったよ。二十歳になるまで生きられないといわれていたのが、なんの間違いかずいぶん長生きしてしまったが、それもそろそろおしまいだ。病院でなく我が家で逝けるとしたら、それこそ僥倖《ぎょうこう》だな」

冗談をいっているとしか思えない、笑い顔で彼はいう。

「迷惑になってしまっては困るが、受け取ってもらえれば有り難い。そのつもりで、動植物の標本類やかさばる家具は手放したんだよ」

「ですがぼくの大阪の住まいは一ＤＫのマンションですし、いまのところはしょっちゅう東京だ、パリだ、ロンドンだ、ニューヨークだって駆け回っているばかりで、家を持って落ち着いた暮らしができるような状況にはほど遠いんです」

「もちろん私もそうすぐに、とは思わないよ。ただ心づもりはしておいて欲しいということなんだ。知っているとおり私には相続権のある係累はいないし、だからといって、私が逝った途端すべてが散逸してしまうというのは、やはり悲しすぎる。いや、もちろん君になにもかも、そのまま持ち続けてくれとまではいわない。だが私という人間がこの地上に生きていた証を、私の記憶と共にせめてもう十年でも手元に留めてもらえたらというだけなんだが、頼めないかな？」

そこまでいわれてしまっては、首を横に振るわけにもいかない。

「それにしても、この家のような立派なコレクションルームを用意するとしたら、建設費用を貯金するまで相当長生きしていただく必要がありますよ。その点はご承知いただかなきゃ困ります」

私はようやく気を取り直し、壁の絵を見上げながら笑顔で答えた。

「でもあの『死の島』の複製画は、ぼくにとっても子供時代から魅了された、最高の名画ですから、譲っていただけるならこちらからお願いしたいくらいです。それとこのチッペンデールに腰かけたブランヴィリエ侯爵夫人がいてくれたら、きっとおじさんと過ごした十歳の頃と同じくらい幸せでいられるでしょう。これだけでもほとんど、完璧なコレクションだという気がします」

「だったらもうひとつだけ、あの指輪も忘れずに君のコレクションとして残すことにしてくれないかな」

叔父も笑いながら窓際のショウケースの中の、銀色の座金に楕円形の水晶らしい石のついた、あまり見栄えのしない装身具を指し示した。

「私も人生の黄昏どきで、ようやく自分が望んでいた真に完璧な蒐集を我がものにできたと思っているんだ。いや正確には、それはもう少しで完成するというべきだが」

いわんとすることをはっきりとことばにはせず、謎めいた口調でなにかを暗示したり、気を持たせたりするのも叔父の昔からのお得意だったが、残念ながら私は彼の期待ほど気が利かない。意味を尋ねようとした。だが彼父が続けたことばを聞いて、問いを忘れてしまった。

「念のためいっておくが、その『死の島』は複製ではないよ」

「えッ？」

「アルノルト・ベックリーンは生涯に同じ主題の絵を五点描いていて、そのうちの一点は一九四五年のベルリンで戦火に焼失したといわれていたが、戦後発見されて、あまり話題にもならぬまま日本まで流れてきたらしい」

「ベックリーンの、真筆ですってッ？　まさか！」

思わず大声を上げてしまっていた。日本では誰もが名を知っているというほどの著名画家ではないが、彼の生まれたスイスと、ドイツ国内の美術館ではよく作品を見かける。そして『死の島』は発表当初から評判を呼んだ作品で、バリエーションが五点も描かれることになったのも、それだけ注文が重なったかららしい。その内の一点は、ヒットラーが購入してしばらく私室にかけていたともいう。画家の名は知らなくとも、この謎めいた画題と印象的な構図なら、見覚えがあると答える人は多いのではないか。

「オーストリアのベックリーン研究者、ツェルガーの鑑定書が額裏に入れてある。まあ、信じていいだろう」

「だったらまずいですよ、おじさん。そんな貴重なもの、いただくわけには」

「そうはいっても私が手に入れたのは四十年も前で、それほど高い買い物ではなかったんだ。売りに来たのも専門の画商ではない、半分素人の旗師の手合いでね。だから、鑑定書からして贋作の可能性もある。だが、君がこの絵を好きなら気にすることはないだろう。大事なのはそれだよ」

そして叔父はいとも平静にこう続けた。

「麻子は、当然とは思うが私の趣味にはまったく興味を持ってくれなくてね、この絵も、人形も嫌いだというんだ」

「麻子……」

私は紅茶の茶碗に口をつけかけたまま、ぽかんと馬鹿のように叔父を見つめているばかりだった。彼がこれからいおうとしていることは、予想はつく。だが、まさかという気持ちの方が強かった。

「来月になれば、真理夫君が亡くなって六ヶ月経つ。そうしたら結婚する予定だ。彼女も承知してくれている」

「それは、——おめでとうございます」

我ながら鈍すぎる。叔父が彼女の名前を口にしたときに、表情や口調でそれくらい察して良さそうなものだったのに。気恥ずかしい思いで目を逸らすと、鎧扉を閉ざした暗い窓ガラスに人形の横顔が映っている。愁いを帯びた伏し目がちの、どこか見覚えのある面差し。だがようやくわかった。それとよく似ているのは、さっき紅茶を運んできてくれたあの女性、藤田麻子の顔だった。

3

叔父が語った通り、一月後には結婚の挨拶状が届いた。早速祝いに駆けつけようと思ったが、電話をかけると『式もパーティのようなことも一切やらない。ただふたりで少し旅行をしてくるので、今後しばらく留守になる』という。

そして帰宅を知らせるはがきをもらった頃には、今度は私の仕事が忙しくなり、せっかく買った東京のマンションに寝に戻る間もないほどだ。たまさか空いた時間ができても、個人企業のことでいつ緊急の用が入るかわからないし、仮にも新婚の家庭に招かれもせぬまま押し掛けるのも野暮な話だと思えば、徒歩で行ける近さにいながら顔も見られないまま日が過ぎていく。それでも直《じか》に会えない分、連絡を途切れさせることだけはするまいと、メールのやりとりは積極的に続けた。しかし叔父からの返信は少しずつ間遠になり、気がつくと二週間以上連絡が途絶えている。間の悪いことに、それは私がヨーロッパへ買い付けの旅に出ていた間のことで、ようやく戻った成田から電話すると、聞き覚えのない男の声が驚くべきことを告げた。

叔父は十日前に自殺し、すでに葬儀も済んだというのだ。いきなりそんなことを聞かされても、到底信じられないというのが正直な話だった。私は旅の荷物も解かぬまま叔父の家に駆けつけ、しかし私を迎えたのは夫人ではなく、私とあまり歳の違わなそうな三十代の男ふたり。ひとりは弁護士、ひとりは医師だそうで、心痛で寝付いてしまった麻子夫人の代わりに叔父の死の事情を話してくれるという。

私が通されたのはコレクションルームだが、変わらないのは高い壁にかかった『死の島』と家具だけで、あの人形もショウケースもなくなり、なんとも殺風景な有様だ。そこで医師はいとも流暢《りゅうちょう》に、結婚後いっときは活気づいた叔父が、旅先のパリで抱えていた持病を悪化させたこと、若い妻への気遣いから鬱病を発症し、しかも抗鬱剤を拒んだこと、遺書を残して首吊り自殺を遂げたことを、専門用語を交えながら説明して聞かせた。それが済むと今度は弁護士が、叔父が残した遺書のコピーを、

「あなたにはお見せするべきだと、夫人がいわれるので」

と前置きして見せてくれた。弱々しく震える字はひどく読みにくかったが、叔父の癖字だとはわかった。文面は簡潔で、『私の所有する動産不動産一切は、配偶者麻子にこれを与える。私の生涯にわたる完璧なコレクションは私を愛する者に帰属する。』とあり、十日前の日付と叔父の姓名、そして押印がされていた。

「叔父は、この日に自殺したのですか」

「そうです。寝室を抜け出して、この部屋のカーテンレールに引き裂いたテーブルクロスをかけて首を吊った。その前に人形や家具を、素手で打ち壊そうとしていた様子もあった。一時的に錯乱しておられたようですな」

「叔父が、錯乱ですか。そんな――」

「お信じになられませんか」

「最後に会ったときは、とても元気そうだったので」

「しばしば精神状態が不安定になられ、暴力沙汰に及ぶこともありました。人形の足を摑んで振り回して、ガラスのケースに叩きつけて壊された」

「あり得ない」

医師のことばに私は頭を振ったが、口から出る声は我ながら弱々しかった。いまさらなにをいっても、叔父が生き返ってくるわけではない。無力感が急速に身内に膨れあがってきて、鉛を巻かれたように手足が重くなってきてしまった。

「それで、この遺言の件ですが」

と、今度はまた弁護士が話し出す。

「これは相続法に規定された自筆証書遺言に当たりますので、家庭裁判所の検認を得て執行されることになります。また複数の遺言書が存在し、その内容が抵触する場合は、日付の新しいものが遺言者の意思と考えられますので、公証人役場に保管されていた遺言書は失効することになります。つまりあなたへの遺贈は撤回されます。それはご承知置き願います」

私はハッと息を詰めた。顔を上げ、目の前に座っているふたりの男を見返した。そして彼らが代わる代わるまくし立てて、私にかけらほどの疑いも、異論も差し挟ませまいと身構えていた理由を、ようやく理解した。

「それが目的か」

あの女、藤田麻子は本当にブランヴィリエ侯爵夫人だったのだ。遺産目当てに叔父に目をつけ、結婚させ、殺した。あるいは自殺に追いやった。この医師と弁護士も彼女の一味に違いない。死亡診断書を書ける人間と、法律の専門家がついていれば、なにひとつ恐れることはない。叔父はすでに死んで、遺体は灰となっている。私の顔色が変わったことに、ふたりは当然気がついたろう。だが、彼らは平然としていた。ここで私がいくら騒ぎ立てたところで、どうすることもできないとは百も承知だったからだ。

しかし、だからといって許せるはずがなかった。私は大声を上げ、「人殺し女を出せ」とわめいて彼らと揉み合い、両側から腕を取られてふたりがかりで家から放り出された。門の外で振り返ると、二階の窓のカーテンが揺れていた。あの女が様子を見ていたに違いない。私の目に映ったのは女のものらしいシルエットだけだったが、人形によく似た、憂い顔の口元に薄笑いを浮かべた表情がありありと見える気がした。

そして――

私は中野にいた。叔父があの人形を買ったという骨董屋のG―堂。あれのおかげで叔父は死ぬ羽目になったのだと、半ばいいがかりだとは承知だったが、他に怒りの向け場がない。二十年以上前に一度きり、叔父の使いで行かされた店の場所がわかるとも思えなかったが、糸に引かれたように足を運んだ先に、見覚えのある仕舞屋《しもたや》風のガラス戸を見つけ、そしていつか私は店の奥で、見事な銀髪をポンパドゥールに結い上げた、黒いワンピースドレスの老婦人と向かい合っていた。

「そうですの。叔父様はやはり亡くなっておられたのですね」

うなずく彼女の顔は肉の薄い、鼻筋のすうっと通った日本人らしからぬ整い方で、小学生のときの私が見たのと少しも変わっているようには思われない。よく似た母娘なのだろうか。名乗らなくても私が誰か、向こうは承知している風だ。だがいまの私には、そんなことはどうでもいい。

「なぜそう思ったかって、人形が戻ってきましたので。事故があって傷んだので修理を、ということでした。いいえ、呼ばれたのは他の業者ですけれど、うちからお渡ししたものですから、うちに回されてきたんですよ。ただならぬ有様で、でもなにがあったのかはまだちゃんと聞いていませんでしたが、ご覧になりますか」

大きな段ボールの中には見覚えのある西洋人形と、それがかけていた椅子が入っていたが、人形の髪とドレスは乱れ、細かなガラスの破片が全身にまぶされたように降りかかり、椅子の座面の布は切り裂かれている。私は動揺した。大事なはずのコレクションにこんな仕打ちをした、叔父の乱心ぶりが生々しく想像されてしまったのだ。

だがすいと手を伸ばして、人形の背を支えるように持ち上げた老女は、

「椅子は大丈夫、布が一カ所切れて詰め物が覗いているだけです。黒いのは馬のたてがみで、家具の詰め物としちゃあお定まり。でもその中にもっと細い、別の毛が混じっているのがおわかりになりましょ？　人形も衣装がほつれて、首飾りの糸が切れかかってはいるけれど、ビスクには罅《ひび》ひとつ入っちゃいません。ひどく傷んでいるようなのは見かけだけ。委細承知で手にかけられたんですねえ。それとほら、ドレスの襞の中に隠れていたものがひとつ。これも叔父様のものでございましょう？」

私はぼんやりと手のひらに載せられた銀と水晶の指輪を眺め、顔をうなずかせた。

「そうです、たぶん。最後に会ったときに叔父が、忘れずにこれもぼくのコレクションに加えてくれと、いっていたような」

「おっしゃられた？　まあ、つまりそういうことなんですね。叔父様は最初っから全部ご承知で

いらした。ええ、そうでなくっちゃ話が通りませんとも」

ひとり合点をしている骨董屋の女主人に、あなたはなにをいっているんだと、私は語気荒く聞き返す。丸みを帯びた水晶の下に、黒地に白い羽毛のようなものがもやもやと渦を巻いている。古めかしくおよそ垢抜けしない意匠で、なぜ叔父がこんなものを、わざわざことばを添えて譲ろうとしたのかがわからない。

「この指輪がなんだというんです。例の、石の裏に毒薬を入れていたっていうやつでしょう？本当に、毒殺に使われたわけじゃない。後世の好事家向きの作り物なんだ」

だが老女は大きく頭を振って、私の手の上から取り上げた指輪を、改めてぐい、と鼻先に突きつけた。

「違いますよ、あなた。せっかく叔父様が贈ろうとなさったものを、もっときちんとご覧にならなくちゃいけません。水晶の下だけでなく、周りにも白い、絹糸みたようなものが一房、絡みついておりましょ？　羽根細工なんぞじゃない。故人の形見ですよ」

4

彼女は喪服を着てはいなかった。大輪の黄薔薇を散らした軽やかなワンピース姿で、その上顔にかぶさっていた髪をすっかり上げて白い額をあらわにしているので、記憶にある姿より遥かに若々しく、別人かと思うほどだった。だが彼女の方も、人形屋の使用人を名乗って修理の済んだ人形と椅子とともに訪れた私を、疑う気振《けぶり》もない。もっとも玄関ドアを開けたのは初めて見るメイドで、医師と弁護士のふたり組は幸い不在だったから、叔父のかつてのコレクションルームで窓の方を向いて、背中だけを見せていた私の正体に気づかなくとも、不注意とはいえなかったろう。

「なんなの、いったい？　届けろなんていわなかったわよ。修理が済んだらそちらで保管して、買い手を見つけてくれっていってあったじゃないの」

真っ赤なルージュの唇に銜《くわ》え煙草で入ってくるなり、彼女は頭ごなしの口調でまくし立てた。眉間に縦皺を刻んだ表情を、私は暗い窓ガラスの鏡に映して眺めていた。

「――え？　ちょっと、なぜ窓の鎧扉を閉めているの。嫌だ。勝手なことしないで。開けなさいったら！」

「日光はコレクションにダメージを与えます。油彩画にも」

「余計なお世話よ。絵は壁から外して布をかけてあるでしょ。そっちは専門の画商を頼むから。あなたのところには家具と、他のものもまとめて渡してしまってもいいっていったんだけど、こちらのいうことを聞いてくれないんじゃ考えものね」

そこまでいって彼女はふいに口を閉ざし、まじまじと私の後ろ姿を凝視した。

「あんた、誰？　この前、人形を引き取りに来た業者とは別人ね。まさかアルバイト？　ちゃんと運んでいってくれるんでしょうね」

窓の鏡に映る猜疑心に引き攣れた女の顔に向かって、いいえ、と私は頭を振った。足下に置いた白い段ボールには、間違いなく黒衣の人形とその椅子が納められている。そして変装代わりに私が着てきた繫ぎの作業服と頭にかぶった作業帽はどちらも白。『死の島』の小舟に乗った、白い棺と白衣の後ろ姿によく似ているはずだった。

子供のとき私はこの絵については、「おじさん」にお話をせがむ代わりに自分であれやこれや、絵の中の人物の正体に想像を巡らせたものだ。恋人の亡骸を納めた柩と共に、弔いに向かう乙女だろうか。裏切りにあって滅びた国の王を、ただひとり最期まで従っていた忠実な従者が葬りに行くのだろうか。だがそうして私がたどりついた一番怖い話は、柩はまだ空で、こちらに背を向けている白衣の人物こそ、経帷子《きょうかたびら》を纏った死者その人だ、という答えだった。

その見立てでいくなら私こそ実は死んだ彼女の夫、私の叔父その人だということになるのだが、この女は気づきもしないだろう。壁にかかっていた絵も、高く売れるという目でしか見ていないようだから。それでもいくらか不吉なものを感じたからこそ、早々に壁から外して布をかけたのかも知れないが。

「修理も済んで人形も椅子も元通りです。ご確認いただけますか」

「そう。確認したら持って帰ってくれるのね。わかったわ」

大股に近寄ってきた女は、私が開いた段ボールの中をちらっと覗いただけで、気味の悪いものを見せられたとでもいいたげに眉を寄せ、身体を退く。

「結構よ。それじゃ、改めて預かり証を出してもらえる？」

「しかし奥さん、コレクションを処分する権利があなたにあるのですか？」

「なんですって？」

彼女はとがった声を上げて私を睨み据えた。

「うちの人の相続人は私ひとりなんだから、なんの問題も起きないわ。当然でしょ。第一あんた、どんな権利があってそんな差し出た口を利くのよ」

「なぜなら少なくとも彼のコレクションに関しては、権利があるのはあなたではなくぼくだと思うからです、麻子さん。あなたは籍を入れて彼の法的な妻になったとしても、彼を愛してはいなかった。違いますか？」

私が作業帽と度の入っていない眼鏡を外して向き直ると、彼女はようやく私が誰だったか気づいた。その後しばらく赤い唇からほとばしって私に浴びせられた汚らしい罵声を、ここで繰り返すつもりはない。すべて聞き流して耳に留めなかったが、やっとそれが途切れたので再び口を開いた。

「なぜそんな、怖いものでも見るように腰が退けているんです？　これはあなたの亡くしたふたりの夫の記念だ。家具職人の藤田氏の最期の作品である椅子と、あなたに似た顔立ちを私の叔父が愛《め》でたビスク・ドール。彼らを哀惜する気持ちは少しもないのですか？」

そういうと彼女は白い顎を反らせて「はっ」と嗤《わら》った。

「それがなに？　未亡人は夫の遺品を守って、喪服を着て涙で生きろというの？」

「いいえ。ですがあなたには、ひざまずいてふたりに詫びる理由があると思いますよ。ブランヴィリエ侯爵夫人の流儀にならって、配偶者を毒殺したあなたならね。最初は藤田氏を、目をつけた叔父と結婚するために。それから今度は叔父を」

「侮辱だわ。それ以上根も葉もないことをいうと、警察を呼ぶわよ！」

「お友達の弁護士が不在で残念でしたね」

するとと彼女はけらけらと笑い声を立てて、壁の方へ顎をしゃくる。

「あれ、監視カメラよ。あんたが私を侮辱して脅迫した証拠は、音声付きの映像で記録されてるわ。女ひとりだと思って甘く見ないでね」

とんでもない、と私は頭を振る。

「しかしぼくならそんなものは持ち出しませんね。警察を呼ぶのはご自由だが、あなたがふたりの配偶者に毒を盛ったのは事実だ。藪をつつけば蛇が出ます」

「彼は自殺したのよ。遺書を書いて、自分で首を吊ったんだわ！」

彼女の一味である男たちは、どちらも叔父より遥かに恵まれた体格をしていた。彼らふたりがかりなら、弱った叔父の手にペンを握らせて強制的に遺書を書かせたあげく、左右から身体を抱え上げて首を吊らせることも容易かったに違いない。その一瞬を想像して、私はこみ上げる吐き気を禁じ得ない。だがいまは、冷静でいなくては。

「そう。死因を変えたのはなかなかよいアイディアでした。しかしそれなら最初から、あなたのいつもの得意技は出すべきではなかった」

「いい加減に、馬鹿げたことばかり――」

「一年足らずの間にふたり、似たような症状で夫が死ぬのはまずいということになったからですか。それとも思ったより叔父が元気で、毒を盛られてもなかなか死ななくて、待ちきれなくなったからですか?」

「まだいう気? 証拠もないくせに!」

女の顔は青ざめていたが、表情はまだ強気に笑っている。

「証拠はありますよ」

私は穏やかにことばを継いだ。いよいよ柩の蓋を開けるべき時だ。

「あなたの目には叔父は天涯孤独の、病弱で無力な、よく肥えた獲物にしか見えなかったのでしょうが、それは違います。叔父は最初からあなたの正体に気づいていた。気づいていながらあなたと結婚したのです。ぼくという、彼の生涯をかけた蒐集を受け継ぐ者へのメッセージを残して」

「嘘よ」

女は口元を痙攣させながら、それでも頭を振り続けた。

「嘘に決まってる。私に失言させようと思って、そんなあり得ないことをいうんだわ」

「嘘ではありません。もちろんあなたたちは叔父に毒を与え出してからは、彼が自分の身に起きている異常に気づいても逃げ出したり、助けを求めたりできないよう、厳重に監視していたでしょう。叔父はあの遺書以外書かせてもらえなかった。だから彼は錯乱を装ってこの人形と椅子を壊し、自分の死後業者の手に渡るように仕組んだのです。そして、この指輪だ」

私はゆっくりと身をかがめて、段ボールの中から叔父が残したものを取り出し、順番に箱の上に並べてみせる。小さなチッペンデール風の椅子、黒ビロードのドレスのビスク・ドール、そして楕円形の銀と水晶の指輪。

「ぼくも思い違えていたが、これはイギリス、ヴィクトリア朝時代の、服喪の期間に身につける装身具、モーニング・ジュエリーと呼ばれる種類のものだそうです。意匠には弔意を表す墓や悲しみのシンボルの糸柳が使われ、またしばしば故人を忍んでその遺髪を入れた装身具が作られた。この、羽毛のような形に整えたものが髪の毛です」

女の口が「あ」というように開いた。しかしそこから声が出る前に、私は続けた。

「人形の乱れたドレスの中に、これが隠されていた。なくなっていることに気づかれないよう、また人形に触れて改められないために、叔父はショウケースのガラスを割ってその破片をまぶしたのですね。それだけでなく指輪の銀の座金には、叔父の白髪が一房絡めてあった。いまはこの水晶の下に入っているのが叔父の髪です。それからこの椅子、座面の詰め物には馬のたてがみを使うのが普通ですが、叔父が裂いた布の中を改めるとそこには人間の髪の毛が混ざっていました。あなたの前の夫、家具職人の藤田氏も自分が毒を盛られていることに気づいて、自分の髪を椅子の中に隠したのです。

麻子さん、あなたは毒物の種類も古式ゆかしく、亜砒酸を用いたのですね。ブランヴィリエ侯爵夫人の時代と違って容易に検出されるといっても、医者が味方につけばそんなものはどうともごまかせる。まして叔父は自殺させられた。主治医が請け合えば、行政解剖でいちいち砒素検出のマーシュテストまでは行わないでしょう。だが中毒者の髪にはその痕跡が残ります。

椅子の詰め物から出た髪と、人形から見つかった髪。化学分析は済んでいます。おわかりいただけましたか、麻子さん。それを証拠として、あなたがふたりの配偶者に亜砒酸を飲ませたことは証明可能だと思います。当然あなたに相続権はありません」

これは皆、私が気づいたことではない。あのG—堂の女主人が解き明かし、手配してくれたことだった。女はもうなにもいわない。口は薄く開いたまま、両手を腰の前で関節が白くなるほど固く握り合わせ、その場に立ち尽くしている。目は大きく見開かれているが、その目にはたぶん私の顔は映っていない。

「私を、どうする気」

凍り付いた仮面の顔から、かすれた声が聞こえた。

「さあ。あなたはどうしたいですか?」

「死刑になれなんて、まさかいわないわね」

哀願の調子に、すすり泣くような息の音が混じる。

「叔父様なら、きっと赦してくれたわ。最期にはあの人、全部わかって、それでも赦すっていっているようだったわ。本当よ。嘘じゃない。だって、あの人は」

「あなたがすべてを捨てて身ひとつで逃げ出すというなら、ぼくに引き留める力はありません。ですがそれは望まないといわれるのでしたら、ぼくは叔父の遺志を生かすべく努めたいと思います。あなたに求婚して、ぼくの妻になっていただく」

「なん、ですって——」

ようやく彼女の、血走った目がこちらを向いた。

「私が、彼の財産を相続するからね。結局、あんたも金が目当てなんだわ」

「馬鹿馬鹿しい。ぼくはそれほど浅ましい人間ではありませんよ」

私は一言のもとに斬り捨てた。

「叔父の遺産はあなたのものだ。お好きなだけ贅沢をなされればいい。もちろん結婚するとなれば、例のふたりのご友人とは手を切っていただきます。あなたに食事やお茶の支度をしてもらうのも、御免被ることになるでしょう。初めて会ったときのような美しい憂い顔で、この人形のように黒衣に装って、じっと座っていてくだされればいい。なにもいわず、なにもせず、ただじっと」

彼女は大きく口を開く。しかし私はすかさずいう。

「黙りなさい。あなたの声は好みじゃない。静かに！」

のろのろと彼女の口が閉じた。歯が鳴っている。目の下にどす黒い隈を浮かべ、急に十歳以上も歳を取ってしまったような、その顔はあまり美しくはない。困ったな、と私は内心思う。人形と違って生きた人間というのはなにかと厄介なものだが、まあいいさ。その先のことはこれから考えるとしよう。

「ねえ、麻子さん。もしかしてまだわかっていませんか？　ぼくの叔父が、あなたが前の夫を毒殺したと承知で結婚したのは、あなたを愛してしまったからだとでも思っていませんか。とんでもない。叔父の望みは完璧なコレクションの完成でした。それにはあなたという現代のブランヴィリエ侯爵夫人が欠かせなかった。そしてあなたが本当に毒殺魔であることを証明したいばかりに、彼は自分の命まで放り出してしまったんです。

叔父の遺志は尊重したく思います。でもぼくは彼ほど酔狂でないので、毒を盛られるのは勘弁願いますよ。さあ、お返事をうかがいましょうか」

5

こうして私は二度目の妻と、叔父の完璧なコレクションを得たのだった。黒い糸杉に囲まれた死の島の墓室のような家の中で、妻はあの人形とよく似た、黒ビロードのドレスを纏って椅子にかけている。うつろな目を宙に見開いて、もはやなにもいわない。目の下の隈を消すためには少しばかり濃いめの化粧が欠かせないが、一応その姿は私を満足させている。

そう、彼女を私は気に入っている。大事なのは、それだ。

三人の女の物語

光原百合

光原百合（みつはら・ゆり）

広島県生まれ。大阪大学大学院博士後期課程単位取得退学（英語学）。尾道市立大学芸術文化学部日本文学科教授。1998年に『時計を忘れて森へいこう』でミステリ作家としてデビュー。2002年、「十八の夏」で第55回日本推理作家協会賞受賞。主な作品に『遠い約束』『十八の夏』『最後の願い』『銀の犬』『イオニアの風』『扉守一潮ノ道の旅人』など。

ある女王の物語

私の女王《ファラオ》が逝かれた。彼方の砂漠にはいつもと変わらぬ日が昇った。

▲

誰よりも気高く誇り高くお美しい、我が女王。ごく幼いころからお仕えしているのに、お声を聴くたびに胸が高鳴るのを止められなかった。私たちの前で何かをおっしゃることなどめったになかったせいもある。女王はその射すくめるようなまなざしだけで、雄弁に御心を伝えておられた。かといって口が重かったわけではなく、必要とあらば鮮やかな弁舌を繰り広げるばかりか、異国の言葉をいくつも操って、遠来の客人とも対等につきあっておられたそうだ。

私の身分は奴隷だ。数代前の祖先がここから遠く離れた海辺の町での負け戦の結果、奴隷としてここに連れてこられたと聞いている。しかし幸いにして我が祖先には豊富な薬草の知識があった。そのため厳しい労働や危険な場所での作業に駆り出されることを免れ、ここ、古き都アレキサンドリアの王宮で働くことができた。王家の女性たちの美貌を保つため、蜂蜜を肌に塗る、乳の風呂に入るなどの方法を考案したのも私の祖先の誰かだと聞いている。おかげで私は母や祖母がそうであったように、奴隷というよりむしろ侍女のごとく、畏れ多くも同い年である女王のお傍近くで仕えることができていた。

私が母からお役目を受け継いでほぼ初めての仕事が、大変名誉あるものだったことをよく覚えている。その頃大胆不敵にも、当時まだ十五歳の姫君でいらした女王の寝所に忍び入ろうとした者がいた。私のような身分の者には仔細は分からなかったが、かなり高貴な家柄の若様だったらしい。王家の姫を狙うなど許されることではないが、あまり騒ぎにしたくないという配慮は働いたようだ。奥の間で衛士に見張られながら姫の裁きを受けることになった若様は、臆する様子もなく姫への想いを語った。この想いがかなうなら命など惜しくはないと。見目麗しい若者で、なかなかに見上げた覚悟ではあった。

姫は、エメラルドの粉で深い翠に染めた瞼を閉ざしてその言葉を聞いていたが、目を開けて若様を一瞥なさった。そうして、傍らのテーブルに飾られた花器から一輪のヤグルマギクを抜くと、花の首をちぎり、床に落とされた。流れるごとく優雅な仕草で、部屋にいた者すべてにその意味は伝わった。この命知らずな若者は、死を賜ったのだと。しかしこの姫君に賜るのであれば、死ですらも大変な栄誉であり恩恵であると、皆が感じたに違いない。

それは当の若者も同じだったようだ。晴れやかな笑みを浮かべ、恭しく頭を下げて応じた。姫はちらりと私の方をご覧になってから、寝椅子に深く寄りかかって再び瞼を閉ざし、翠の帳のなかにこもってしまわれた。お役目が与えられたのだと承知した私は、すぐにその場を引きさがり、若様のために毒盃を調合した。その態度には感心していたので、苦しむことなく死ねる毒にした。若様はそれをあおって眠るように息を引き取り、表向きは急な病で亡くなったとされた。

これほど気高く美しい姫だったが、いや、だからというべきか、その人生は平坦なものではなかった。父王が亡くなると、姫はご自分の弟御とご結婚なさり、ともに王と女王に即位、手を携えて国を治めることとなった。しかしお二人はやがて反目・決別にいたり、相手を滅ぼそうと争い始めた。犀利な我が女王に比べ、年若く未熟な弟御のほうが操りやすいと見て己の利益のために担ごうとする者が多かったようで、勢力の均衡は向こうに傾きがちだった。

我が女王は、母なるナイルに守られたこの国を深く愛し、王家の誇りを何よりも重んじておられた。王家の内部で争うことによって国を危うくするのは好ましくないことも、ちゃんとわかっておられたはずだ。お傍近くに仕える者などに感情をあらわに見せることはなかったが、ときおり弟御への隠しがたい怒りや憎しみをそのまなざしに、あるいは手指の小さな動きに覗かせることがあった。それでも怒りや憎しみでさえ、私の女王の抱くものはたとえようもなく美しかった。

そんなとき、あの男がやってきた。いかめしい顔をした、カエサルという名の異国の武人が。

▲

かの男はこの国に逃げた政敵を追い、軍を率いてきたのだが、彼が手を下すまでもなく政敵が死んだので、何やら拍子抜けしたように滞在を続けていた。彼の国とこの国は友好関係にあったため、大層な歓待を受けていたのだ。彼が戦上手で人の心をつかむのもうまく、自分の国でかなりの権力を有していることを知った我が女王は、弟御を下してこの国を安定させるため、かの男の力を借りようと決意なさった。

初めてかの男に会いにいくとき、女王は、自分が最も美しく見えるようにせよ、と私にお命じになった。私は持てる薬草の知識を総動員してそのお肌を磨き、お髪を艶やかに編み上げ、爪をヘナで染め、エメラルドの粉で瞼を彩った。仕上げにはバラの精油の甘い香りをまとわせて差し上げた。窓から差し込む月の光を浴びたそのお姿は、今でもこの目にはっきり残っている。さながらバラの花のように美しいこのお体を、自分に味方する報酬としてあのいかつい武人に与えようとなさっていることはわかっていた。それはいささか口惜しいことだったけれど、女王はあの男を利用しようとなさっているだけ。その気高い誇りはいささかも傷つけられるわけではない。私はそう思って自分をなだめた。

女王の計略はうまく運んだ。我が女王の美しさと才知のとりことなったかの男は、求めに応じて女王の弟御と味方する者たちを攻め滅ぼした。二つに分かれていた王家は再び女王を頂にして旧に復した。女王はかの男の子を身ごもり、やがて息子をお産みになった。赤子は父の名を取り、カエサリオンと名付けられた。かの男とその国の後ろ盾を得て、女王とこの国の王家も盤石のものになったかと思えた。

しかし、平穏な日々は長くは続かなかった。かの男が自分の国で敵対する勢力に襲われ、命を落としたのだ。我が女王の地位はまたしても危ういものとなった。

女王は再び後ろ盾を求めて、かの男の部下であり後継者の一人となった武人を招いた。このときも、最も美しく見えるようにせよとのお求めに応じてお世話をしつつ、私はひそかに危ぶんでいた。女王が守ろうとしているのは、今はもうこの国でも王家の誇りでもないのではないか。部屋の隅で侍女に抱かれて笑っている幼子なのではないか。女王が時折その子に向けるまなざしを見て、そのように思えてならなかったのだ。あの男は、この国の誇りを守るために利用しただけの存在だったはず。この子とてその結果に過ぎないのに——。

▲

このときも計略はうまくいき、女王は再び後ろ盾を得た。しかしあの男の部下だった男はやがて本国で失脚し、敵対者たちと戦になって命を落とした。彼を打ち滅ぼしたのは、あの男の姪の子であり、養子として正式な後継者となった若者だった。

若者はその勢いのまま、大軍を率いてこの国にやってきた。礼節を守って武力は振るわなかったが、己の敵対者と同盟を組んでいた我が女王をとらえようという心づもりは明らかだった。

「あの若者は、カエサリオンの名を恐れている。偉大なるカエサルの子だから」

明日はその若者がやってくるという日、我が女王はみたび、最も美しく見えるようにせよとお命じになってからそのようなことをおっしゃった。王子はすでに、ひそかに別の町へと逃がされていた。

翌日やってきた若者は、大伯父とは似ない美貌の持ち主だった。鎧姿が板につかない華奢な体格で、年齢は我が女王よりかなり下だと見受けられた。そうして此度、私の女王の計略はうまくいかなかった。女王の深い翠のまなざしに、若者はまったく反応しなかったのだ。

若者はあくまで礼儀を守り、一緒に自分の国に行ってくれと言った。訪問という形を取りつつ、実は勝ち戦の捕虜として見世物にするつもりだということははっきりしていた。若者が帰った後の女王の姿は、見るに堪えなかった。身を飾る宝石や花を引きちぎり、髪をかきむしる姿は、かつて死を申し渡す姿さえあれほど気高かった少女と同じ人とは思えないほどだった。

「許さない……しかし、カエサリオンを守るためには、あの若者を味方につけないわけにいかない……」

私の女王はそううめいた。傷つけられた誇りが悲鳴を上げているかのように。

「明日こそ何としてでもあの若者の心をとらえてみせる。あの若者は、偉大な大伯父カエサルを超える男になろう、少なくともそう見せようと腐心しているはず。カエサルを愛した女の心を征服することは、カエサルを超える第一歩になると言って聞かせよう。そのうえで臥所に誘えば……」

それを聞く私の心は砂漠の砂のように干からびていた。私の女王が隠すこともせず自分の思いを口にしていることに、ただ利用したはずのカエサルを愛していたなどと認めたことに、カエサルの子を守るためなら誇りのすべてをなげうってもいいと思っていることに、衝撃を受けていた。

女王よ、おやめください。美しく気高かった御身を醜くするようなことは、もうおやめください。

女王は私を呼び、ふたたび命じた。明日もう一度、今までのいつにも増して自分を美しく装わせることを。

▲

まだ夜も明けぬうち、私は女王の部屋を訪ねた。化粧道具の箱の中に、毒蛇の牙から搾った毒液を入れた小さな壺を隠して。そうして、お髪を梳かすといって背後にまわり、毒液に浸した針を二本、滑らかな首筋にそっと突き刺した。

お苦しみはなかったと思う。死に顔は安らかだった。私はそのお姿を、さらにできるだけ美しく整えた。髪を編み、瞼をエメラルドの粉で彩り、爪をヘナで染めて……。美しく気高く誇り高い我が女王。生涯かけてお慕いしておりました、私の女王。これで永遠にお美しいままです。これ以上醜く愚かにならずに済みます。

すべての作業が済むと、窓から彼方に見える砂漠に日が差し、王家の墳墓を照らし出していた。やがていつもの朝の支度をする侍女たちがやってきて、何が起こったかを見つける。毒液を搾った蛇を床に放しておくので、部屋に紛れ込んだ蛇にかまれた不慮の死と思われるか、それとも虜囚の辱めを受けることを嫌っての覚悟の死と思われるか、どちらかだろう。

そんなことはもうどちらでもいい。あとは、毒液の残りに浸した針で自分の喉を突くだけで終わりだ。

「どこまでもお供いたします。私の女王――クレオパトラ様」

ある姫君の物語

◆

「言いつけたとおりにしましたか」

冷やかに問うと、森番は慌てて懐からぼろ布にくるんだものを取りだした。こんな王宮深くに招き入れられることなど異例なためか、おどおどしている。

布の中身は赤黒い肉の塊で、お妃はその生臭さに眉をひそめると、受け取ろうともせずに席を立った。森番に背を向け、部屋の壁にかかった大きな鏡の前に歩いてゆく。

「それではたっぷり脅しつけたのでしょうね。お妃の目に留まるところに出てきたら命はない、死にたくなければこの先ずっと、森の奥でひっそり暮らせと」

背後の森番にそう問いかけた。鏡に映った森番は、首を絞められたにわとりのように目を白黒させている。言いつけに背いたことを見抜かれ、弁解の言葉も思いつかないようだ。おおかたイノシシあたりだろうが、森の獣の肉切れをヒトの心臓だとごまかそうなどと、魔女たる自分も舐められたものだ。公に魔女だと認めたことはないが、民人の間では「前王妃亡きあと、魔女が王をたらしこんで後釜におさまった」ともっぱらの噂であることは知っている。大半が間違っているが、お妃が魔女であるという一点だけは正しい。

殺せと命じはしたものの、武骨で善良なこの男が、国中の皆に愛されている姫を殺すことなどできないのはもとより承知の上だった。そしてその代り、〈お妃が姫を殺そうとしているので身を隠せ〉と、精一杯のいかつい顔で言い聞かせて森に逃がすだろうことも。ここまでは計算通り、肝心なのはここからだ。

「もうよい。お下がりなさい」

森番はぽかんとした。縛り首を言い渡されるか、それともネズミの姿にでも変えられてしまうかと恐れおののいていたのだろう。一応釘は刺しておかなければ。お妃は森番を振り向いた。

「でもわかっているでしょうね。お妃が義理の娘の美しさをねたんで亡きものにしようとしているなんて、一言でもしゃべったら……お前をヒキガエルに変えて、その場で踏み潰してやるから」

お妃の靴の尖ったかかとを見て、森番は真っ青になった。

「目障りだわ。とっとと失せなさいったら」

人目についてはならぬ出入りのためにこしらえさせた扉から森番が出て行ったあと、お妃は今後のことを思案した。あの男、しばらくはおびえて黙っているだろうが、この大きな秘密をこの先ずっと抱えていられるとは思っていなかった。早晩身近な者にもらしてしまうだろう。そのこと自体は予定通り、というよりそうなってもらわなければ困るのであった。ただそうなれば、民人の好みそうな噂だけに広まるのに時間はかかるまい。騒ぎになるまでにすべてを終えてしまわなければ……。

◆

お妃は鏡の中を仔細に眺めた。この鏡は、こちらが望めば遠方にあるものを映す魔力を持っている。国を統治するのにきわめて便利な道具だった。魔法の心得のない者には普通の鏡としか見えないので、いつも鏡を覗いている自分のことを侍女たちが、『ご自分の姿にみとれてばかり』『どれだけ美しさに執着しておられるのか』とくさしていることは知っている。小者たちが考えるのはその程度のことだ。

さて、いま鏡は森のドワーフのうちの中を映していた。そこで楽しげに立ち働いている若い娘は、もちろん先日森の中に逃げた姫であった。一国の姫という立場にもかかわらず、以前から炊事や掃除や洗濯、裁縫などの手仕事が得意な娘だった。亡き前王妃がそうだったため、そのように育てられたのだ。ドワーフたちが仕事に出かけている間、家事を引き受けてうちの中を整えているのだろう。

——前王妃が冬の日に窓辺で刺繍をしていてうっかり針で指を刺し、黒檀の窓枠に積もった雪に血のしずくが滴った。その黒と白と赤の色合いがそれは美しかったので、王妃は「黒檀のように黒く、雪のように白く、血のように赤い娘が生まれますように」と祈った。その祈りはかなえられ、間もなく王家に生まれたのは、黒檀のように黒い髪と瞳、雪のように白い肌、血のように赤い唇をした女の赤ん坊だった——民人の間ではそのように噂されている。というより王家があえて流した噂であるが、それがすんなり信じられるほど赤ん坊は美しく、成長するにつれますます美しくなっていった。金の髪と青い瞳の佳人だった前王妃とはあまり似ていなかったが、穏やかで優しい気質はよく似ていて、国の民みなに愛される姫だった。

森の奥深くに住むドワーフたちと人間との間には、もう永い間、お互いに関わらないという暗黙の了解ができている。ドワーフの領域に猟師や樵がうっかり入って来たら、剣をふりかざして追い立てるようなこともあるが、彼らは概して穏やかな気質の持ち主なので、女子供が迷い込んできたときは空腹であれば食べ物を与え、怪我でもしていれば手当してやってから帰り道を教える。だからこのたびのように、どこにも行くあてがないと訴える愛らしい娘が現れたら、ドワーフたちは間違いなく保護してやるだろうと予測していた。王宮に入る前のお妃は、ドワーフほどではないが森深くに住む魔女だったので、ドワーフたちのことは知悉していたのだ。だからこのあたりも読み通りだった。ドワーフたちの存在がなければ、姫を殺せと森番に命じ、結果的に森の中に追いやるという手は使わなかったところだ。

お妃は鏡の魔力を解いた。鏡は普通の鏡に戻り、黒い瞳の、美しいけれどきつい顔をした女の顔を映した。姫の父である王は今、少し離れた国の姫の婚儀に招かれて留守にしている。行き帰りに十日ほど、さらに婚儀の前後にはこの機会を利用した様々な国同士の折衝があるので、一か月くらいは戻れない。今回ことを起こしたのは、王の不在時でなければまずいからだ。そろそろ次の動きを起こさなければ。いや、その前に家臣たちがまつりごとをちゃんと進めているかどうか監督しておくほうがいいか。興味は全くないのにそれをできる能力があるというのは皮肉なものだ。王宮に入って以来、王の不在の間はそれが役目になってしまった。

お妃は執務室に移るため立ち上がった。今回の件が片付けば、このような面倒なこともしなくて済むようになると自分を励ましながら。

◆

自室に戻ってきたお妃は姿変えの魔法を解いて、やれやれと息をついた。今日のところは万事うまくいった。

お妃は今日、自分とは似ても似つかぬ老婆の姿で、森の奥のドワーフの家の扉を叩いた。

「リボン売りのばばあでございます」

そう名乗ると、今日も一人で掃除をしていたらしい姫は、すぐに扉をあけた。こんな森の奥を訪れる者がいたことをいぶかしむ様子もなかった。もちろん、たっぷりと太って片脚を引きずった老婆が実はお妃だなどと、気づくわけもない。

お妃は、突きだした腹の前にかけた平たい木箱に幾筋も並べたリボンを姫に見せた。様々な色の糸をよりあわせたまるで虹のように美しいリボンに、姫は目を見張った。美しく愛らしいものが大好きな娘なのだ。

「さあさ、結んでさしあげましょ。ちょっと後ろを向いてくださいな」

姫は素直に背を向けた。お妃は素早く薬草の汁をしみこませた布を取り出すと、姫の顔の前で振った。一息吸い込んだとたん、姫はすぐに気を失ってくたくたと倒れた。あらゆる魔法の中で、お妃がもっとも得意にしているのが薬草遣いの技だ。

床に倒れた姫をどうしようかと迷ったが、余計なことはせず、そのままにしておくのが自然だろう。長居は無用とさっさと森を後にしたのだった。

鏡の魔法でドワーフのうちの様子を映してみる。ちょうど気がついて起き上がった姫を、七人のドワーフが取り囲んでいるところだった。ドワーフたちはひどく心配そうな様子だが、姫は何が起こったのかよくわかっていないようだ。床を磨いていたらリボン売りのおばあさんがやってきて……というあたりまでしか覚えてないらしい。手並みが鮮やか過ぎたか、とお妃は舌打ちをした。

◆

部屋に戻って魔法を解いたお妃は、豊かな黒髪を苛々とかきむしった。

「まったくあの子は、莫迦じゃないのかしら」

今回お妃は、腰の深く曲がった老婆の姿で再びドワーフのうちを訪れた。

「櫛売りのばばあでございます」

扉を叩いてそう告げると、やや間をおいて姫が出てきた。今日は洗い物をしていたのか、袖をたくし上げている。腕にかけた籠から貝殻やガラス玉を飾りにつけたきれいな櫛の数々を並べてみせると、姫は目を輝かせた。子細は覚えていないにしろ、つい先日、見知らぬ老婆が訪ねてきたあと気を失って倒れていたことなど、少しも気にしていないようだ。人を疑わないにもほどがある、とお妃は内心あきれていた。

だからこそ今度は前のように、何が起こったかわからないほど素早くことを終えてはいけないとわかっていた。

「お嬢ちゃん、うつくしいおぐしですね。だけど手入れがもう一つのようだわ。梳いてさしあげますから、そこにお坐りなさいな」

姫は恥ずかしげに笑って椅子に腰かけた。自分の美しさも、その美しさが敵を作ることがあるということも、まだ少しも知らないようだった。お妃はその髪を櫛で何度も丁寧に梳いた。櫛は薬草を煎じた湯の中で煮込んである。薬効が段々と髪にしみいって、姫はやがてテーブルにくたりと伏せてしまった。櫛は姫の髪にさしたままにして、お妃はそそくさとドワーフのうちを後にした。

前王妃は近くの国の姫君だった。豊かで強い国だったので、何一つ苦労も心配もなくおっとりと育ち、清らかで心優しく、人を疑うことなど知らずに大人になった。年頃になり、釣り合った縁組だということで顔も知らぬままこの国の王に嫁ぎ、それでも幸せな生活を送った。

世の噂では「前王妃亡きあと、魔女が王をたらしこんで後釜におさまった」ということになっているが、王との関わりは前王妃より今のお妃の方が長い。彼がまだ王子だった頃、森に狩りに来て狼の群れに追われ、木によじ登って難を逃れているところを助けてやって以来だ。王子はその場で彼女にほれ込んでしまい、彼女の方はいかにも頼りない彼を放っておけず、付き合いが続くことになった。とはいえ、森にすむ魔女を王子妃に迎えるなど当時健在だった父王が許すはずがなく、彼女も王子妃の身分になどみじんも興味がなかったので、やがて王子が近国から妃を迎えてからも二人の間柄はそのままだった。いや、月日が経ち、亡くなった王の後を継いで即位すると、彼はますます彼女を頼りにするようになった。この国くらいの中途半端な規模の国を統治するのは、決して楽なことではない。近隣の国が何を考えているか常に警戒し、王たちの言動の裏を読み、表向きは和やかにやり取りしつつときには強硬に交渉することも必要で、若い王は頭を悩ませる年月が続いた。強大な国で文字通りお姫様育ちだった前王妃には、そんなときの助言はとても無理だった。魔女は国同士の勢力争いに興味こそなかったが、聡明な彼女にとって周囲の国々の思惑を推し量るのはたやすいことで、その意味でも彼女は、王にとってなくてはならぬ存在になったのだった。

体が丈夫でなかった前王妃が昨年亡くなると、もう父に遠慮する必要もなくなっていた王は、彼女に正式な妃になってくれるよう頼み込んだ。本音を言えば王宮に入るのは億劫だったのだが、気がかりが一つあったので承知した。

気がかりというのが姫のことだ。姫は、清らかで心優しく人を疑うことを知らぬ前王妃に育てられたため、その性質をそっくり受け継いでいた。今はいい。しかし姫は王家の一人娘であり、いずれは世継ぎとなる身だ。そのような性質の者が国を率いる女王になっては、この国は立ち行かぬだろう。国の統治に興味はないが、国が混乱するのは喜ばしいことではない。危険がわかっていて見過ごすような無責任な真似は、彼女の好みに合わなかった。望んでしたことでないとはいえ、ここまで王の実質的な伴侶としてこの国を支えてきたのは自分だという程度の自負はある。だから王宮に入り、姫を世継ぎとなるにふさわしく鍛え直そうと考えたのだ。

残念ながらそのもくろみは成功したとはいえない。お妃が姫に厳しく接するのを、王宮の人々は継子いじめとしか見ない。人に何と見られようと構わないのだが、幼いころから培われた姫の気質はなかなか変わらず、人を疑うことを知らぬままだった。きょうだいで助け合って行けるよう次の子を産めればとも思っていたのだが、王も年を取り、統治者としての激務のせいもあってか夜のことも間遠になった今ではもう無理だろう。姫も十六歳、そろそろ世の中の厳しさ、人の恐ろしさというものを骨身にしみて感じさせた方がいい。それに正直なところ、王妃としての窮屈な暮らしにもうんざりしていた。もういい加減、自由な暮らしに戻りたい。

それやこれやを一気に解決しようと、今回のことを企んだのだった。

継子である姫の美しさを妬んだ魔女が、姫を亡き者にしようとする。忠義な森番のおかげで姫が森に逃げたので、魔女は自ら姫を毒殺しようとしたが、姫は森の主であるドワーフたちに守られて助かった。森番の口から魔女の企みは人々の知るところとなり、魔女は王宮から逐電。王はその後帰国して自分が性悪な魔女に騙されていたことを知った――すべてが終われば、国の民にはそのように見えるはずであった。王の留守の間にことをうまく運べば、王の評判を落とすことなく、自分は王宮から逃れて自由の身になれる。夫は驚くだろうが手紙でも残しておけばよい。そのように考えていた。

しかし姫のあの様子を見ると、世の中の厳しさや人の恐ろしさを実感しているとは思えない。それではまだ目的を達したとは言えないのだが……。

魔法の鏡に手を触れ、ドワーフのうちを映してみた。寝台の上で眠る姫を、ドワーフたちが心配そうに見守っている。今回は薬の効き目を強くしたので、前回と同じく体にはまったく害がないが、明日の朝までは目を覚まさない。今度は姫も『櫛売りの老婆に髪を梳いてもらっているうちに具合がおかしくなった』くらいのことは覚えているはずで、しかもそれまで無かった櫛がそのまま残っている。姫がたとえ底抜けの莫迦でも、ドワーフたちが怪しむだろう。お妃に命を狙われている、と森番に聞かされたことを姫は話しているだろうから、お妃の手の者が姫を害しにやってきたと必ず思うはずだ。そして姫に説き聞かせるだろう。この世には姫の知らない邪な者がおり、自分には落ち度がなくともその恨みをかうようなことがあるのだ、と。

これでうまくいってくれればいいが、と思いながらお妃は鏡の魔法を閉じた。

◆

お妃は深い深いため息をついて背負い袋を下ろし、思いがけず増えた荷物である木皿をテーブルに置いた。かぶせた布を取れば、きつね色に焼けたパイが顔を出す。

姫が過去の出来事に懲りて人を疑うことを知ったか、それを確かめるため、お妃はみたびドワーフのうちを訪ねた。

「リンゴ売りのばばあでございます」

扉を叩くと、さすがに今度は硬い声が返ってきた。

「何もいりません」

まずは良し、と思いながらもう一押ししてみる。

「そうおっしゃらないで。買っていただけないと、孫たちに今夜食べさせるパンさえないんです」

しばらく経って扉があいたので、お妃は天を仰ぎたくなった。今日の姫は料理をしていたらしくエプロンをかけて、バターの香りをさせていた。ドワーフによほど厳しく言い聞かされたのか、今までのようにすぐ招き入れることはせず、強張った顔でこちらを見ている。今日は痩せこけた老婆の姿でやってきたお妃は、背負い袋を胸の前に回して真っ赤なリンゴを取り出した。

「ご覧くださいな。うちの庭で実った自慢のリンゴです。汁けがたっぷりで甘いんですよ。息子夫婦を亡くして孫たちをあたし一人で育てているんですが、ひどい貧乏暮し。このリンゴくらいしか売るものがありません。これを売って、孫たちにパンやミルクを買ってやりたいんです。お願いします。お願いします」

お妃が繰り返し頭を下げると、姫の顔が和らいだ。

「わかりました。ありったけ買いますから、置いて行ってくださいな」

そう言ってお妃をうちの中に招き入れる。ああやっぱり駄目だと心の中で思いながらも、お妃は背負い袋の中のリンゴを全部テーブルの上に並べた。

代金を受け取って丁寧に礼を述べ、うちから出て森の道をいくらも行かないうちに、後ろから呼び止められた。

「おばあさん、待って待って」

姫が平たいものを捧げ持って追いかけてきた。差し出されたものにかぶせた布を取ると、なんとも香ばしい匂いがした。

「ちょうど焼きあがったばかりの、肉と玉ねぎのパイです。どうぞお孫さんたちに」

「そんな、もらえませんよ。せっかくお作りになったのに」

お妃は断ったが、いつも素直な姫はこんな時は頑固だった。

「ドワーフさんたちにはまたこしらえればいいんです。せっかくうまく焼けたので、食べていただきたいの。亡くなった母と、よく一緒に作っていたパイなんです」

お妃はそこで抗う気をなくし、皿を受け取ってしまったのだった。

今回は置いて行ったリンゴに薬草の成分をしみこませてある。姫がいずれリンゴを口にすれば、今までと同じように深い眠りに落ちる。効き目をさらに強くしたので、今度は十日以上も目を覚まさないだろう。しっかり懲りてもらわなければ目的を達することができないので、眠るだけでなくひどい頭痛か腹痛を起こす薬草でも処方しようかと思ったのだが、気が進まなかったのでやめておいた。しかし結局のところ体に何の害もないのでは、あの姫には応えないかもしれない。このままでは、王位に就く者に必ず必要な、邪悪な者への警戒心や人の行動の裏を読む用心深さなどは身につかないままになる。亡き前王妃がただただ夫を愛し、腕の中の幼子を愛し、狭い宮殿の中でほほ笑みながら刺繍をしてつくろいものをして菓子を焼いて過ごしていたように、彼女に育てられた姫も生きていくのだろうか。そんな生き方のどこが面白いのだろう。

お妃は自分がつまみ上げたのがパイの最後のひと切れだと、この時気づいた。いつの間にか食べてしまったらしい。細かく刻んで炒めて味つけした肉と玉ねぎを、バターをたっぷり使った生地に詰めて焼いたパイは素晴らしく美味だったのだ。姫にとっては、亡き王妃の思い出につながる料理なのかもしれない。

フンと鼻を鳴らし、溢れた肉汁で汚れた指をナフキンで拭ってから、お妃は鏡の前に立った。姫の様子を見るためだ。ドワーフのうちを映して、お妃は目を細めた。きりりとした顔立ちの騎馬の若者と大勢のお供がうちの前に止まったところだった。供の者が持つ旗の紋章を見れば、若者が近くの大きな国の王子だということは一目瞭然だった。

扉を叩いて道を尋ねる王子一行に、応対に出たドワーフがやや迷惑そうな顔をしている。どうやら姫がまた眠りに落ちてしまって皆で心配しており、不意の訪問者にかまうどころではないらしい。お妃は興味を引かれて鏡の中を見つめた。

◆

「やれやれ」

お妃だった魔女は、小高い丘から景色を見下ろしながら、清々と息をついた。久しぶりに身軽な旅装になっている。平野の向こうに王宮の尖塔が見えた。よくこれほど長い間、あんな窮屈なところで辛抱していたものだ。

昨日の会見のことを思い起こす。

近隣の国の王子が、見聞を広めるための旅の途中であいさつに立ち寄るのは不自然というほどではないが、こちらの王が留守をしているのにお妃だけで迎えるのは異例なことだった。王の不在を告げても王子は、お妃様とだけでも是非お目にかかりたいと、応対に出た大臣に言い張ったのだ。秋風が涼しくなってきたからとお妃は会見の間の暖炉に火を焚かせ、王子を招き入れさせた。会見の間に入ってきた王子は、お妃が鏡をのぞいて既に知っていた通り、姫を伴っていた。姫はこちらの国の王族なのだからこちらに並んで王子を迎えるのが筋なのだが、うつむいたまま王子に寄り添い、お妃と対峙するように立った。

そうして王子は勧められた椅子に座ろうともせず、挨拶もそこそこにお妃に告げた。お妃の位を捨て、この国を出られよ。貴女は義理の娘であるこの国の世継ぎの姫を亡き者にしようとした。その罪は見逃すことのできぬものだ、と。

思い通りのゆくたてに薄笑いを浮かべつつ、お妃は聞いた。

「そのような恐ろしい罪に対して、国外追放のような手ぬるい罰でいいのですか」

今のところ、この国の中のことに私が口を出す謂われはない。本来ならば王のお帰りをお待ちして、すべてをお任せするべきだ。しかしそうすれば民人の注目を浴び、ことを穏やかに収めるのが難しくなる。姫はそれを望んでおられないそうだ。

王子は張りのある声でそう語った。そしてそこで、腰に提げた剣の柄に手をかけるという、本来なら許されざる不作法を行った。貴女が私の提案に従わず、この国にとどまってこのまま姫の——私の花嫁の命を狙い続けるというなら、この場でお命を頂戴する。王子の額には、暖炉の熱のせいばかりとは思えない汗が光っていた。

「姫も同じ気持ちですか？」

部屋に入って来てからずっとうつむいたままの姫は、このときも顔を上げなかった。まるで幼い子供のように、隣にいる王子の服の袖を握りしめていた。

これ以上は無理というものか。お妃は見切りをつけると、ドレスの帯裏に忍ばせておいた布の包みを取り出し、暖炉の火の中に放り込んだ。たちまち黒い煙が噴きだし、部屋にいるものの視界を閉ざした。お妃はそれに乗じて会見の間を抜け出し、あらかじめ準備しておいた旅支度と共に王宮を後にしたのだった。

森に迷い込んでドワーフのうちにたどりついた王子が、そこで眠る姫を見て一目で恋に落ちたのは、お妃にとっても計算外だった。しかしお妃はすぐに気持ちを切り替えた。これだけやっても姫が将来の女王として必要な資質を会得しないのなら、将来の王にふさわしい伴侶を傍に置くという手もあるではないか。王子がそのような人物かどうか調べることなど魔女たるお妃にとってはいともたやすく、学問にも剣の技量にも秀でた若者であること、彼の国が豊かで、父王のまつりごとも安定していることが数日でわかった。

これなら問題はあるまいと待ち受けていると、その数日で目を覚ました姫を首尾よく口説き落としたらしい王子が王宮に乗り込んできたのだった。じかに会ってみた印象も悪くなかった。それなりに思慮深く、勇気も胆力もありそうだ。姫を本気で愛しているようであり、また王者としては悪しき企みを巡らせる者に厳しくあたることも必要だとわかっている。彼が姫と結婚してこの国の世継ぎとなってくれれば、まずは心配あるまい。

自分の務めは終えたと思うことにした彼女は、あらかじめ調合しておいた薬を暖炉の火にくべた。その薬には、人々をいっとき眠らせ、銘々が望む結末を夢に見させ、信じさせる効き目がある。王宮にいた人々すべて、さらにその周囲に住む民人のかなりの者がその影響を受けたはずだ。「姫の美しさを妬んで殺そうとした魔女の末路」について、彼女の耳にもすでに様々な噂が入っていた。魔女は企みが露見して逐電した。気がふれて自分で首をくくった。王子に切り捨てられた。焼けた鉄の靴を履かされて死ぬまで踊らされた……。それぞれ語る者自身の心を映した物語を、魔女はどれも面白く聞いた。

しかし、姫が果たしてどのような結末を信じているかはわからない。自分に落ち度がなくても憎しみをかうことがあると、あの子は理解しただろうか。自分を守るために、そういう相手を斃さなければならない場合があることも。いや、あの子には無理だったかもしれない。ただただ優しかった前王妃に育てられたあの子には。

最後に強引に顔を上げさせてでも、姫の目に自分への敵意があるかどうか確かめなかったのは、それならそれでもういいか、という気になったからだ。きっとあのパイがあまりに美味だったせいだ。姫は彼女が生んだ娘だが、前王妃に育てられた以上、自分のようにならなくても仕方がない。

十七年前にあの子を身ごもったとき、王宮に引き取られて育つことになるのはすぐ納得した。その頃には、王妃は体が弱くて世継ぎを生むのは望めないと判明していたのだ。王家に世継ぎが必要なことは言うまでもない。ついでに、自分が子育てに向かないことも彼女はよく知っていた。そうして姫が生まれ、すぐに王宮に引き取られた。身ごもったふりをして過ごしていた王妃は、自分に少しも似ていない娘を（その理由までこしらえて周囲の者に語りつつ）、可愛がって育てた。その結果彼女の娘は、気立てはそっくり育ての母のものを受け継いで成長したのだった。心配すればきりはないが、運が良ければあの子も、あの子らしく十分幸せに生きていくだろう。前王妃がそうであったように。

ああ、それにしても馬鹿馬鹿しい。きりのない心配をするなんて、実にあたしらしくないじゃないか？　魔女はちょっと笑うと、

「それなりに幸せになるんだよ、白雪姫」

そうつぶやいて彼方の王宮に背を向け、気の向くままに歩みを始めた。

ある人妻の物語

夫が私を殺そうとしていると知ったとき、私が決意したのは、けっして私以外の人間を殺させはしない、ということだった。

♠

夫とは、友人の結婚式の二次会という平凡極まりない出会いだった。共通の友人に紹介され、それなりに楽しく会話を交わしてそれきりと思っていたのに、後日食事の誘いがあったのには驚いた。

友人に後で聞いた話だが、彼は非常に女性に人気のある男だった。『小学校三年のとき隣の席の女の子に告白されて以来、一日たりとも彼女がいなかった日はない』という伝説があるそうだ。『誰かと付き合っているときでも、常に七人以上のキャンセル待ちがいた』とも。

「なんであんなにモテるのかわからないんだがねえ」

友人はそう笑っていた。人目に立つ美男子というほどではなく、強引に女性を口説く積極性があるわけでもなく、せっせと貢ぐマメさがあるのでもない。女性を惹きつける正体不明の磁力のようなものを発しているんだろうかと、彼ほどの艶福に恵まれない友人たちはやっかみ半分、諦め半分で言っているのだそうだ。派手な遊び方はせず、特定の相手と静かに付き合うだけなので、反感を買って敵を作るようなこともなかった。むしろ早く結婚して落ち着くタイプだと思われていたそうだが、誰かと付き合っていてもそのうち別れ、それでも修羅場や愁嘆場が演じられるようなことは一度もなく、すぐ次の人と付き合うという繰り返しで今まで来たらしい。

「運命の人を探してんじゃないの？　すぐ次が見つかる奴は余裕があっていいよなー」

私と彼が付き合っていることをまだ知らなかった友人は、そんなことも言っていた。

それほど女性との縁に恵まれている彼が、私に声をかけてきたのがそもそも不思議だった。私は彼とは逆に、それまでとんと男性との縁がなかった。美人とはいえないが、不細工というほどでもない。天使のように善良というわけではないが、特に意地悪だったりわがままだったりもしない。賢すぎもしないし愚かすぎもしない。どこをとっても平凡な女だ。でも周囲の友人を見れば、平凡なりに平凡な縁を得ている者も多いのに、なぜだか私にはそういう縁が全くやってこなかったのだ。彼が異性を惹きつける磁力を発しているなら、私は異性をはねつける斥力でも発していたのかもしれない。

そんな二人が、どちらかと言えば彼主導で付き合うようになり、驚くほどの短期間で結婚に至った。そのとき付き合っていた相手（いたに違いない）やキャンセル待ちの女性たちを彼がどう説得したのか、私は知らない。

♠

彼は大金持ちというほどではないが、あくせく働く必要のない身だった。親から受け継いだ不動産から、ぜいたくをしなければ生活して行けるだけの収入を得ていたからだ。そのせいか金銭には恬淡としており、ささやかな報酬を得られるだけのNPO活動に従事するなどして、結構忙しく暮らしていた。

興味のあるNPO活動は、野良犬・野良猫の保護活動など、動物愛護に関するものがメインだった。動物は大層好きなようだった。子どもの頃可愛がっていたペットが死んだときのことを、涙をためながら話してくれたことがある。

私の方は彼と会ったとき、アルバイトをしながら実家で暮らしていた。昔で言えば「家事手伝い」というところか。大学では薬学部に行き、薬剤師の資格を取って仕事にも就いた。こつこつ長いこと続けられる仕事が自分には向いていると思ったのだ。だがそれは思い違いだった。薬剤師の仕事は、一つミスをすれば患者の命に係わる。大変な問題になる。だからもちろんそんなことのないよう十分な注意を払うわけだが、私はどれほど気を付けても安心できなかった。確認の作業に人の何倍もの時間がかかり、上司に注意されればなお気になるようになって、とうとう心を病んだ。

薬剤師の仕事はやめて休養し、少しずつ回復して、ようやく普通に生活ができるようになった。人が集まる場にでかけて楽しむこともできるようになった。彼と出会った結婚式に出席したのもそんなときだ。

薬剤師の仕事をしていたことは、彼と会うようになって何度目かに話したと思う。その時彼が一瞬虚を衝かれたような顔をした理由。今ならわかる。

♠

結婚生活が続くうち、私の体調はだんだんと悪化してきた。ひどく疲れやすくなり、いつも体のどこかに違和感があった。ベッドから起き上がれない日が増えてきた。

そんな私に、夫は優しかった。家事ばかりか私の世話も、男手ひとつでやってくれた。彼はとても器用だった。私の具合のいい時はベランダの椅子に座らせ、ケープで肩を覆ってブラシで髪を梳いてくれた。その時彼はいつも、持ち前のビロードのように柔らかい声で、「愛してる、愛してる」と歌うように口ずさんでいた。

自分の体調の悪化の理由が最初はわからず、ひどく不安だった。しかしあるとき気づいた。これは、ある毒物を長期にわたって少しずつ摂取しているときの症状に似ていると。

それに気づいた途端、様々なことがかちりかちりと音を立てるようにはまっていったのだ。

♠

彼は、心から愛するものを殺したくなる性癖の持ち主なのだ。その他の点ではどこも普通人と異なってはいないが、その一点だけで、狂っているといえばいえるのかもしれない。しかし、ある一瞬「殺したくなるほど愛しい」という感覚を抱く者は、それほど珍しくないと思う。彼の場合はそれを実行したくてたまらなくなってしまう。そう考えれば、正常と狂気の境は紙一重なのかもしれない。一見ごく普通のたたずまいの陰に潜んだ狂気が、もしかすると彼の不思議な磁力の元になっていたのだろうか。

子供の頃死んだペットたちの話、そうは言わなかったが、おそらく彼が自分の手で殺したのだ。愛するものを殺さずにいられない、しかし殺してしまった後の悲しみや喪失感もまた、彼にとって嘘ではなかったに違いない。

それでは、今まで彼は人間も殺したことがあるのだろうか？　おそらくないのだろう。病床にいてもネットやメールで調べごとはできる。不審がられないよう細心の注意は必要だったが、友人たちにも問い合わせてみた。彼の今までの人生の中で、男性であれ女性であれ彼の近しい人間が、不審な死、原因不明の死を遂げている事実はないようだった。経歴の中で不明な期間というものもない。

彼とて迂闊に殺人罪でつかまりたくもあるまいから、これまでたくさんの女性と付き合ってきたのは、殺したくなる前に別れなければならなかったためだろうか。それとも——殺したくなるような人間の女性と、会っていなかったのだろうか?

私が薬剤師の資格を持っていると知ってひどく驚いたのは、薬物や毒物の知識がある相手は、長期間毒を盛って殺すには都合が悪いからに違いない。途中で露見する危険性が高すぎる。彼としては、私を殺す相手に選ばないほうが良かったのだ。それでも彼は私を選んだ。殺したいほど愛する相手として。

それがわかってしまうと不安は消え、私の心は落ち着いた。後に残った心配はたった一つだった。

♠

ベランダには気持ちのいい日ざしが満ちていた。

「髪を梳いてあげようか」

夫がいつものように、ブラシとケープを手にベランダに出てきた。

「ありがと」

彼の髪の梳き方は巧みだ。髪の束を少しずつまとめて手に取り、痛くないようゆっくりとブラシを入れる。そうしながら、彼が私の首筋に目を注いでいることはわかっていた。きっと首を絞める妄想に浸っているのだ。毒を盛るよりもはるかに実感の持てる愛し方として。いつかそれが耐え切れない衝動に変わるかもしれない。そう思うと私はぞくりとした。

「あなたの知らないところに手紙を預けてあるの。私の死因を調べてくださいって手紙」

私はそう話し出した。彼の手が止まった。

「私が死んだ後、あなたが再婚したり恋人ができたりして、その相手がまた死んだら、それを警察と新聞社に届けてもらうことになってる。騒ぎになって徹底的に調べられて、たとえ有罪にはならなくても、静かな生活は望めなくなる。でもそんなことが起こらなければ、その手紙は永遠に表に出ることはない。だからね、殺すのは私で最後にしてね。私以外の人を殺しては駄目よ」

本当は、警察を使って脅すような無粋なことをしたくはなかった。でも、私が死んだ後に現れるかもしれない人への嫉妬が抑えきれなかったのだ。

彼が愛する人を殺したいという願いを持つように、私は愛する人に殺されたいという願いを持っている。彼と出会ってから、それがわかった。私のそんなひそかな願いが、これまで他の男たちを寄せつけなかったのだろう。私たちは二人とも狂っているのかもしれないが、まさしく「運命の相手」と出会えたということかも。

私は彼の唯一無二の存在でありたい。彼を愛するがゆえに殺された、たった一人の人間でありたい。だから、私以外の人間を彼が殺すなんて許さないのだ。

夫の手が動き始める気配がした。私は再び、あまりの幸福感にぞくりとした。

「愛してる」

彼がいい、

「愛してる」

私が応えた。

あとがき

新津きよみ

アミの会（仮）の二冊目のアンソロジーをお届けします。

記念すべき一冊目は、昨年十一月に文藝春秋から刊行した『アンソロジー　捨てる』ですが、ここに書き下ろした「ババ抜き」で、アミの会（仮）の初期メンバーの永嶋恵美さんが第六十九回日本推理作家協会賞を短編部門で受賞されました。

もともとアミの会（仮）は、たまに集まってご飯を食べたり、お酒を飲んだりすることを目的に結成された女性作家の集まりなわけですが、永嶋さんの受賞祝いを名目に、一冊目の打ち上げのときと同様、大いに盛り上がったのは言うまでもありません。

最初に、アミの会（仮）のネーミングについて少し説明しましょう。

一冊目のあとがきで近藤史恵さんも触れているように、フランス語の友達という単語を連想させるものであったり、網のように広がる交友関係を想像させるものであったりします。アミ——網——ネットとなり、日本各地に散らばるメンバー同士がインターネットを通じて近況を伝え合ったり、意見交換をしたりしながら、編集者の助けを借りて、一冊の本を編んでいく過程を端的に表している名前でもあります。

「そういえば、わたしがデビューしてまもなく『雨の会』っていう若手ミステリ作家の会ができたよね。『雨の会』をもじって『アミの会』とか……」

そんなふうに口にしたかもしれませんが、その昔、雨の会の一員だったのは、アミの会（仮）メンバーではわたし――新津きよみだけです。とっくに若手ではなくなっていますが。

それにしても、なぜ会の名前に（仮）がついているのか。その謎を解くのは、三冊目のアンソロジーで、としましょう。一冊刊行したのちにメンバーが増えました。どんな作家が加入したの？　と関心を持たれる読者の方もおられるでしょう。それも次回のお楽しみに、としましょうか。

アミの会（仮）のアンソロジーの特徴は、テーマが統一されている点です。

同じテーマで、複数の作家が、各自の個性を打ち出した短編を書き下ろす。これは、読者として読むときはひたすら楽しいものですが、作者として書くときはある程度の苦労を伴います。

まず題材やトリックが重ならないように気をつけなくてはいけないし、〈あの人はこういう展開にしそうだから〉とその作風から推測して、切り口を変えたり、捻りを加えたりしなければいけません。でも、そういう作業がよい刺激となり、創作意欲へとつながっていくのも事実です。

内輪話を明かせば、事前の相談や原稿のチェックなどはしていません。自由に書きたいものを書いているのですが、早い者勝ちで、「次は学園を舞台にするから（ほかの人たちは配慮お願いね）」くらいの宣言はすることがあります。

それから、毎回、自由参加が基本です。忙しさや仕事量には個人差があり、連載を抱えて手いっぱいの人もいれば、連載や長編の書き下ろしが終わって手があいた、という人もいます。各自が提案して採用されたテーマが、たまたま苦手な分野という人もいれば、予定していたのが急にほかの仕事や私用が入って、などとスケジュールの変更をせざるを得ない場合も生じます。

そんなわけで、とくにルールのないゆるい集まりです。

アンソロジーは知らない作家に出会うきっかけにもなります、と近藤さんも書いているように、アミの会（仮）のアンソロジーを通じて、作家のレパートリーを増やしていただけたら嬉しいです。

同じ顔ぶればかりでも飽きるでしょうし……という理由だけでもないのですが、今回は男性作家さんにも参加していただきました。雑誌掲載を経ない単行本での短編書き下ろしとなると、なかなか依頼しにくいものなのです。それでも、そこは、人脈の広いメンバーもいるのがウリのアミの会（仮）のこと、有栖川有栖さん、小林泰三さん、と本格系ＳＦ系のベテラン作家さん二人を個人的なコネで口説き落としてくれました。

有栖川さん、小林さん、参加してくださり、ありがとうございました。

こういう顔ぶれのアンソロジーもなかなかないでしょう。しかも、今回のテーマは「毒」ではなく「毒殺」です。どんな変化球が紛れ込んでいるのか……。

どうぞ、存分にお楽しみください。

そして、次回もまたお会いできますように。

二〇一六年　六月

毒殺協奏曲《どくさつきょうそうきょく》

アミの会《かい》（仮《かり》）編《へん》

●

2016年6月17日　第1刷

著者…………有栖川有栖《ありすがわありす》／小林泰三《こばやしやすみ》／篠田真由美《しのだまゆみ》
柴田よしき《しばた》／永嶋恵美《ながしまえみ》／新津きよみ《にいつ》
松村比呂美《まつむらひろみ》／光原百合《みつはらゆり》

装幀…………岡孝治

発行者…………成瀬雅人
発行所…………株式会社原書房

〒160-0022 東京都新宿区新宿1-25-13
電話・代表03（3354）0685
http://www.harashobo.co.jp
振替・00150-6-151594

印刷・製本…………新灯印刷株式会社

ISBN978-4-562-05334-6, Printed in Japan